故宫叙事

百年守宝传奇

章剑华 著

江苏凤凰文艺出版社

图书在版编目（CIP）数据

故宫叙事：百年守宝传奇 / 章剑华著. -- 南京：江苏凤凰文艺出版社, 2025.7. -- ISBN 978-7-5594-9726-0

Ⅰ. I25

中国国家版本馆CIP数据核字第2025JV7797号

故宫叙事：百年守宝传奇

章剑华　著

出 版 人	张在健
出版统筹	唐　婧
责任编辑	杨威威
封面设计	乐　翁
内文设计	融蓝文化
责任印制	杨　丹
出版发行	江苏凤凰文艺出版社
	南京市中央路165号，邮编：210009
印　　刷	苏州市越洋印刷有限公司
开　　本	880毫米×1230毫米　1/32
印　　张	11.25
字　　数	233千字
版　　次	2025年7月第1版
印　　次	2025年7月第1次印刷
书　　号	ISBN 978-7-5594-9726-0
定　　价	79.00元

江苏凤凰文艺版图书凡印刷、装订错误，可向出版社调换，联系电话 025-83280257

引言
百年故宫

今年是故宫博物院成立 100 周年，也是我的长篇纪实文学《故宫三部曲》出版 10 周年。在这个时间节点上，我愿与大家一起，回望故宫的历史，重温故宫的故事。

辛亥革命的胜利，使中国延续了两千多年的封建帝制在这里轰然崩溃，末代皇帝在这里黯然退出历史舞台，紫禁城在封建王朝的余晖中落下帷幕，无可奈何地见证着中国社会之大动荡、大变局。

凤凰涅槃、浴火重生。100 年前的 10 月 10 日，当清室善后委员会委员长李石曾推开乾清门的朱漆大门，宣告故宫博物院正式成立时，这座占地 72 万平方米的宫城，完成了从"紫禁城"到"博物院"的历史蜕变。昔日帝王的宫苑禁地变为老百姓自由参观的文化场所。

在此之前，她是明清两代 24 位皇帝的权力中枢，是普通百姓不得涉足的"九重宫阙"。而此后的 100 年间，故宫经历了三个重大时期：抗日战争时期，故宫的 13000 多箱文物实施万里大迁徙，创造了"百万文物零损毁"的奇迹；新中国成立后，这座古老宫城获得新生，重焕生机；进入 21 世纪，"数字故宫"项目使超高清影像数据库覆盖全部藏品，故宫成为全球首个实现文物资源全开放的博物馆。

作为世界物质文化遗产的故宫，其意义早已超越国界。1987 年故宫被列入《世界遗产名录》时，评审委员会特别称之为"完整保存了中国古代皇家建筑的最高成就"。

故宫建筑乃中华文化的集大成者，为世界建筑史上的瑰宝。

故宫的文物典藏更是令人叹为观止。中国帝王都有搜集历代文物和古玩之爱好，明清尤甚。紫禁城内，金翠珠玉，奇珍异宝，巨大财富，尽聚于此。故宫珍藏文物浩如烟海，不胜枚举，包括建筑、陶瓷、书画、碑帖、青铜、玉器、家具、雕塑、珍宝、典籍、档案等，达186万余件（套）之巨。

而故宫的价值，不仅仅是它的建筑以及它所珍藏的无数文物与国宝，更在于其承载的文化精神和文明密码。故宫有三大殿：太和殿，其名寓意人与宇宙、人与自然的和谐；中和殿，其名寓意人与社会、人与人的和谐；保和殿，其名寓意人自身生理和心理的和谐。这正是中华传统文化精神的核心所在。

无疑，故宫是中华文化的结晶和中国历史的缩影。

时间从这里流过，历史在这里留存，故事在这里展开。从1925年紫禁城神武门城楼上挂上"故宫博物院"的匾额，到2025年故宫养心殿历经数年修缮后全面开放，故宫百年历程既是中华文明守护与传承的写照，也是世界文化遗产保护的典范。

故宫博物院的100年，本质上是中华文化借文物传承和光大的100年，也是中国历史在国宝守护的故事中演绎重生的100年。出版此书，不仅是在纪念一个博物院的百年诞辰，更是在续写中华文明的永恒叙事。

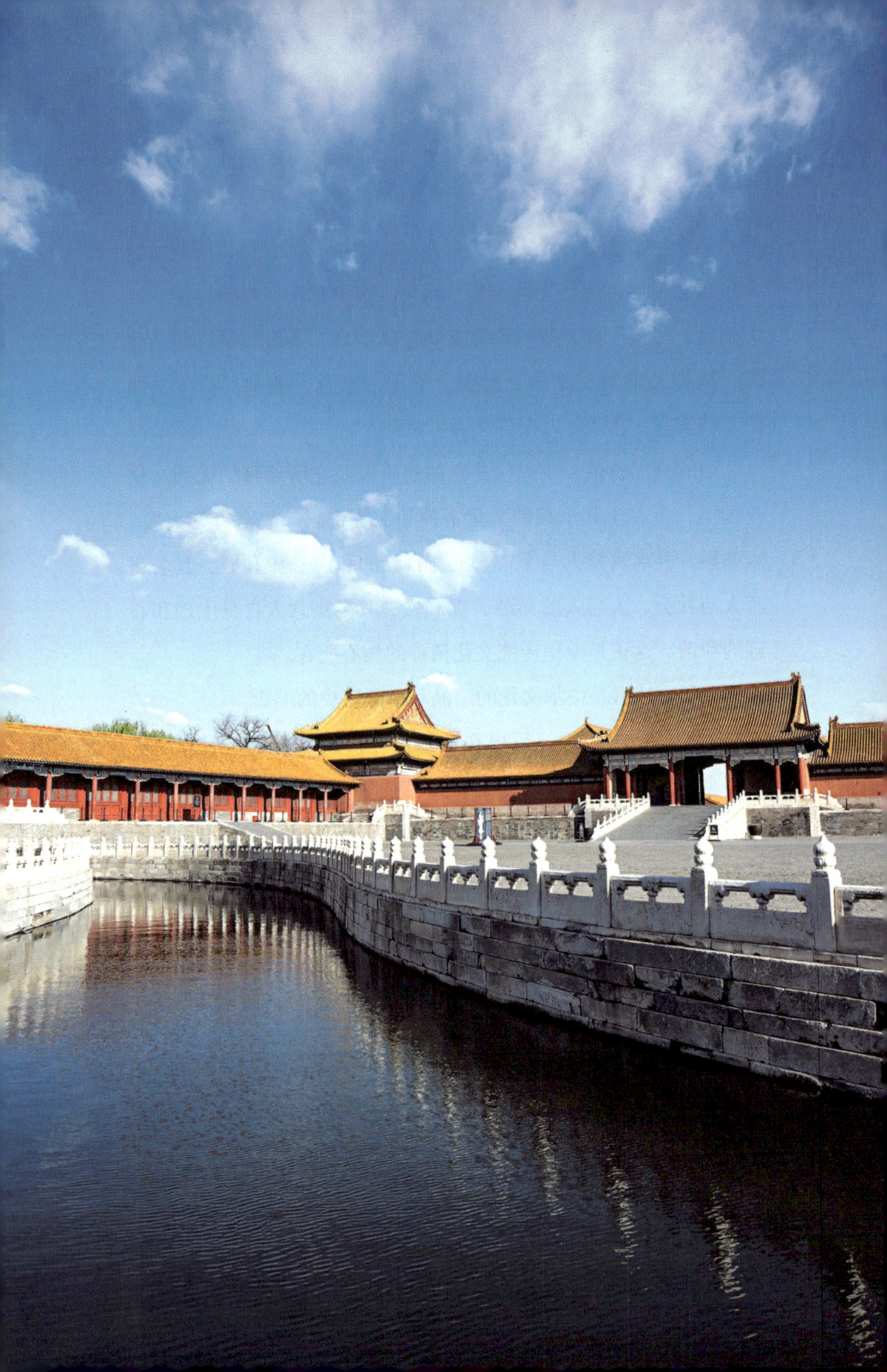

目录

第一章　001

故宫前身——紫禁城的营造

第二章　025

李石曾倡议筹办故宫博物院

第三章　039

溥仪为搞复辟盯上宫中文物

第四章　059

故宫博物院在大变局中诞生

第五章　081

易培基带领博物院开创新局

第六章　097

故宫面对危机筹划国宝外迁

第七章　123
吴瀛担任押运官开启南迁路

第八章　145
马衡临危受命代理院长之职

第九章　173
危急中故宫文物实施大迁徙

第十章　199
西迁路上故宫人誓死护国宝

第十一章　227
数千箱国宝无奈走上不归途

第十二章　243
故宫博物院获新生喜事连连

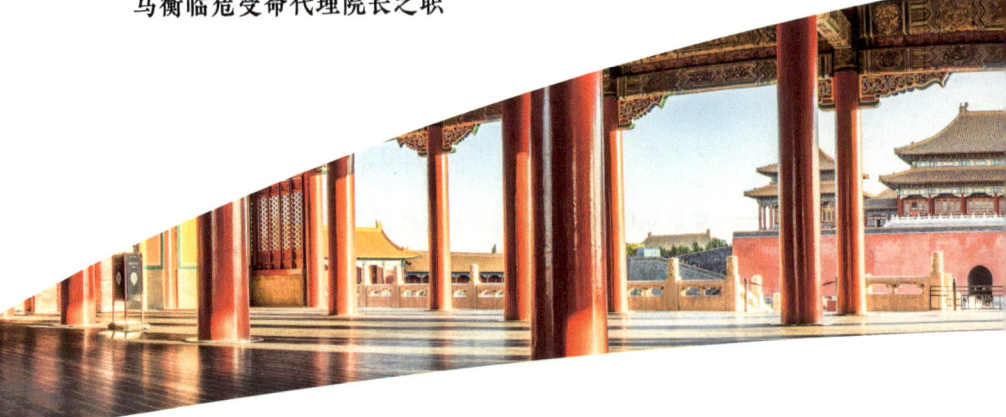

第十三章　259
运台文物阳明山下得以安身

第十四章　277
故宫博物院重金购回出师颂

第十五章　291
富春山居图六十年后终合璧

第十六章　305
故宫老人世纪守望悲欢离合

第十七章　321
两岸同仁忆往昔重走南迁路

第十八章　337
故宫博物院新时代再展新貌

尾　声　347
永远的故宫

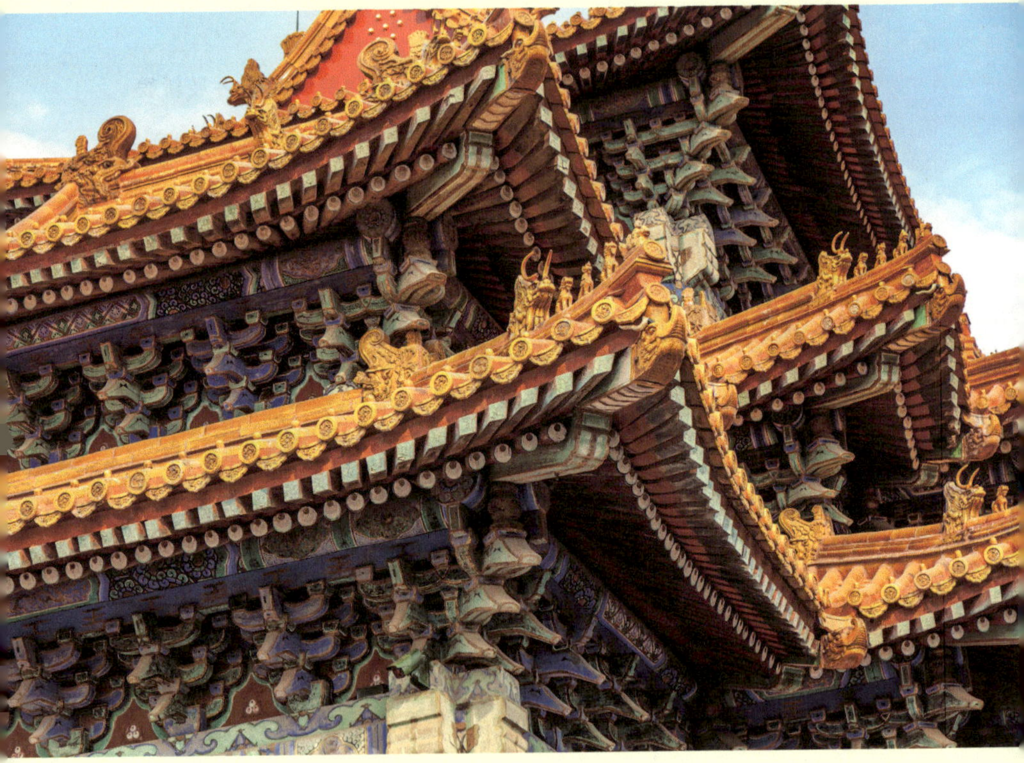

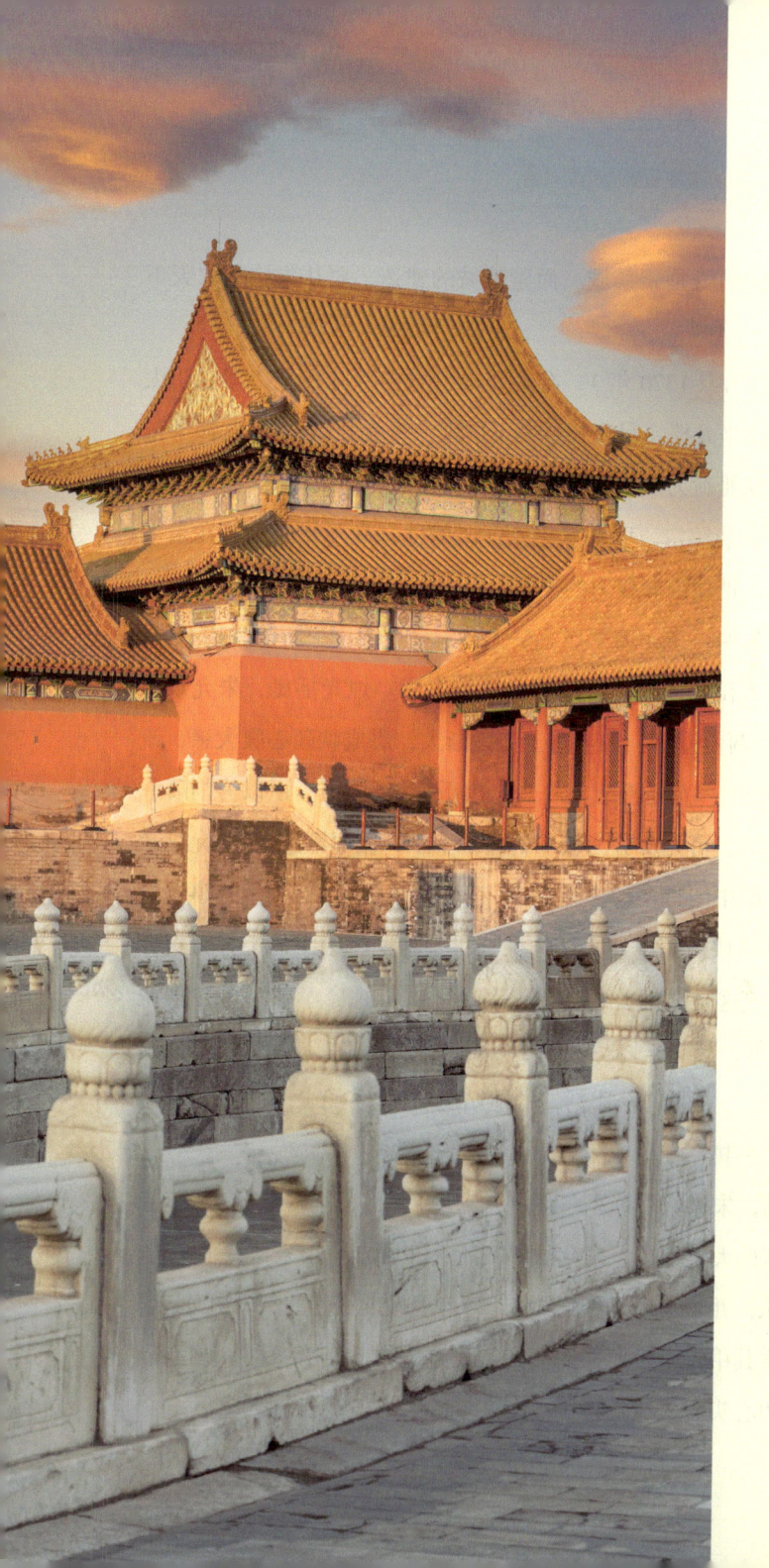

第一章
故宫前身——紫禁城的营造

故宫的前身是紫禁城。而紫禁城的建造，要从朱棣夺取天下说起。

洪武三年（1370年），金陵城的宫殿内一片庄严肃穆。明太祖朱元璋高坐龙椅，目光扫过殿下群臣，缓缓开口："朕之四子朱棣，即日起册封为燕王，藩地北平。"年仅十岁的朱棣，身着崭新的王服，强装镇定，叩谢皇恩。此时的他，尚不知命运将在未来的岁月里，把他推向权力的巅峰。

时光匆匆，朱元璋驾崩，皇太孙朱允炆继位。新帝登基不久，便与亲信大臣黄子澄、齐泰密会于御书房。烛光摇曳，朱允炆满脸忧虑："两位爱卿，如今藩王势力渐大，恐成朝廷心腹大患，该当如何是好？"黄子澄上前一步，拱手道："陛下，臣以为削藩一事刻不容缓，可先从势力较弱的藩王下手，循序渐进。"朱允炆微微点头，眼中闪过一丝决绝："就依爱卿所言，务必谨慎行事。"

消息很快传到了北平，朱棣怒目圆睁，将手中的茶杯狠狠摔在地上："这是要对我们赶尽杀绝！"谋士姚广孝在一旁冷静说道："王爷，与其坐以待毙，不如起兵靖难，以'清君侧'之名，夺取天下。"朱棣沉思片刻，猛地站起身来："好！本王就与这朱允炆拼上一拼！"

此后，朱棣率领燕军一路南下，历经无数苦战，终于攻破南京城。皇宫内大火熊熊，朱允炆不知所终。1402年，朱棣登上皇位，改元永乐，并于永乐元年（1403年）正月改北平为北京，初显迁都之意。这其中一个重要原因便是，朱允炆的下落始终像一块巨石，压在他的心头。朱棣觉得，在南京多待一刻，就多一分危险。

第一章 故宫前身——紫禁城的营造

一日早朝,朝堂之上气氛凝重。御史大夫景清身着朝服,却在宽大的衣袖中暗藏利刃。他一步一步走向朱棣,眼神中透露出决绝。就在他即将靠近朱棣时,突然抽出匕首,大喝一声:"为陛下报仇!"朱棣惊恐万分,本能地向后躲避,大声呼喊:"护驾!护驾!"侍卫们迅速冲上前,将景清制服。经此一劫,朱棣常常在睡梦中惊醒,冷汗湿透了被褥。

南京的湿热天气也让朱棣越发不适,他时常站在宫殿的长廊上,望着北方,喃喃自语:"北京,那才是朕的根基啊。"

永乐三年(1405年),苏州府太仓州刘家港彩旗飘扬,热闹非凡。郑和率领着庞大的船队,即将开始远洋航行。朱棣亲自前来送行,他紧紧握住郑和的手,低声说道:"此行重任在肩,除了宣扬国威,务必留意朱允炆的踪迹,一旦有消息,即刻回报。"郑和跪地领命:"陛下放心,臣定当竭尽全力。"

不久后的一次早朝,丘福出列,拱手道:"陛下,臣等以为北京乃龙兴之地,且地势险要,若在彼处修建一座新的宫殿,定能彰显我大明国威,福泽万世。"其他大臣纷纷附和。朱棣心中暗喜,脸上却不动声色,缓缓说道:"众爱卿所言极是,此事就依卿等所奏,即刻筹备。"

明成祖朱棣(1360—1424),明太祖朱元璋第四子,明朝第三位皇帝(1402年—1424年在位,年号"永乐")。洪武三年(1370年),朱棣被册封为燕王。建文四年(1402年)率军攻破南京,即皇帝位。政治上,继续实行削藩政策,加强中央

集权，设立内阁和东厂；为加强对北方的控制，疏浚大运河，营建北京紫禁城，迁都北京。军事上，五次亲征蒙古；积极经营边疆，在东北设立奴儿干都指挥使司，管辖黑龙江、乌苏里江、乌第河、库页岛等地。在西北设立哈密卫，在西南设立贵州承宣布政使司，对南海地区积极经营，对西藏实

朱棣

行政教合一的政策。外交上，委派郑和七下西洋，加强中外友好往来。文化上，修《永乐大典》。

　　紫禁城筹建工作的艰难程度超乎想象。采木的队伍不得不深入四川、湖广等地的深山老林。烈日炎炎下，年轻的工匠阿福背着沉重的工具，艰难地行走在崎岖的山路上。身旁的老工匠李叔气喘吁吁地说："阿福，这采木的活儿太苦了，不知何时是个头啊！"阿福咬咬牙："李叔，咱咬着牙挺过去，说不定建好宫殿，就能过上好日子了。"然而，不幸还是降临了，一场突如其来的山崩，掩埋了不少劳工，阿福和李叔幸运逃生，可看着朝夕相处的同伴被夺走生命，他们满脸悲戚。

　　运送石料的场景同样震撼。寒冬腊月，北风呼啸，数万名劳工在结冰的道路上艰难地推动着巨石。监工挥舞着皮鞭，大声呵斥："都给我使足了劲！"一个瘦弱的劳工脚下一滑，摔倒在地，

巨石险些压到他。旁边的工友连忙将他拉起，低声安慰："挺住，千万别死在这儿。"

经过 11 年的艰苦准备，紫禁城的建造正式开始了。

大明永乐十五年（1417 年），北京城的天际被铅灰色的云层所笼罩，凛冽的北风呼啸着，似在为一场即将开启的浩大工程奏响前奏。

彼时，明成祖朱棣的一道圣旨，如同一颗投入平静湖面的巨石，在大江南北激起层层波澜。全国各地的能工巧匠，如潮水般朝着北京汇聚，即将参与到这座未来都城的营建之中。在这浩浩荡荡的人群里，来自江南水乡的香山帮工匠，格外引人注目，他们步伐矫健，眼神中透着自信与坚毅。

苏州张家港香山前湾香山景区

香山，宛如一颗遗落在苏州西部太湖之滨胥口一带的明珠。此地山水相依，风景秀丽，空气中弥漫着淡淡的草木清香。传说，吴王夫差钟情于香草，曾在此地广种，还派遣倾国倾城的西施与一众美女穿梭其间采摘，香山之名便由此诞生。香山帮工匠的历史源远流长，就像一部厚重的书。早在春秋战国时期，他们的技艺便已萌芽。在岁月的长河中，香山帮工匠不断汲取养分，茁壮成长。历经唐宋的繁荣，北宋末年，朝廷在苏州设立应奉局，一声令下，吴郡那些手艺精湛的工匠便背井离乡，奔赴京城，参与苑囿的营造。在这一次次的磨砺中，香山帮的技艺越发成熟，到了明代，更是声名远扬，成为天下皆知的建筑翘楚。

　　长期在吴地城乡耕耘的香山帮，积累了丰富的实践经验，尤其是园林建造方面的技艺，更是登峰造极。大木营构时，粗壮的梁柱在他们手中被精准定位，撑起建筑的脊梁；小木装修时，精美的雕花、细腻的榫卯，无不展现着他们的巧思；砖石雕刻，无论是栩栩如生的瑞兽，还是意境深远的山水，都仿佛被赋予了生命；灰塑彩画，斑斓的色彩、灵动的线条，将建筑装点得美轮美奂。各个工种紧密配合，分工明确，形成了一套独具匠心的苏派建筑体系，那粉墙黛瓦、飞檐翘角的建筑特征，色彩和谐、制作精巧的独有风格，如江南女子般温婉，令人陶醉。

　　在应召的香山帮工匠中，蒯祥脱颖而出，成为众人的头领。

　　蒯祥，这位来自苏州的汉子，身形挺拔，眼神中透着睿智与果敢。他的父亲蒯富，在当地是备受尊崇的工匠，被公推为木工之首。蒯祥自幼便跟在父亲身边，耳濡目染间，对营造技艺产生了浓厚的兴趣。他常常在父亲工作的地方,一待就是一整天,看着父亲手中的工具在木材上飞舞,心中满是向往。

清晨,第一缕阳光还未完全驱散薄雾,蒯祥便已在院子里开始练习基本功,一斧一凿,都倾注着他的专注与执着。夜晚,当月光洒在庭院,他还在借着微弱的灯光,研读营造古籍,反复揣摩其中的精妙之处。就这样,凭借着日复一日的勤奋刻苦,三十岁的蒯祥已然学有所成,成了一位能仅凭目力测量、心中构思,便能精准指挥施工的能工巧匠。

这一年,蒯祥站在了人生的新起点上,他将带领一批香山帮工匠,怀揣着对技艺的热爱与梦想,踏上北上的征程。临行前,家中的庭院里,气氛凝重而又饱含期许。老槐树的枝叶在微风中轻轻摇曳,似是在诉说着离别的不舍。父亲蒯富缓缓将蒯祥唤至跟前,手中捧着一只古朴的八宝盒,盒身上的铜饰在黯淡的光线下闪烁着微光。

"祥儿,"蒯富的声音略带沙哑,却充满力量,"这盒子里装着咱们香山帮世代摸索出来的十八般武艺,是各种榫卯绝技以及拱斗样式,凝聚着先辈们的心血与智慧。"

蒯祥一听,连忙摆手,脸上满是恳切之色:"父亲,万万不能。这是咱家的传家宝,我此去北京,路途遥远,环境复杂,实在难以周全保存。万一有个闪失,儿子我实在担待不起。还是父亲您保存为好。"

蒯富目光坚定,紧紧盯着儿子的眼睛,不容置疑地说:"不,你拿着。香山帮的千年古训也镌刻在盒盖上。你这次身负重任,

故宫建筑榫卯结构特写

要建造的是都城的宫城，这不仅关乎国之大者，也关系到香山帮的名声。今天我交给你这盒子里的东西，日后定有用处。你要用生命保护好这只盒子，更要用生命去践行香山帮的千年古训，用心血发扬咱们香山帮的独门技艺。"

蒯祥望着父亲，心中满是感动与敬意，他缓缓伸出双手，毕恭毕敬地从父亲手里接过八宝盒，声音略带颤抖地说："父亲的悉心栽培，我当铭记于心。"

蒯富神色严肃起来，继续告诫道："从今以后，你要把七情六欲、七念八想统统抛到脑后，牢记和践行香山帮的千年古训。"

蒯祥挺直了腰杆，犹如一棵苍松，朗声道："父亲放心，我已牢记于心。"接着，他朗声背诵起来："香山工匠，以诚为本，以勤立命，以精名世。贫贱不移，威武不屈，穷善其身，达济苍生，一丝不苟，营建广厦，穷艺皓首，造福天下！"

蒯富欣慰地点点头，又嘱咐道："你要带领香山帮的兄弟们，拼上身家性命，用尽全部心血，营造一等的建筑，确保一等的质量，让香山帮的荣耀永存于世，为祖宗争光，为家乡争光。"

蒯祥郑重其事地说："孩儿已经准备好了，您就等着我们的好消息吧！"

蒯祥（1398—1481），吴县（今江苏苏州）人。出身香山木工之家，初为营缮匠，永乐十八年（1420年），任工部营缮所丞。明正统十二年（1447年），升为工部主事。景泰七年（1456年），提为工部右侍郎。成化二年（1466年），升为工部左侍郎。成化十七年（1481年），卒于工部左侍郎任上。蒯祥营造能力出众，永乐至天顺年间的内殿陵寝，都是他带领营缮。他技艺精湛，能够两手握笔同时画双龙，合而为一，丝毫不差，有"蒯鲁班"之誉。

蒯 祥

告别了父母，蒯祥带领着香山帮的工友们踏上了北上之路。一路上，他们翻山越岭，风餐露宿。有时，他们在崎岖的山路上艰难前行，脚下的石子硌得脚底生疼；有时，他们在荒野中搭起简易的帐篷,抵御夜晚的寒风。干粮吃完了,就采摘路边的野果充饥;鞋子磨破了,就用粗布简单包扎。但即便如此,众人眼中始终闪烁着坚定的光芒,心中怀揣着对未来营建工程的期待与决心。

终于,他们来到了北京,这座即将因他们的双手而焕发出新光彩的城市。站在北京的土地上,蒯祥望着眼前广阔的天地,深吸一口气,他知道,属于他们的传奇即将在这里书写,苏派建筑的魅力也将在这片北方的土地上绽放出耀眼的光芒。

紫禁城营建工程拉开帷幕,天下能工巧匠齐聚京城,一场高手如林的激烈角逐悄然上演。在这场关乎皇家颜面与帝国未来象征的竞赛中,香山帮以其精湛绝伦的技艺,如同一颗璀璨的星辰,在众多竞争者中脱颖而出,瞬间成为众人瞩目的焦点。

然而,随着工程筹备的推进,一个至关重要的问题如巨石般横亘在众人面前:究竟由谁来担任大作首,主持这举世瞩目的新皇城营造呢?一时间,朝廷之上议论纷纷,官员们各怀心思。有的为了自身利益,企图安插亲信;有的则因不同地域、门派的偏见,难以公正抉择。朝堂内,各方势力暗流涌动,争论不休,始终难以达成一致。

就在这僵持不下之际,年轻的蒯祥挺身而出。蒯祥虽年纪尚轻、资历尚浅,比起声名远扬的老工师蔡信、杨青,名望稍逊一筹,但目光坚定,心中怀着对正义的执着追求和对建筑事业的满腔热忱。为了匡扶正义、抵御歪风,确保皇城营造能顺利进行,蒯祥当仁不让，毅然投身到这场没有硝烟的"战斗"中。

面对来自各方的压力与质疑，蒯祥没有退缩。他凭借自己高超的技艺，现场展示精妙绝伦的木工手艺，每一刀、每一凿都精准无误，令在场众人惊叹不已；他还以诚挚的情感，向官员们阐述自己对皇城营造的见解，言语中满是对皇家的忠诚与对这份事业的敬畏。在无数次的沟通与较量中，蒯祥用智慧和真诚，逐渐感化了朝廷官员。最终，他成功赢得了大家的认可，被任命为大作首，肩负起新皇城设计与营造的重任。

在宫殿初建阶段，蔡信、杨青和陆祥等老一辈工匠凭借丰富的经验发挥了重要作用。他们手把手地教导蒯祥，而蒯祥也虚心求教，不放过任何一个学习的机会。那时的蒯祥正值年轻力壮，思维敏捷，尤其擅长计算和绘画。他常常在施工现场忙碌至深夜，手中的图纸被反复修改、完善，每一个细节都倾注了他的心血。他的努力和才华，得到了督工蔡信等人的赏识与重用。

时光匆匆，蔡信、杨青等前辈相继离世，蒯祥毫无悬念地挑起了主持设计与施工的大梁。他深知责任重大，丝毫不敢懈怠。在设计过程中，他不仅充分展现出超群的技艺，还广泛听取各方意见，无论是经验丰富的工匠，还是初出茅庐的学徒，只要有合理建议，他都虚心接纳。

蒯祥严格遵循封建宗法礼制，依据传统的阴阳五行学说，精心构思，反复琢磨。新皇城的布局在他脑海中逐渐清晰：前部为外朝，是皇帝处理政务的核心区域，矗立着巍峨壮观的三大殿——奉天殿、华盖殿、谨身殿（明初北京紫禁城三大殿与南京紫禁城三大殿同名，嘉靖时期分别改名为皇极殿、中极殿、建极殿，清朝时又分别改名为太和殿、中和殿、保和殿）。

太和殿

太和殿中的匾额"建极绥猷"出自《尚书》中的《洪范》和《汤诰》。"建极"典出《尚书·洪范》："皇建其有极。"建，建立。极，房屋正中承脊之栋，引申为中正的法则。"绥猷"典出《尚书·汤诰》："惟皇上帝，降衷于下民。若有恒性，克绥厥猷惟后。"绥，原义为挽手上车的绳索，引申为安抚、顺应之意。猷，道，法则。"建极绥猷"意思是天子既要承天而建立法则，又要抚民而顺应大道。

中和殿中的匾额"允执厥中"出自《尚书·大禹谟》："人心惟危，道心惟微，惟精惟一，允执厥中。"允，诚信。执，操持。厥，那个。中，适中。"允执厥中"意思是言行不偏不倚，符合中

第一章　故宫前身——紫禁城的营造

中和殿

保和殿

正之道。这也是后世"中庸"思想的基础。

保和殿中的匾额"皇建有极"，典出《尚书·洪范》："皇建其有极。"意思是君王要建立他的最高统治准则。皇：大，人君。"皇建有极"意思为天子人君要建立天下最高准则。

三大殿牌匾上的文字均为乾隆所选，均出自《尚书》，这可能与《尚书》"政书之祖"的地位有关。

"奉天"象征皇帝"奉天承运"的合法性；"华盖"属紫微垣，象征孤傲、超然、高不可攀；"谨身"则是要告诫帝王，一国之君的一言一行都关乎天下万民，务必加强自身修养，谨慎处事。

后部宫殿则是内廷，是皇帝的生活起居之所。这里既有错落有致的各类房舍，又有精致秀美的山水园林，宛如人间仙境，为皇室成员提供了舒适惬意的生活环境。整个新皇城在蒯祥的设计下，比元朝时略向南移，各大宫殿沿着中轴线对称分布，左祖右社，方方正正，稳稳当当，象征着大明王朝的长治久安。

经过无数个日夜的精心绘制，新皇城的图纸终于完成。工部尚书宋礼看到图纸后，被其精妙的设计深深折服。但他仍不放心，又亲自前往实地考察。在施工现场，宋礼仔细查看每一处细节，对照图纸反复斟酌。他发现，这份设计不仅完美符合规制和需要，而且具有极高的实施操作性，每一个建筑结构、每一条通道规划都恰到好处。宋礼心中大喜，当即决定将图纸呈报皇上。

朱棣端坐在龙椅之上，接过宋礼呈上的图纸，端详起来。随着一幅幅精美的设计图在眼前展开，他的脸上渐渐露出满意的神情。听完宋礼的详细汇报后，朱棣微微点头，随口问道："这新皇城打算建多少房屋啊？"

蒯祥早已做好准备，上前一步，恭敬而自信地答道："启禀陛下，宫中有九重宫阙，共计房屋九千九百九十九间半。"

"九千九百九十九间半？"朱棣微微皱眉，眼中闪过一丝疑惑。

蒯祥不慌不忙，从容解释道："陛下，传说天宫有一万间房屋，我朝皇宫乃人间帝王居所，建九千九百九十九间半为宜。如此一来，既体现了人间帝王对天帝的尊崇敬畏，又不失人间皇权的威严与庄重。"

朱棣听后，先是一愣，随即哈哈大笑起来："好好好！妙哉妙哉！"他对蒯祥的回答十分满意，心中对这份设计方案更是赞赏有加，当即痛快地批准了蒯祥他们的设计方案。

就这样，在朱棣的首肯下，新皇城的营造工程如期开工。工地上，彩旗飘扬，人声鼎沸，蒯祥带领着一众工匠，开启了这场伟大的建筑征程，一座举世闻名的紫禁城，即将在他们的手中拔地而起。

紫禁城的营造工程如火如荼地进行，这项宏大工程难度超乎想象，困难接踵而至，施工事故也在所难免。

这日，工地上一片忙碌景象，搬运木材的工匠们喊着号子，木工们在一旁精雕细琢。突然，一阵惊呼打破了忙碌的节奏。原来，缅甸国进贡给明朝的一块巨木加工时出了问题。朱棣早就下令，要用这块巨木做大殿的门槛，可一个年轻的木匠在操作时太过紧张，手一抖，锯子歪了，等回过神来，木头已经短了足足一尺多。

这木匠瞬间吓得脸色煞白，手中的锯子"哐当"一声掉在地上，整个人手足无措，眼神中满是恐惧与绝望。他知道这是天大的过错，颤抖着双腿，慌忙跑去给蒯祥汇报。

蒯祥听闻此事，神色平静，快步来到现场。他围着巨木仔细查看，那认真的模样，仿佛在与木头对话。片刻后，他平静地说："把它再锯短一尺。"这话一出，在场的工匠们都惊得合不拢嘴，面面相觑，心里直犯嘀咕："这不是错上加错吗？蒯师傅这是怎么想的？"但大家都对蒯祥十分信任，也不敢多问，那个闯祸的木匠只好战战兢兢地又锯下了一尺。

随后，蒯祥亲自上手，他手持刻刀，眼神专注得仿佛整个世界都只剩下眼前的这块木头。他的手灵动而稳健，刻刀在木头上轻快地游走，木屑纷纷扬扬地落下。不一会儿，两个栩栩如生的龙头便在门槛的两端呈现出来，那龙头怒目圆睁，龙须飘飘，仿佛下一秒就要腾空而起。接着，蒯祥又在边上各镶上一颗圆润的珠子，最后轻轻一推，门槛竟能自由装卸了。众人看得目瞪口呆，随即爆发出一阵热烈的掌声。

这件事像长了翅膀一样，迅速在工地上传开了，大家都对蒯祥的奇思妙想赞叹不已。很快，这件事也传到了朱棣皇帝的耳朵里。朱棣听闻后，十分好奇，当即宣蒯祥进宫。

朝堂之上，朱棣看着下面站着的蒯祥，眼中满是欣赏："听闻你巧妙化解了巨木锯短的难题？"

蒯祥不卑不亢，拱手答道："回陛下，不过是略施小计，幸不辱命。"

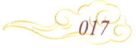

朱棣大笑:"好一个略施小计,真乃鲁班再世啊!"此后,朱棣便常常以"蒯鲁班"称呼蒯祥。

蒯祥被称作"蒯鲁班",那可是名副其实。在营建宫殿楼阁时,他总是站在空旷的场地中,微微眯着眼,打量着四周,只需在心中略加计算,便能下笔如有神,画出精准的施工图。等施工完毕,那建筑与图样尺寸分毫不差,仿佛是从图纸上直接复制下来的一般,令众人佩服得五体投地。

寒来暑往,岁月更迭,经过长达15年漫长的准备与施工,新皇城终于建成。这座宏伟的宫殿建筑群,庄严肃穆,气势恢宏,每一块砖石的铺设,每一根梁柱的搭建,都凝聚着工匠们的心血与汗水。

依照中国古代星象学说,天空中的恒星被划分为三垣——紫微垣、太微垣、天市垣。其中,紫微垣位于中垣,又称紫微宫,传说那是天帝的居所。而人间的皇帝,作为真龙天子,居所自然要与天帝相对应,于是取"紫"字对应紫微宫。再加上这里是皇家禁地,寻常百姓不得入内,故而新皇城被命名为紫禁城。

紫禁城屹立在天地之间,见证着历史的沧桑变迁,诉说着蒯祥等工匠们的传奇故事。

永乐十八年(1420年)十一月,朱棣皇帝发布诏书,宣告紫禁城宫殿竣工。历经无数个日夜的精心营建,宏伟壮丽的紫禁城终于在万众瞩目之下全新落成。这座凝聚着无数工匠心血与智慧的宫殿建筑群,以其磅礴的气势、精湛的工艺,成为大明王朝权力与荣耀的象征。

次年正月初一，紫禁城被装点得格外富丽堂皇。奉天殿广场上，文武百官身着朝服，整齐排列，宛如一片锦绣的海洋。他们神情庄重，眼中满是敬畏与期待，等待着那神圣时刻的到来。

朱棣，这位雄才大略的帝王，身着华丽的龙袍，头戴冕旒，迈着沉稳有力的步伐，登上了高大壮阔的奉天殿。阳光洒落在他身上，映照着龙袍上的金丝刺绣，熠熠生辉。他的目光威严而深邃，俯瞰着广场上的大臣们，心中涌起一股难以言喻的自豪与满足。

"吾皇万岁万岁万万岁！"随着一声高呼，大臣们纷纷跪地，行三跪九叩之礼，声音响彻云霄，久久回荡在紫禁城的上空。朱棣微微颔首，接受着大臣们的朝拜，脸上露出欣慰的笑容。这座辉煌无比的宫殿，承载着他的雄心壮志，也见证着大明王朝的繁荣昌盛。此刻，他和大臣们都被这座宫殿的壮丽深深震撼。

朱棣站在奉天殿的龙椅前，踌躇满志，意气风发。他的心中既有对过往成就的骄傲，也有对未来的憧憬与好奇。于是，他命人找来一位颇负盛名、据说能推算未来的胡姓官员。

"听闻你能知晓未来之事，且算一算我这紫禁城往后会发生何事。"朱棣目光锐利地看向胡姓官员，声音沉稳而有力。

胡姓官员心中一紧，他深知此事干系重大，额头上不禁冒出细密的汗珠。犹豫片刻后，他还是硬着头皮答道："启禀陛下，据臣推算，明年四月初八，宫殿恐会发生火灾。"

此言一出，犹如一道惊雷在大殿内炸开。朱棣的脸色瞬间阴沉下来，原本温和的目光变得冰冷刺骨，他怒目圆睁，厉声喝道："一派胡言！你这是在诅咒朕的宫殿，扰乱人心！"

胡姓官员吓得浑身颤抖，扑通一声跪倒在地，连连磕头："陛下饶命，臣所言句句属实，绝无虚言。"

朱棣却丝毫没有听他解释的意思，大手一挥，下令道："给朕关进监狱！若到时候宫殿不着火，朕定砍了你的头！"

胡姓官员被拖了下去，大殿内一片死寂，大臣们都低着头，大气都不敢出。

人有旦夕祸福，天岂无不测风云。当年四月初八清晨，天空还一片晴朗，阳光明媚。然而，到了午后，天气剧变。原本湛蓝的天空突然密布着乌云，黑沉沉地压向紫禁城。狂风呼啸着席卷而来，吹得宫殿外的旗帜猎猎作响。紧接着，一道道闪电划破长空，伴随着震耳欲聋的雷鸣，整个天地仿佛都在颤抖。

就在众人被这突如其来的恶劣天气惊得不知所措时，一道耀眼的闪电直直地击中了奉天殿。瞬间，大殿的屋顶燃起了熊熊大火，火势迅速蔓延，转眼间便将奉天殿吞噬。大火借着风势，又向华盖殿、谨身殿扑去。一时间，三大殿陷入了一片火海之中。

宫殿内的太监、宫女们惊慌失措，四处奔逃，呼喊声、哭叫声交织在一起。大臣们纷纷从府邸赶来，望着眼前这惨烈的景象，个个目瞪口呆，脸上写满了震惊与悲痛。

尽管众人奋力扑救，但在这凶猛的火势面前，一切努力都显

故宫屋顶的避雷针

得那么苍白无力。顷刻间,曾经辉煌无比的三大殿便灰飞烟灭,只剩下一片残垣断壁,在浓烟中诉说着这场突如其来的劫难。

这场大火不仅烧毁了宫殿,也给朱棣的心中留下了一片难以磨灭的阴影。他或许未曾料到，那被他视为无稽之谈的预言，竟会如此残酷地成为现实。而这场天火之变，也成了紫禁城历史上一段令人唏嘘不已的往事。

在那之后，岁月悄然流逝，整个永乐时代，三大殿的废墟就那样孤寂地躺在紫禁城的中央，成了一道难以愈合的伤痕。

时光匆匆，十多年转瞬即逝。1435年，明英宗朱祁镇登上皇位。这位年轻的皇帝，内心深处对曾祖父朱棣充满了无尽的崇拜。刚刚坐上那象征着至高无上权力的龙椅不久，他便做出了一个大胆且极具魄力的决定——重修紫禁城。在他心中，这不仅是对曾祖父辉煌时代的致敬，更是对大明王朝荣耀的延续。

而肩负此次重任的，正是紫禁城的原建造者，那位技艺超凡的蒯祥。此时的蒯祥，经过岁月的洗礼，脸上多了几分沉稳与沧桑，但眼中的光芒依旧锐利而坚定。接到任务的那一刻，他深知责任重大，这不仅是对皇家的交代，更是对自己技艺和心血的再次考验。

蒯祥迅速投入紧张的筹备工作中。他穿梭在紫禁城的废墟之间，仔细地查看每一处残垣断壁，手中的图纸被反复地展开又卷起。每一道裂痕，每一块烧焦的砖石，都仿佛在向他诉说着曾经的故事。他与工匠们一同商讨，从材料的选取到施工的细节，每一个环节都力求做到尽善尽美。

施工现场一片忙碌，工匠们各司其职，搬运木材的号子声、敲打砖石的撞击声交织在一起。蒯祥则像一位指挥千军万马的将领，有条不紊地指挥着整个工程的进展。他亲自爬上脚手架，检查每一根梁柱的搭建，亲自指导工匠们雕刻精美的花纹。在他的带领下，工匠们仿佛被注入了一股神奇的力量，工作效率极高。

"大家再加把劲，我们一定要让紫禁城恢复往日的辉煌！"蒯祥大声喊道，声音中充满了鼓舞人心的力量。

"是，蒯师傅！"工匠们齐声回应，干劲十足。

就这样，在蒯祥的精心指导和工匠们的不懈努力下，一年半之后，重建工作顺利完成。当最后一块琉璃瓦铺设到位，当最后一处雕花装饰完成，紫禁城又完好如初地呈现在世人面前。那雄伟的三大殿再次拔地而起，飞檐斗拱，金碧辉煌，仿佛从未经历过那场可怕的灾难。一座世界建筑史上独一无二的经典之作，从此永久性傲然于世，成为人类建筑史上的不朽传奇。

蒯祥因建造和重修紫禁城立下了汗马功劳，他的名字被深深地铭刻在了历史的长河中。然而，功成名就的蒯祥并没有沉醉在这荣耀之中。

晚年的蒯祥，毅然决然地选择了辞官归隐。他告别了繁华的京城，回到了自己的故乡苏州。苏州的山水依旧，那熟悉的街巷、潺潺的流水，都让他感到无比亲切。回到家乡的他，过着简朴的生活。他的住所没有华丽的装饰，只有几间朴素的房屋，院内种满了花草树木。

但蒯祥并没有真正地闲下来，他那颗热爱建筑的心从未停止跳动。他继续关心和指导当地工匠的技艺，将自己一生所学毫无保留地传授给他们。在他的悉心教导下，香山帮后继有人，逐渐形成了独特的建筑特色。香山帮的工匠们，不仅在建筑技术上有着超高的技艺，能够建造出坚固而美观的房屋，而且在艺术上也具有极高的造诣。一瓦一脊、一镂一雕，都蕴含着他们对美的独特理解和追求。在层叠之间，彰显出洗尽铅华的纯粹典雅，让人赞叹不已。

以蒯祥为代表的香山帮在长期的实践中，形成了"以诚为本、以勤立命、以精名世、一丝不苟、追求完美"的工匠精神。蒯祥用自己的一生践行着这种精神，他教导工匠们，做建筑就如同做人，要诚实守信，要勤奋努力，要精益求精。这种精神在香山帮中世代相传，成为他们的灵魂所在。它不仅恩泽了千秋万代的工匠，也为后世留下了一笔无比珍贵的精神财富，激励着无数人在自己的领域中追求卓越，永不放弃。

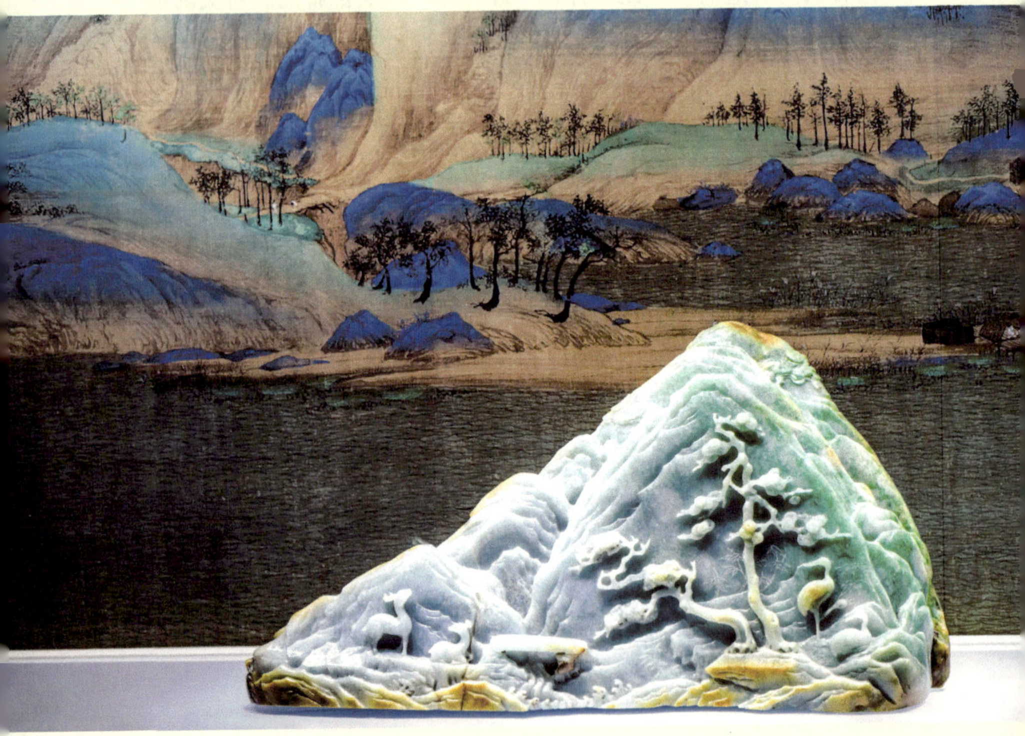

第二章
李石曾倡议筹办故宫博物院

1912年1月1日，孙中山在南京宣布就任中华民国临时大总统，组成中华民国临时政府。

辛亥革命的胜利，宣告一个全新的国家从此诞生！

当许多革命党人满心欢喜地准备建设一个新社会时，袁世凯窃取了辛亥革命的成果，取代孙中山当上了大总统，使许多在北京的革命党人感到失望透顶。

出于对辛亥革命移植西方民主共和制到中国可能产生的水土不服的担忧，李石曾召集京津同盟会成员商讨，提倡"教育救国""文化立国"，并提出首先要把京师大学堂改造成北京大学，然后创造条件，把皇宫改为博物馆，变成文化场所。

李石曾

李石曾（1881—1973），名煜瀛，字石曾，河北高阳人，乃晚清显赫一时的同治帝师、军机大臣李鸿藻的第三子。中华民国时期著名教育家，国际活动家，国民党四大元老之一。6岁时便入家中所设之私塾熟读诗书，15岁时师从当时有高阳硕儒之称的齐禊亭习汉文，又从王弼臣习书法，在书法上有很深造诣。22岁时作为清政府驻法公使孙宝琦的随员，前往法国任职，并先后入巴斯德学院、巴黎大学深造，曾发起和组织赴法勤工俭学运动，为中法文化交流做出了很大贡献。

他的侄子李宗侗听后率先发言:"刚才听五叔讲到博物院,我从学校里的一份报纸上也看到,法国大革命把皇帝推翻后,把凡尔赛宫收回国有,并把它变成了博物馆,让民众可以自由地进去参观。"

"是的,有这么一回事,"李石曾说,"我早就提出了这个设想。在法国留学时,我曾与蔡元培先生到凡尔赛宫参观过。把昔日的皇宫禁地变成人民大众可以自由参观的博物馆,是法国大革命的一大创举,其意义非同小可。这么做提高了人民的地位,培养了民众的自觉意识,真正体现了人民是国家的主人。当时我们就萌发了一个想法,有朝一日,把紫禁城变成博物馆!"

清末的紫禁城

中国历代王朝都有收藏文物之举。明清两代共有24位皇帝在紫禁城执政。清代在历经康乾盛世之后,皇室收藏规模更为空前,不仅有诸多专门收藏之所，且每座宫殿都有秘藏。那是2000年来封建帝王们搜集的珍宝的最终积累，几乎囊括了中国未曾中断的文明。从某种意义上说，紫禁城成了天下艺术财富的大仓库。

沈兼士说："这个想法的确很好，但是，中国与法国不同，法国的皇帝被砍了头，而中国的皇帝还是名义上的皇帝；法国的凡尔赛宫被没收了，而中国的紫禁城还让废黜的皇帝住在那里。"

说到这，杨子江来气了："这就是这次革命不彻底的结果。这哪叫革命？那是改良，改良也不是这个改法！"

"我们应呼吁临时政府把溥仪赶出紫禁城！"周津生说。

"哪有那么容易的？有一个优待条件在前，这是很难办到的事。"沈兼士提醒道。

"只要临时政府下决心，这不是办不到的事。再说，这优待条件只是让溥仪暂居宫禁，日后移居颐和园。"杨子江说。

周津生说："在我看来，虽然优待条件有规定，但也不是不可以改的。临时政府完全有这个权力。"

"问题是，现在临时政府由袁世凯把持，他能修改优待条件吗？能把溥仪赶出皇宫吗？"沈兼士对袁世凯十分失望。

大家一时无语。

少顷，李石曾说："刚才大家还兴致勃勃的，怎么遇到点问题就消极了呢？留给溥仪他们住的是后三宫，前三殿则收归民国所有。我看可以把前三殿的文章先做起来。"

沈兼士十分赞同，说："这个主意好！先把前三殿改造成博物院,向民众开放。"

周津生说:"这也好,过去,平民老百姓只能在外面看到紫禁城高大的城墙和开阔的护城河,不能越雷池一步,现在起码可以让老百姓进入高墙,破一破这皇宫禁地。"

杨子江说:"三大殿如能对公众开放,整天人来人往,也可让这小朝廷不得清净。"

李宗侗说:"这也是对内宫的监视和制约,时间一长,溥仪他们待不住了,就得自觉自愿地搬出紫禁城。"

杨子江说:"这不可能,溥仪他们是不会自愿搬出去的。我看早晚应把他们赶出去。"

大家你一言我一语议论着。

李石曾觉得很有道理,思考着说道:"蔡元培先生让我们先拿个方案,并要求有具体的办法,便于及早实施。我觉得我们今天讨论得很好,大家有共识,也有具体的意见。我们目前有三件事可以马上做起来:一是我们可以在北京创办几份报纸,宣传民主共和,宣传新知识新文化,以此动员和教育民众。二是把北京的旧学堂改造为新学校,先把京师大学堂变成北京大学,实行新式教育。三是把紫禁城的前三殿拿出来开办博物馆,向公众开放。"

"这三条太好了!我赞成!"李宗侗首先表态。

沈兼士说:"石曾兄这样一归纳,这三件事还真有点新意。如果能够把这三件事先办起来,也许对新生的民国还能增加点新的气息。"

杨子江、周津生等也发表了肯定的意见。

会后，李石曾向蔡元培作了汇报。蔡元培对此给予了高度评价，尤其是他对教育十分热衷，表示要竭力推动京师大学堂改造成北京大学。李石曾则对成立博物馆的事特别看重，希望蔡元培予以帮助。蔡元培也一口答应。

蔡元培直接找到袁世凯陈述相关想法。袁世凯对把京师大学堂改成北京大学表示赞同，而对办博物馆的提议不置可否。

见袁世凯如此态度，蔡元培、李石曾只得借机当面寻求孙中山的帮助。孙中山对办博物馆的想法十分赞同，认为不仅紫禁城的外三殿要变成博物馆，还应尽快把溥仪赶出内廷，把整个紫禁城都变成博物馆。

在孙中山的多次敦促下，袁世凯不得不答应在紫禁城的外三殿筹设博物馆。

李石曾得知这一消息后兴致勃勃，便紧锣密鼓地开始了博物馆的创建工作。他与沈兼士、李宗侗反复讨论筹建方案，又请当时的一些政界要人和文化名流帮助论证，并几次拜访时任北京政府都肃政史、审计院院长的庄蕴宽和中华民国第一届国会众议员陈垣等，虚心请教。吴瀛此时也随舅舅到了北京，在市政公所担任"坐办"，对紫禁城负有管理之责，又加之吴瀛本人出身于书香门第，受过良好的国学教育，对传统书画精通并多有研究，因此对李石曾将故宫改造为博物馆一事非常热心并亲自参与筹建。

此时的外廷部分已被民国临时政府所接管。

沈兼士（1887—1947），名坚士，原籍浙江吴兴（今浙江湖州），沈尹默之弟。早年留学日本，参加中国同盟会，在东京随章太炎学音韵学。回国之后，先后任教于北京大学、辅仁大学、清华大学、厦门大学等多所高校。沈兼士在故宫博物院任职较久，贡献颇大。1925年出任北京故宫博物院图书馆副馆长、主持文献部工作，并被推举为故宫博物院理事。1929年任文献馆副馆长，1934年任馆长直至1947年病逝。

沈兼士

虽然李石曾从小就经常出入紫禁城，对那里了如指掌，但他还是多次带领有关人员到外三殿实地考察，边察看边拟订具体布展方案和参观线路。

查看了外廷的布局状况后，李石曾召集大家商讨具体方案。比较一致的意见是：太和殿、中和殿、保和殿保持原貌，开放让游客自由参观；在武英殿设陈列室，有选择地展出宫中收藏的先朝文物；其他地方暂不开放，妥善保管。

很快，一份由李石曾主持、李宗侗执笔的《紫禁城博物馆实施计划书》出台了，并经蔡元培签批呈大总统袁世凯。

袁世凯接到这份计划书，颇为不快。其实，袁世凯一直魂牵梦萦着紫禁城。当初通过优待条件把皇帝留下来，就是为了保全紫禁城，为其复辟做准备。接下来发生的宋教仁遇刺事件，便暴露了他的真实野心。

1913年3月20日晚，国民党实际领袖宋教仁在上海北火车站遇刺，身中3弹，抢救无效后于3月22日晨去世，享年31岁。

宋教仁被刺的消息震惊全国，各方强烈要求彻查案件真相。随着案情的进展，宋教仁被刺真相很快露出水面，袁世凯大有嫌疑。

对此，孙中山如梦初醒，认为非去袁不可，力主乘民气高涨之际兴师讨袁，并提出组织军队先发制人。李石曾更加看清了袁世凯的嘴脸，坚决拥护和支持孙中山的讨袁主张。

面对"二次革命"，袁世凯早就有所准备，他命令对南方各省进行武力进攻，并实施政治经济双重压力，革命党人很快难以支撑，不久，"二次革命"便以失败而告终。

"二次革命"失败后，革命力量损失巨大，孙中山流亡日本。李石曾也被列入通缉名单之中，不得不远走法国。

李石曾赴法后，筹办博物馆的事无人提起，被耽搁下来了。

三年后，发生了轰动全国的"盗卖热河行宫前清古物案"，又使古物保护成为社会关注的热点。

热河行宫，又称"承德避暑山庄"，坐落于中国北部河北省承德市中心以北的狭长谷地上，占地面积584公顷。避暑山庄始建于清康熙四十二年（1703年），雍正（1723—1736）时代一度暂停营建，清乾隆六年（1741年）至五十七年又继续修建，增加了乾隆三十六景和山庄外的外八庙。整个避暑山庄的营建历时近90年。这期间清王朝国力兴盛,能工巧匠云集于此。康熙五十年(1711年),康熙帝还亲自在山庄午门上题写了"避暑山庄"门额。

1913年的一段时间里,北京、上海、天津、承德等地的古玩市场纷纷出现来自承德避暑山庄的古物,自称热河都统熊希龄手下差役刘鼎卿、管账杨姓、幕府狄姓等人,对外宣称,"热河清皇室宝器,一半归民国,一半归皇室,现在归彼出卖","此项卖价为在热河开办石油矿之用","热河宫内出来物品不少,系归官卖,好者运京,次者就地出售"云云,一时间,买卖山庄文物几乎成为古玩行内尽人皆知的热门生意。

不久,北京《新社会日报》《群强报》等报刊登出国务院总理熊希龄盗取热河行宫古玩的消息,一时间国内外舆论为之哗然。

原来熊希龄担任热河都统以后,看到行宫古玩盗卖严重,加之避暑山庄房屋因年久失修,破败不堪,使一些古玩损坏十分严重,为保护这些珍贵文物起见,熊希龄连续两次呈文袁世凯,要求修正避暑山庄和整理陈列的文物,并建议将文物装箱运往北京,作价卖给民国博物馆收藏,以保存国宝。

袁世凯批准了熊希龄的建议。

于是,从1913年5月开始,对避暑山庄一面加以修理,一面对陈列文物委设清理员彻底清查,每类查毕,即行分别装箱,入库存储。其字画之伤折者,则为之裱褙。书籍之伤损者,则为之装订。镶嵌之脱落者,则为之胶漆。

清理完毕之后,由北京内务府派人查验,然后陆续运往北京,共两百多箱。

在修缮避暑山庄和清理文物的过程中,由于经费紧张,且无从筹措,熊希龄在经袁世凯同意之后,派人从宫中的古文物中,选了十多件稍微贵重的瓷器,运往北京、上海变卖,得到一笔巨款,充作修正避暑山庄的经费。

然而熊希龄做梦也未曾料到,正是这件事情,使袁世凯找到了陷害他的口实。

熊希龄盗宝清单

最后,熊希龄有口难辩,有冤难申,只好递上辞呈。熊希龄辞职后,报纸上有关盗宝的文章不见了,当局对此也不再过问,有关商人加紧把行宫古玩偷运出境,卖给洋人,以获利"消灾"。

沈兼士从报纸上获知热河行宫古物被盗的消息后,立即找到蔡元培,提出利用这个机会向当局重提筹办博物馆。蔡元培表示同意,并让沈兼士去找吴瀛商量,现在清宫文物和其他物资的监管工作正是由他负责。

吴瀛热情接待了沈兼士,边沏茶边问:"无事不登三宝殿,你今天来有何贵干啊?"

沈兼士开门见山地说："石曾兄因被通缉而流亡在外，博物馆筹办事宜不再有任何进展，而如今承德避暑山庄古物被盗，说明古物保护之重要，故而能否借此再提筹办博物馆一事，特前来请教。"

吴瀛得知来意，极为热情道："先生如此想法，正合我意。这段时间以来，我一直在关注着前朝古物的命运。腐朽的清王朝被推翻，而宫廷文物是中华民族的共同财富，更是我国千年文化的结晶，应当妥为保管，不能让其散失和毁坏。"

沈兼士说："不仅不能散失和毁坏，而且应当充分地加以利用。这种利用，参照国外的做法，就是开办博物馆，收罗历代古物并整理展出，供国民参观，其教育作用不可估量，必为公众所欢迎。"

吴瀛问道："你的意思是让政府重启博物馆筹备事宜？"

"这样当然好。"沈兼士说，"依我观察，袁世凯是不会感兴趣的，甚至还会像过去一样，加以阻挠。"

"这是肯定的，不过，这次热河行宫古物被盗的事，给了我们一个由头，可以借以为契机，推动当局筹备博物馆。"吴瀛说。

"这就是我来找你的目的。"沈兼士说，"可是怎么推动呢？蔡元培先生让我与你商量，他说你有办法。"

"这不过是元培兄抬举我罢了，我能有什么办法，可我愿意为此出点主意。"吴瀛说，"我看，还是要利用报纸制造舆论，给当局施加压力；同时，我可以联络一些政要和文化名流，如张謇、金城、福开森等，他们曾提出过开办博物馆的设想，热心于此，让他们出面找当局呼吁。当然，最后还是要请蔡元培先生亲自出马，直接找袁世凯面呈此事，促其同意。"

"你果真有办法。"沈兼士高兴道，"报纸那头的事，就由我来做。其他事情就只能拜托瀛兄了。"

"你放心。"吴瀛说，"这是石曾兄一直想做的事，我当出力。不过，蔡元培先生那里还是你去与他汇报一下吧。"

吴瀛向来雷厉风行，两天后就写好呈文，并请有关人士在上面签了名，送交内务部。

内务部收到此文后，迫于各方压力，立即按照吴瀛他们的呈文，于10月1日起草并上报了《内务部为筹设古物保存所致大总统呈》：

"所查古物应归博物馆保存，以符名实。但博物馆尚未成立以先，所有古物，任其堆置，不免有散失之虞。拟请照司所拟，将已收归民国的紫禁城前朝部分仿效外国先例，先设保存所一处，另拟详章，派员经理，以后待条件成熟改为博物馆。"

袁世凯接到内务部报

清代金嵌宝石朝冠耳炉
（故宫博物院藏）

告，不知是因热河行宫盗卖案的缘故，还是蔡元培、张謇他们进言的结果，竟同意了内务部的方案。

1913年10月，民国政府内务部派杨乃庚、吴瀛等人会同逊清皇室内务府人员前往承德，在都统姜桂题协助下，先设立起运陈设处。

从11月18日起，费时一年，分七次将1949箱又1877件共计119500余件家具、陈设、铜器、玉器、书画、钟表、书籍等运到北京。

1914年1月，内务部又派治格等人会同内务府人员前往沈阳，在都督张锡銮的协助下，从1月23日至3月24日，分六批将1201箱共114600余件铜器、瓷器、书画、书籍、珠宝、文房用品等运到北京。

就这样，古物陈列所瓜熟蒂落。

1914年底，隶属中华民国北洋政府内务部的古物陈列所在故宫文华殿和武英殿成立，成为我国以皇家藏品为主的博物馆的雏形。

从此，神秘的紫禁城外朝三大殿向公众打开了厚重的大门，博物馆的筹办终于跨出了第一步！

可是，后来由于袁世凯称帝的丑剧和张勋复辟的闹剧轮番上演，打乱了筹办博物馆的步伐。

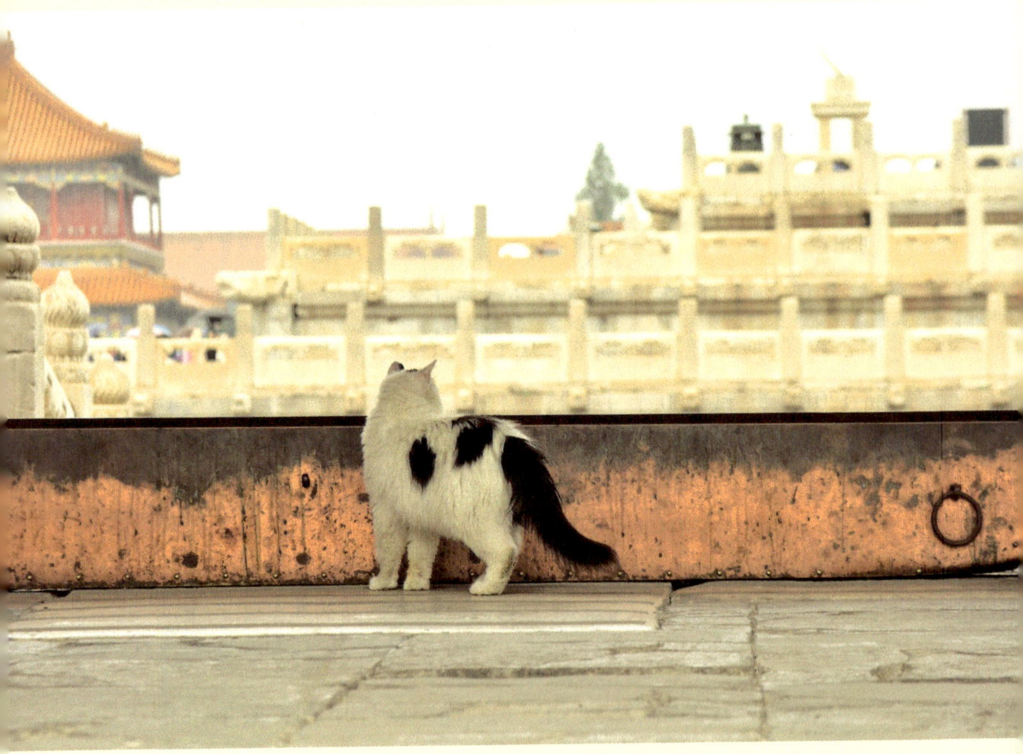

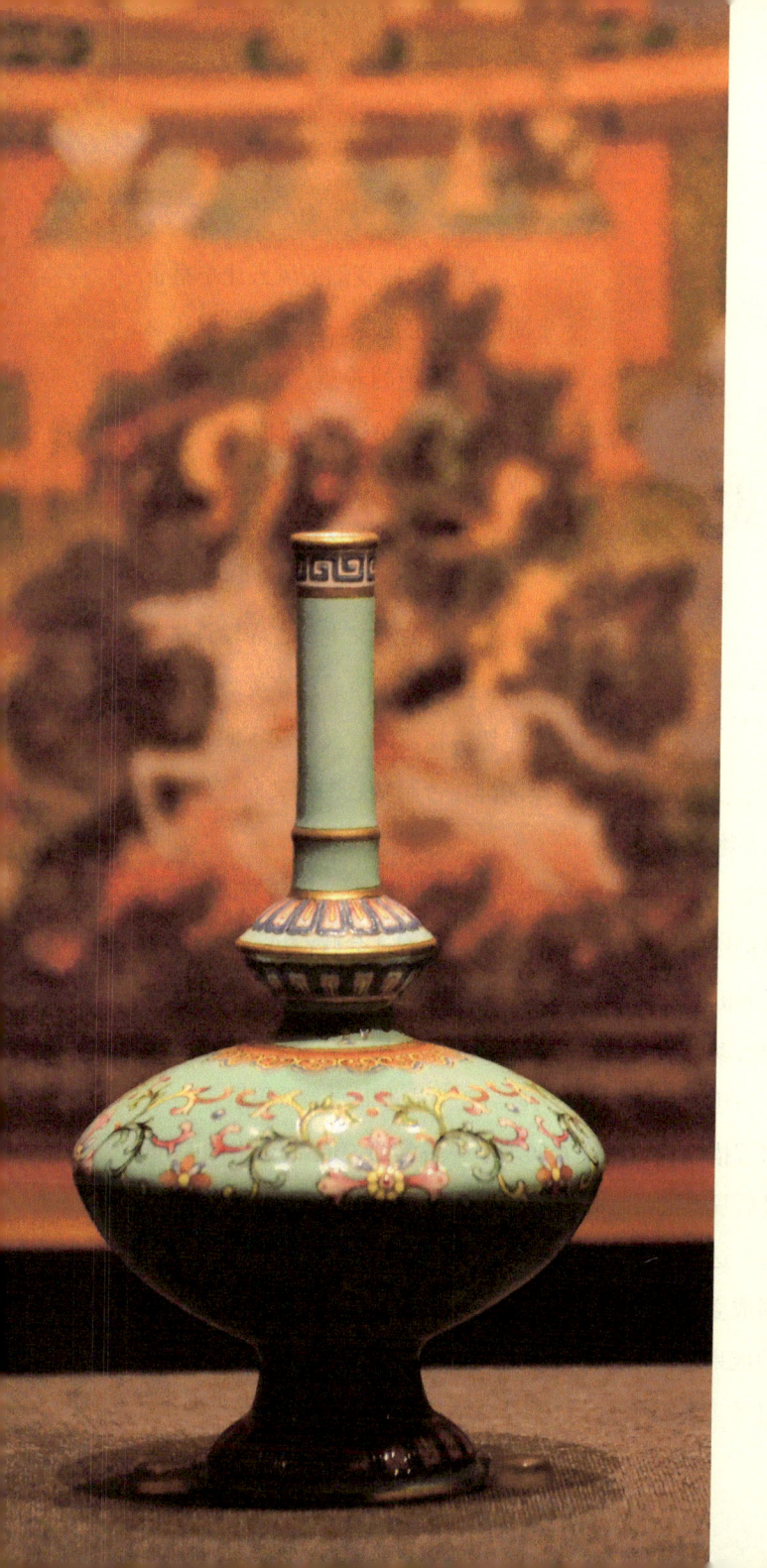

第三章
溥仪为搞复辟盯上宫中文物

青年时期的溥仪

紫禁城内变幻的风云让小皇帝溥仪亦喜亦悲、一惊一乍，但还总是怀着不绝的希望。不知不觉中，3岁登基、6岁退位的他已经长大成人。

成人后的溥仪是一个矛盾中的人，他既接受着旧式教育，又有外国人做他的英文老师，灌输许多新的、先进的东西；既享受着宫廷里一切古物珍品，又戴起了眼镜、骑上了自行车、安装了电话；既陶醉在帝制梦之中，又向往外面世界的新生事物。

多年来，紫禁城内的小朝廷及其保皇势力，虽然复辟梦一再破灭，但仍然僵而不死。他们时刻窥视着社会政治风云的动荡起伏，企图伺机恢复昔日的帝制。

他们行动的第一步就是筹措经费，既用以弥补目前日益捉襟见肘的小朝廷日常开支，又为以后复辟或逃匿之需做积累。

如何筹措经费，溥仪着实动了一番脑筋，但始终想不出好的办法，最后只得把眼睛盯在宫中的文物上，打起了他的如意算盘。

本来，这些珍品文物都是我国悠久文化遗产中的主要构成部分，民国成立后应全部收归国有，不得为清室所私有。然而，辛亥革命的成果被袁世凯所窃取，他与那些政客和军阀们为了报答曾经受过的"君恩深重"，竟在《清室优待条件》中正式列出了

"大清皇帝辞位之后，其原有之私产由中华民国特别保护"的条文，把紫禁城内外财物包括所有珍贵文物在内，都当作合法的私产，予以"特别保护"。这样一来，我国几千年来的丰富文物典藏，这些全民的精神财富在帝制被推翻的情况下，仍属于爱新觉罗氏一姓的私有财产，并用条文固定下来。

正因为如此，溥仪摆出从前"主子"的派头，对宫中珍贵文物任意处置，或抵押，或捐赠，或赏赐，有恃无恐，不受限制。就这样，二百年多来积累在宫中的书画精品，大量地被带出紫禁城。

上梁不正下梁歪。久而久之，内务府官员及太监们便学着"皇上"的样子，干起偷盗之事。

其实，宫中偷盗之事并非起于溥仪偷盗之后，之前就时有发生。溥仪大婚时，偷盗活动就已发展到了无以复加的地步。刚行过大婚礼，皇后凤冠上的珍宝全换成赝品。参与宫中盗窃活动的几乎可以说从上到下，人人有份。偷盗的方式多种多样，有溜门撬锁的，有监守自盗的，有顺手牵羊的。

有一次，一名太监不知从哪个宫中窃得旧藏《法书大观》一册，内有北宋蔡襄、苏轼、黄庭坚、米芾四家墨迹，著名的苏轼《季常帖》也在其中。这么一件重要的墨宝，竟让太监窃得后捎带回住所，将内部诸印玺擦掉，并藏于土坑之中，俟机拿出去出售。

到了溥仪他们偷盗文物的事在宫中传开后，偷盗活动竟更为猖獗，甚至明目张胆起来。这段时间，莫名其妙的事情接踵而至：

毓庆宫的库房门锁被人砸掉了，后窗户也打开了；乾清宫的窗子被人打开，里面的大钻石不见了踪影。

这一切引起了溥仪的警觉，他决定亲自带人一个库房一个库房地进行查看。

不查不知道，一查吓一跳。这些存放着大量珍贵文物的库房，很多门上的封条被撕掉了，明显看出是有人进去过了。而里面存放的箱子，也有被搬动的痕迹，有些移动过的箱子，打开一看，里面空空如也。

溥仪万万没有想到事态会发展到如此严重的地步，他暗下决心：内部彻查！

只是溥仪没想到，他的彻查还没准备好，就硬生生被李石曾等人逼得提前了。

一日，李石曾来到琉璃厂。由于在外奔波，李石曾很长时间没有理发了，便想到青云阁理发。理发店的卞师傅一见李石曾来了，便热情招呼道："李大人啊，怎么这么长时间没来啦？快请快请！"

"刚从法国回来。"李石曾坐到座

民国时期的北京琉璃厂

位上说,"整天忙得团团转,连理发的时间都挤不出来,真没办法呀!"

"是啊是啊,"卞师傅边说话边给李石曾围上白兜,"你是大人物,当然是大忙人喽。"

"我算什么大人物啊,忙倒是真的,不过都是瞎忙呗。"李石曾客套地说。

"哪里哪里,"卞师傅把李石曾脖子用毛巾捂紧,说,"你们忙的都是天大的事,怎么说是瞎忙呢?要说瞎忙,那是我们这样的人在瞎忙。"

"都一样,都一样。"李石曾与往常一样,利用理发的机会与卞师傅攀谈起来,"生意还好吧?"

"托您的福,生意倒是不错的。"卞师傅转而叹息道,"唉,就是这年头,赚到手里的钱虽然多了些,但总跟不上日日见涨的物价,实际生活是王小二过年,一年不如一年啰。"

李石曾安慰道:"总会慢慢好起来的。"

"好不了啦!"卞师傅调侃道,"别说俺平民百姓了,就是守着紫禁城的皇上,每年40万两银子都不够花了,常常捉襟见肘,不得不把宫中的宝物拿到银行作抵押,贷点钱填窟窿呢。"

"还有这事?"李石曾不信地问。

"这是公开的秘密。"卞师傅回道。

"我可从没听到过什么。"李石曾有意引他的话。

卞师傅笑道:"怎么连这个都不知道,在这京城里头,谁不知晓?不过,真正知道底细的,倒也只有我们整天在这琉璃厂混的人了。"

李石曾夸赞道："那当然，你在这里几十年了，朋友多，人缘好，什么能瞒得了你啊。"

"哪里哪里，你抬举我了，"卞师傅一得意，话匣子就打开了，"我也只不过有这个手艺，上到皇亲国戚，下到黎民百姓，总得剃头吧。这剃头，还真的是咱扬州人的手艺好。"

"那是没话说的，我要理发，就非你卞师傅莫属。"

卞师傅得意起来："这真喜煞我了。做我们这行的，地位虽低，挣钱虽少，但是自有乐趣。像你们这样的大人物、大文人，到我这里，往这里一坐，也就没有架子了。"

"是啊是啊，非但没有架子，还要全听你的。"李石曾开起玩笑来。

"不听我的行吗？"卞师傅更加得意道，"无论多大的官，多有钱的主，在我这，我让他抬头，他就得抬头，我让他低头，他就得低头。我是专管头头的！"

听着卞师傅这番话，李石曾不禁哈哈笑出声来。卞师傅停下手中的剪刀道："你千万不能笑，一笑头一动，我这一剪刀下去，就不成型啦。"

李石曾立即收住笑声道："这不，在你这里还真的不能乱说乱动哩。"

"乱动不行，乱说可以。"卞师傅说，"我这个人，手闲不住，嘴也闲不住，就喜欢侃大山。"

李石曾急于想知道紫禁城里发生的事，就不让他无边无际地侃下去，便把话收回来，"我还就喜欢听你侃，总能听到不少信息。比如你前面说到的溥仪用宫中宝物作抵押贷款的事，我还是第一次听说哩。"

"嗨，这算什么信息啊。"卞师傅又压低声音道，"要说这紫禁城，可真是内廷虽小，能量不小呐。"

"哦，不是退位了吗？"李石曾故意装作什么都不知。

"皇帝还在，朝廷还在，能死心吗？能闲得住吗？说不定哪天就复辟了呢。"卞师傅谈起政治来也有一番见解。

李石曾说："复辟不得人心。民众不会答应。"

卞师傅不以为然道："什么人心不人心，答应不答应，老百姓能管得了吗？说穿了，老百姓也不想管。民国开初那年，老百姓还真的激动了一下，又是民主啦，又是选举啦，热闹了一阵子。后来咋啦？都是假的，糊弄老百姓，折腾了这么多年，今天他当总统，明天你当皇帝，都一个样，都好不到哪里去。老百姓就想安稳过日子。可就是安稳不下来。"

李石曾同情道："是啊，现在老百姓的日子是越来越难过。不过，我看这琉璃厂一带，倒还是热闹、兴旺得很呢！"

"那倒是。"卞师傅说，"这倒要归功于这不死的小朝廷了。"

"此话怎讲？"李石曾追问道。

"这里为什么会兴旺啊，还不是全靠紫禁城吗？"卞师傅让李石曾躺下，拿起剃刀，边刮胡子边说，"现在满街都是皇宫里流出来的东西。"

"不会吧，"李石曾问，"皇宫里的东西怎么会到市场上来？"

"俗话说，上行下效，皇上都把宫里的东西往外搬，下面的人就更不用说了。"

"还有这等事？"李石曾将信将疑。

卞师傅停下手中的剃刀："你不信啊？不信，你待会到这街上转一转，看一看就知道了。"

"我本来没有这个想法，给你这么一说，倒有点动心，想见识见识。"李石曾想套出他更多的话。

卞师傅热心道："像你这样的身份和水准，去荣宝斋最合适不过了。我知道，最近那里又得到了几件宫中的珍品。"

不知不觉中，发已理完，李石曾站起来，付了钱，说："今天还早，我不妨去碰碰运气。"

出了青云阁，李石曾径直来到荣宝斋。

荣宝斋处于琉璃厂的中间地带，为最负盛名的百年老店。荣宝斋不设柜台，在幽雅的客堂内，窗明几净，古朴宁静，暗香浮动。宾主在品茗闲谈之中，把玩器物，畅谈古今，在怡情笑谈之间，做成一桩桩买卖。

李石曾刚跨进大门，就有一伙计把他引至客堂雅座，沏上热茶，另一伙计到里面的内屋报告

20世纪20年代，北京荣宝斋南纸店

去了……

不一会儿,一个老板模样的人出来,见到李石曾便热情道:"喔唷,是你呀,老朋友,老朋友,是什么东风把你吹来啦!"

"葛老板,不欢迎啊?"李石曾站起呵呵笑道。

"说到哪里去了,望眼欲穿呐!"葛老板假装生气道,"我还以为什么事得罪您李大人了呢,这么长时间不过来。"

"葛老板真是贵人多忘事,我不是告诉过你,我要到国外一段时日。"李石曾说。

"对了对了!"葛老板笑容可掬,"老喽,记性是越来越差了,真是对不起。"

李石曾说:"我看你是越活越年轻,气色总是这么好!"

"哪有啊,"葛老板兴高采烈,"我这个人想得开,活个高兴,不烦什么神。"

李石曾说:"人逢喜事精神爽。看你这高兴的样子,一定是遇着什么好事了。"

葛老板笑道:"你眼睛真紧,什么都能让你看出个究竟。"

李石曾故意套话道:"眼睛再紧,也看不出你在乐着啥噢。"

"像我们这号人,高兴些啥,你心知肚明,瞒不过你的。"葛老板颇为得意。

"呵呵,既然这样,也让我一起乐乐嘛!"李石曾试探道。

"你是多年的老顾主了,本来是要答应你的。"葛老板为难道,"不过,今儿这货,不瞒你说,刚刚到手,我都不敢相信它是真的。所以也不便给你过目,真对不起了。"

李石曾知道葛老板这话完全是生意场的话，便略显不快道："葛老板说这话未免太把我当外人了吧。假如有货在你眼里也真假难辨，恐怕这琉璃厂就没有一件真的了。"

"你别误会，千万别误会。"葛老板肃然道，"今儿个是例外，要不，在你老兄面前我怎会说这个话呢？"

李石曾摇着头："听不懂你的意思，既然不想给我饱个眼福，我也就不强求了。"说着起身要走。

"慢慢慢。"葛老板忙说，"你甭急嘛，我的意思是，我还有点吃不准，这实在不是一般的东西。跟我到里面看看吧。"

内厅里，没有窗子，白天也开着灯。

葛老板打开一只红木箱的锁，从里面拿出一个卷轴，放到桌上轻轻地展开。

这下轮到李石曾不敢相信了。他揉了揉眼睛，看了又看，最后惊呆了，不，他愤怒了！

"你这是从哪里得到的？"李石曾强制让自己平静下来。

葛老板喃喃道："这是行规，恕不告知。"

半晌，李石曾说："请你收起来吧，我也不必问价了，我把全部家产都卖光了，也买不起你这件东西。"

说完，李石曾便离开了荣宝斋。

原来，李石曾在荣宝斋所看到的，是稀世珍品《平复帖》。

《平复帖》纸本，墨迹，章草书。此帖是章草向今草过渡时期作品，书风朴拙，笔画挺健，字间不相连属，可见秃笔的独特面貌。无款印，宋徽宗赵佶定其为晋陆机书，入清后被收藏于宫中。

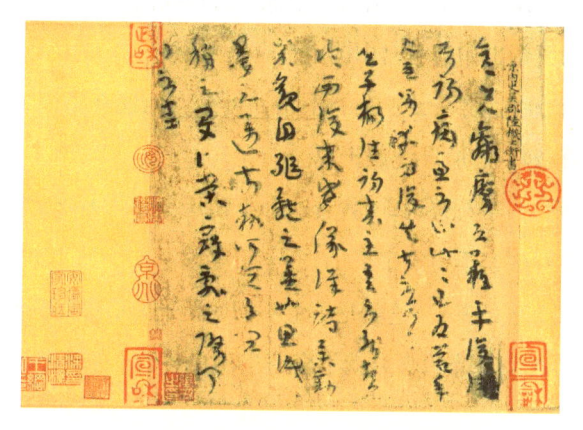

晋代陆机《平复帖》（故宫博物院藏）

就是这么一幅深藏于宫中的传世珍品，居然也流了出来，可想而知，从紫禁城流出的宝物有多少，真是令人触目惊心。

李石曾从琉璃厂出来，没有急着回家，而是立即去北京大学，找到沈兼士。

在沈兼士的办公室里，李石曾把在琉璃厂的所见所闻告诉了沈兼士，十分气愤地说："我中华几千年积攒的精神财富，就这样被退位小朝廷任意挥霍和盗卖，其所作所为令人发指！"

"我也曾听说过，但不知道会发展到如此严重的地步！"沈兼士震惊了。

李石曾说："这样下去，不出一年，紫禁城就要被他们掏空了。"

"这个退位的小朝廷，还有那个末代皇帝溥仪，真是气数已尽，竟然干出这种事来！"沈兼士骂道。

李石曾说："当年八国联军抢掠，毁掉我国多少文物，没有想到自家的皇帝也偷盗起宫中国宝，真是败家子！"

"你说他是败家子，一点不错，可是，他还在整天做着复辟梦，一直蠢蠢欲动。"沈兼士说。

"是啊，"李石曾说，"我看这个小朝廷是僵而不死，常常兴风作浪，搅得国家不得安宁。"

沈兼士起身道："这就是革命不彻底留下的后患。只要这个小朝廷还存在，复辟的势力就不会退出历史舞台，复辟的可能性就不会消除。"

李石曾说："看来，非得把小朝廷彻底推翻，把这个贼心不死的末代皇帝赶出紫禁城！"

"早就应该这样了，"沈兼士懊恼道，"可是，现在这小朝廷是越发无法无天了。遗老遗少们护着他们，社会上有人同情着他们，连民国政府的那帮官员，都争先恐后地巴结着他们。所以他们是有恃无恐。"

"总不能眼睁睁地看着这样发展下去吧，还得要有些办法制约他们。"李石曾说。

沈兼士思考了一会说："其他大的办法目前还没有，现在唯一可做的，就是把小朝廷偷盗宫中国宝的事捅出去，引起人们的不满和社会公愤。"

"对！"李石曾赞同道，"这是个好办法。如果各界知道了小朝廷的这些混账事，一定会群起而攻之！"

"以此来呼吁政府取消优待条件,把溥仪他们赶出紫禁城。"沈兼士狠狠地说。

李石曾说:"能不能达到这样的效果,我不敢奢望,现在的政府不可能有所作为。但不管怎么样,只要舆论起来了,对这小朝廷总归是个冲击,起码可以让他们收敛一些。"

"那我立即让杨子江他们组织稿子,尽快在他们的报纸上捅出来。"沈兼士提议道。

"不能太冒失了。"李石曾说,"今天我知道的,可能只是冰山一角。你们应当再去琉璃厂暗访一下,掌握更多的证据,并联络多家报纸,把紫禁城内的丑事一下子披露出来,形成强大的舆论声势。"

"试试吧!"沈兼士转过话头说,"石曾兄,你长时间忙于勤工俭学,恐怕把博物馆的事都给忘了吧?"

李石曾不加掩饰道:"忘倒没忘,就是顾不上来,也无能为力。可是,这次到琉璃厂后,又触发了我这个念头。"

"这就好。"沈兼士说,"这几年我念念不忘的就是这件事。从外廷开办文物陈列所的情况来看,这件事的意义还真是不小。"

"如果把内廷也办成博物院,那影响一定会更大,而且有着象征性的意义。"李石曾说。

沈兼士说:"此事艰难,但我们当锲而不舍,非得把它办成不可!"

李石曾说:"你先把舆论发动起来,我再找找蔡元培、吴瀛他们,乘机再推动一下。"

几天后,京城许多报纸发表消息或文章,披露溥仪及内廷文物大量流失之事,顿时,舆论哗然,社会震惊。

溥仪也乱了方寸。迫于舆论的压力,同时也是为了借机整治内部的混乱状况,溥仪彻查宫中偷盗活动的计划提前开始。

御前会议在养心殿召开。

这样的会议已经很长时间没开了,被通知来开会的人数也特别多,除了载沣、陈宝琛外,还有内务府总管大臣绍英、耆龄、宝熙和侍卫大臣荣源。

溥仪以从未有过的冷峻厉声道:"这几天京城的报纸想必都已看过了吧?"

在场的人,原来都不知道会议的内容,溥仪的开场白,一下子让大家明白了怎么回事,而宫中偷盗之事,他们个个脱不了干系,故而人人做贼心虚不敢作声。

溥仪数落道:"无风不起浪,报纸上的消息不是一点根据也没有。宫中偷盗之事,早已有之,只不过近几年愈演愈盛罢了。最近一段时间,朕查看了建福宫及周边的库房,封条撕掉的有之,门锁撬开的有之,窗子打开的有之,而库房内,许多箱子有搬动的痕迹,有些箱子里面已经空空如也。你们说,这是怎么回事?"

溥仪扫视一眼,继续说道:"这明明是被盗窃过了。如此严重的情况,难道你们都不知道吗?"

见大家低头不语,溥仪怒目圆睁:"绍英,你是内务府总管大臣,你知道否?"

绍英浑身打颤:"这,……"

"这内廷之内,苍蝇蚊子也飞不进来,肯定是家贼!"溥仪咬牙切齿道,"你们看,该怎么办?"

绍英立即表白:"宫中发生盗窃之事,内务府有推脱不了的责任,不过,我们确实不知晓。"

"那这些事是谁干的?"溥仪愤怒道。

耆龄抖抖忽忽道:"我们从没有发现什么证据,故而也就不好说是谁干的。"

宝熙也附和道:"内务府值勤人员也从未有人报告过这等事。"

溥仪闻之更为恼火:"这是你们的失职!"

陈宝琛想息事宁人,便出来打圆场:"内务府都不知道此事,所以偷盗之事就难以确定。以后内务府加强值勤保卫,千万不能有所疏漏。"

溥仪和他的师傅朱益藩(左)、陈宝琛(右)在御花园养性斋门前

见陈宝琛这么说,绍英他们顿时松了口气,都哼哼唧唧表示赞同。

溥仪却不依不饶:"决不能大事化小,小事化了,如若不加查处和整顿,恐怕以后就会发展到不可收拾的地步。"

"皇上说得对！"一直没有开口的荣源说话了，"没有规矩不成体统。这样的事再发生下去，说小了损失财物，说大了危及朝廷，不能不查，不能不管。"

"我也认为要立即查处。"载沣站出来说，"不查个水落石出，内廷难以自保。"

陈宝琛连忙解释道："我不是说不要查处，当然要查处，但是，家丑不可外扬，宫内的事传播出去，报纸便会添油加醋，大肆宣扬，放大朝廷的不是，形成不良舆论，对朝廷有百害而无一利。"

溥仪觉得陈宝琛的话不无道理，心里便矛盾起来，话也软了下来："那不查处，不整顿，任其发展，以后如何收拾？"

"查还是要查的，以儆效尤。"陈宝琛献计道，"但不要大张旗鼓、大动干戈，可以秘密进行查处，以免动静太大，不好收场。"

溥仪只好退让，因为他也不想弄得满城风雨，下不了台，便缓和口气："查还是要查，杀鸡儆猴。你们商议个办法，具体由荣源负责，内务府配合。"

大家顿时如释重负，只有绍英心里还觉得不够踏实：一来自己不干净。二来此事本该是内务府的事，而溥仪却要给荣源去办，明显是对他不信任。还有，溥仪虽然不想大动干戈，却要杀鸡儆猴，也就是说，总得查出点事来——可这一查，万一牵连到自己身上怎么办？……

没想到，建福宫的清查刚刚开始，一场大火突然降临。

建福宫位于紫禁城北部御花园以西，前有抚辰殿、建福门，后至惠风亭，是一处自成体系的大型宫苑。该宫面阔五间，进深三间，卷棚歇山顶，黄琉璃瓦铺盖。檐下施斗拱，前檐为槛窗，后檐为砖墙。室内以隔扇分隔，形成"一明两暗"的格局。宫之两侧游廊行至殿后即惠风亭。亭之北以红墙相隔出院落，亦称西花园，园内以延喜阁为中心，有静怡轩、慧曜楼、敬胜斋、吉云楼、碧琳馆、妙莲华宝、凝晖堂、积翠亭等十余座建筑。

乾隆时期，宫中奇珍异宝收藏于建福宫一带的许多殿堂，储有大量金佛、金塔、金银法器、藏文经板以及清朝九位皇帝的画像，皇帝行乐图和大量历史名人字画、古铜器、古瓷器等。嘉庆时曾下令将其全部封存。溥仪结婚时，所收的全部礼器也都储藏在这里。

扑救了一夜，火虽然灭了，但建福宫及附近一带烧成一片焦土，包括静怡轩、慧曜楼、吉云楼、碧琳馆、广生楼、香云亭、积翠亭、凝晖堂、延春阁、妙莲华室等都烧个精光，化为废墟。

这次建福宫大火，原因何在？事后没有查清，有的说是纵火，有的说是自燃，有人编造出鬼神作怪的故事来，莫衷一是。

至于大火究竟毁掉了宫中多少珍宝？实在无法统计，因为宫中的宝物没有一个完整的总账目。

建福宫火灾后，人们口诛笔伐，报纸追踪报道，纷纷要求追查火灾原因和损失情况。而临时政府派员协同内廷内务府查了很久，也无结果，最终不了了之。

迫于舆论上的压力，内务府对火灾损失情况予以了公布：烧毁 2665 尊金佛、1157 件字画、435 件古玩、数万册古书。

这分明是一笔糊涂账。

事后清理火场，一家金店以 50 万元买了处理权，检出的、熔化的金块金片高达 17000 余两。这只是被烧掉的东西中剩下的很小一部分。这次大火，里面究竟藏了多少烧掉的东西，被偷盗的又有多少，只有天晓得了。

建福宫大火后的一片狼藉

建福宫大火烧毁了宫殿及宝物，也烧痛了溥仪的心，加重了他的疑虑，甚至怀疑太监们会谋害于他，便决定整顿内务府，但他对这些大内总管又奈何不得，只能在太监身上下刀。溥仪与载沣、绍英他们反反复复权衡，最后决定，除三位太妃、溥仪、淑妃五宫各留 20 名太监外，全部裁撤。

7 月 16 日晚 9 时，内务府大臣绍英在护军的护卫下，召集全体太监宣布溥仪的圣旨。太监们没有想到这个结局，毫无思想准备，全部傻了眼。当听完裁撤名单，内廷里的号啕声、惨叫声、咒骂声响成一片。他们叫天天不应，叫地地不灵，别无选择，都被当夜赶出皇宫，流落在街头巷尾……

小朝廷大量裁减太监的举动，引起了宫内的骚动，即便被留下来的太监们也都人心惶惶，不知何时轮到自己头上。

紫禁城外也是满城风雨，人们议论纷纷，有持肯定态度的，认为这样可以减少政府的开销；有持反对意见的，认为小朝廷另有图谋；也有说这是小朝廷的坏兆头。

赶走了大批太监，溥仪还是不放心，便选派镶红旗蒙古副都统金梁和自己的岳父荣源为内务府大臣，另又选一些心腹分别安插到内务府的管理机构之中，试图巩固摇摇欲坠的小朝廷。

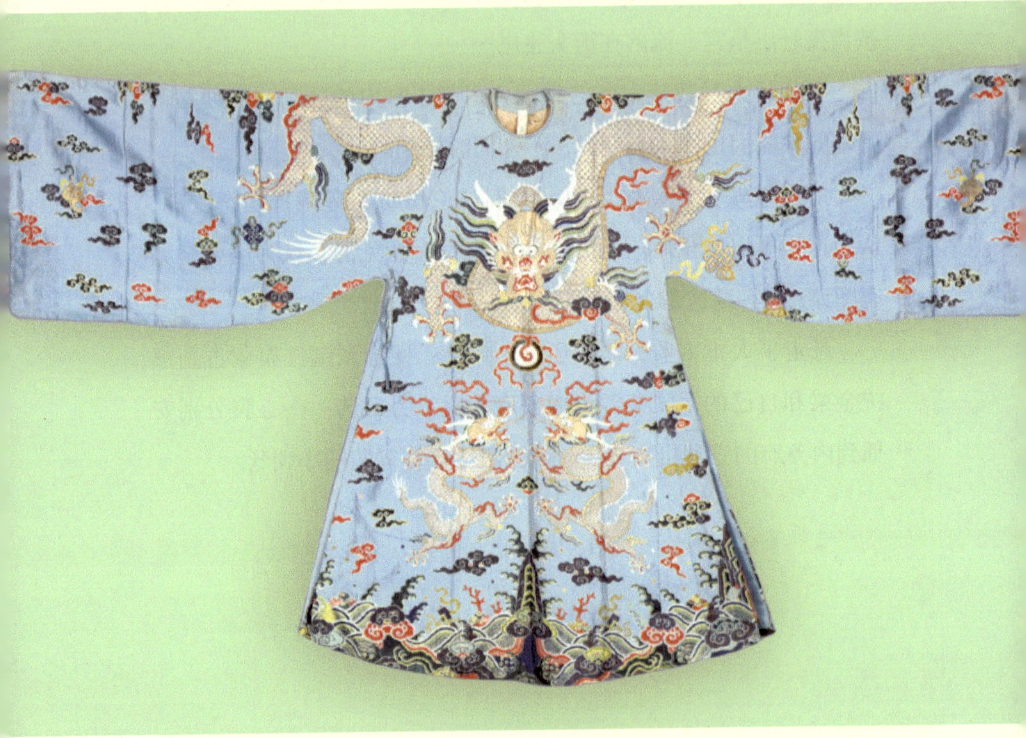

第四章
故宫博物院在大变局中诞生

建福宫的大火虽然熄灭了，但李石曾等进步人士心中的怒火却被点燃了。一日，李石曾把沈兼士、吴瀛、李宗侗叫来家中，商议对策。

李石曾对他们说："这次建福宫大火，引发了人们对小朝廷的极端反感，我们应当抓住这个契机，发动民众驱逐溥仪出宫，彻底清除清王朝的残余势力。"

沈兼士则发表了自己不同的看法："现在关键的问题不在于发动民众，而在政府。自民国诞生之后的十余年间，几乎历任的总统都在袒护着这个小朝廷，并在暗中藕断丝连，甚至用各种不同的方式怂恿和支持着这个小朝廷。所以，我认为，现在还是要设法让政府下决心取消优待条件，废除帝号，把溥仪赶出紫禁城。"

"这是你的一厢情愿。"李石曾说，"现在上至总统下至各级官僚，整日忙于争权夺利，既无心思去看管这个小朝廷，更不愿得罪这个小朝廷，有时还拿这个小朝廷作为自己的一张王牌。现在要指望政府主动取缔这个小朝廷，恐怕是白日做梦。"

吴瀛认为："要让政府主动出来取缔这个小朝廷，当然是不可能的，但是，总得想个办法推动一下，不能坐视不管。"

"老办法，组织学生请愿。"李宗侗提议说。

李石曾说："光靠老办法不行，指望政府也不行，我觉得利用国会这个讲坛，呼吁一下，对政府施加点压力，倒也未尝不可。"

"这不失为一条路子。"沈兼士说，"石曾，你是国会议员，利用你这个身份，上书国会，促使国会讨论并形成决议，也许会产生一定的作用。"

吴瀛进一步分析："可以试试，但现在的国会，完全是聋子的耳朵——摆设，想它起多大作用是不可能的。我建议，死马当作活马医，多管齐下，一是上书国会，二是上书总统，再就是组织请愿活动，形成一定的声势和氛围。不管如何，起码对这小朝廷是一种压力和打击。"

吴瀛（1891—1959），江苏常州人，字景洲。毕业于湖北方言学堂英文专业。曾任京都市政督办公署坐办（相当于市政府秘书长）。27岁，受故宫博物院院长易培基的邀请，被聘到故宫博物院兼职，参与了清室善后委员会对清宫财产的清点和博物院的创建工作，并担任《故宫书画集》《故宫周刊》首任主编。1926年，任"故宫博物院维持会"常务委员。1929年，担任"古物审查会专门委员"。

吴　瀛

"好吧。"李石曾说，"你们可以在学校先做一些宣传发动工作，待时机成熟后再组织请愿活动。我会抓紧把报告写出来，并争取蔡元培等的支持，尽快递交上去。"

李宗侗自告奋勇道:"这样吧,为了抓紧时间,上书稿我来执笔,你们现在就把内容说一下吧!"

"这也好。宗侗文笔好,出手也快,就让宗侗写吧。"沈兼士提议道。

李石曾见李宗侗热情如此之高,也有意让他锻炼一下,便高兴地说:"那太好了,我本来最近也是忙不过来,今天趁兼士、吴瀛在这里,可以一起来讨论。"

"还是石曾兄来谈吧,我可说不好。"沈兼士谦虚道。

"好吧,我先谈,你作补充。"李石曾接着论述道,"当时确定的优待清室条件,是一定历史阶段的产物,不过是过渡方案、权宜之计。即使按照这个优待条件,小朝廷也不能在紫禁城长期住下去,随时可以搬出去。现在早已过了'暂居'的时限,应当从速将小朝廷赶出紫禁城。"

沈兼士补充道:"更加不能容忍的是,自民国诞生之后,溥仪的小朝廷在优待条件的保护下,得以在紫禁城中继续生存,帝号也被保留。本该顺应时代之潮流,遵守民国之宪法,但在这十余年间,紫禁城内不是上演一幕幕复辟闹剧,就是发生一桩桩偷盗丑闻,既不利民国政权的巩固,又对中华民族的宝贵财富造成破坏。对于这样的小朝廷,根本没有保留之必要,应当彻底清除之。"

"是的。小朝廷一天不清除,复辟势力就一天不会安宁。"李石曾说,"一直以来,无论是散落各地的遗老遗少,还是存在于海内外的复辟势力,与紫禁城内上演的复辟闹剧相呼应,他们共同的希望所在，就是这座象征皇权的紫禁城和城中逊位的皇帝。所以，要巩固中华民国的政权，巩固民主共和的政体，就必须从根本上铲除复辟帝制的祸根。"

"其实，理由不言自明，关键是要促使政府下决心采取行动。"吴瀛说，"这个行动必须果断，不留后遗症，建议政府实施三个取消：一是取消清廷，二是取消帝号，三是取消优待条件。"

"对！"李石曾说，"除了这三个取消，我认为在上书中应再提筹办博物馆的事，把内廷彻底改造过来，使整个紫禁城变成民众共享的文化场所。"

他们谈得非常充分，意见较为一致，最后，李石曾嘱咐李宗侗将谈话内容加以整理，力争有理有据，以打动国会和总统。

是夜，李宗侗奋笔疾书，很快就把上书文稿写了出来，次日交给了李石曾。李石曾当即作了修改，一份交蔡元培转呈总统，一份由他自己递交国会。

总统那里，果真是石沉大海。而国会这边，在李石曾的据理力争下，很快提到大会讨论。大会以压倒多数的票数通过了让溥仪搬出紫禁城的决议，敦促政府组织实施。

然而，国会的决议并没有得到总统曹锟的重视，过了好多天后，总统才在李石曾的上书上批了一个模棱两可的意见："请政府再议。"

总理吴佩孚接到曹锟的批示，不知是什么意思，便召开政府会议进行讨论。然而，就在政府会议上各方就决议争得面红耳赤、尚无定论的时候，北京的政局又发生了意想不到的变动。冯玉祥率兵占领了北京城，软禁了曹锟，赶走了吴佩孚。

闻听宫外政局混乱，溥仪更是惴惴不安，悄悄地带着绍英等人，登上御花园的高处，用望远镜观察景山，看见上上下下都是士兵。

绍英见溥仪忧心忡忡，沉默无语，便上前安慰道："皇上，这些士兵是昨天下午上岗的，为了探视虚实，我让内务府派人送去茶水和食品，表示慰问，士兵们都收下了，看上去还算友好。"

溥仪不作声，心事重重地离开了御花园。

回到养心殿，溥仪让所有人都走开，独自翻阅几天来的报纸，试图从一些消息中分析局势，窥测利害得失。可是越看心里越沉重，越分析越感到局势危急、处境险恶。

当天晚上，溥仪坐立不安，只得把荣源、郑孝胥、庄士敦召来商议。溥仪说："从各种情况分析，冯玉祥的这次政变，表面为内斗倒戈，实质是一次非同往常的政变。今天，我在御花园向外看到的一切，足以证明我的预感。"

荣源说："我也有此感觉。这个冯玉祥，在我印象里，绝非贩夫走卒。辛亥革命那一年，冯玉祥是驻守直隶海阳的新军某营管带。当年参加过滦州起义的反清头目都被捉拿杀头，唯独冯玉祥只身逃脱，以后便重振旗鼓，势力日大，且多次扬言取消我帝制。如今他兵临城下，此乃凶多吉少。"

"也不必如此悲观。"庄士敦说,"现在的情况还不是十分明朗,为了进一步试探虚实,不妨让绍英用清室内务府的名义,给国民军总司令部送一封信过去,询问调走驻守故宫士兵的真相及今后紫禁城的安全守卫问题。"

溥仪点头表示赞同。

"我看还是要做最坏的打算。"郑孝胥忧虑地说,"当务之急是保证皇帝的安全,择机撤出内廷。"

荣源睁大眼睛问道:"撤出内廷?撤到哪里去?"

"我也没想好。"郑孝胥答道。

庄士敦献计说:"万不得已,可以到外国使馆区去避一避。"

"怎么出去?"荣源说,"每处宫门都被国民军把守,神武门外的皇宫卫兵也被逼至门内,门外都是冯玉祥的部队。"

庄士敦说:"现在还不到这一步,也许不会那么严重。"

溥仪强作镇定说:"但愿如此,时间不早了,你们回去休息吧。"

荣源、郑孝胥、庄士敦起身告辞。

当他们三人走出大门时,溥仪又把庄士敦单独叫了回来,将一捆重要文件和贵重物品交给他,嘱咐他寄存到宫外的汇丰银行,以备出宫后急用。然后,溥仪又拿出一个小匣子,里面全是珠宝戒指,说:"这是端康太妃留下来的,你挑一个留作纪念吧!"

庄士敦颇感意外,不肯拿。

溥仪又说:"这是朕的一点心意,你就选一个吧。"

庄士敦不好违旨,只好挑一个碧玉戒指,心里一阵心酸,差点掉出眼泪来。

他走出养心殿，紫禁城里漫长的黄昏正进入黑暗的深夜，到处呈现出孤独凄凉、鬼气阴森的景色。

庄士敦（左一）与溥仪（左二）、润麒（左三）、溥杰（左四）在御花园（1918年9月）

第二天一早，新任京畿卫戍总司令鹿钟麟派人来到紫禁城，告知内务府给国民军司令部的信收到了，特来向清室人员解释，说国民军这样做是为了统一军权，维持治安，别无他意。至于今后紫禁城和景山的守卫任务，自然改由国民军负责。来人说罢，避而不谈其他问题，径自去了。

溥仪听了绍英的禀报，作不出任何判断，只感到身处风雨飘摇之中。

溥仪的预感是对的。不久，鹿钟麟就带着李石曾等人，给紫禁城里的皇族们下了离开的"通牒"——《修正清室优待条件》。

今因大清皇帝欲贯彻五族共和之精神，不愿违反民国之各种制度仍存于今日，特将清室优待条件修正如下：

一、大清宣统帝从即日起永远废除皇帝尊号，与中华民国国民在法律上享有同等一切之权利；

二、自本条件修正后，民国政府每年补助清室家用50万元，并特支出200万元，开办北京贫民工厂，尽先收容旗籍贫民；

三、清室应按照原优待条件第三条，即日移出宫禁，以后得自由选择住处，但民国政府仍负保护责任；

四、清室之宗庙陵寝永远奉祀，由民国酌设卫兵妥为保护；

五、清室私产归清室完全享有，民国政府当为特别保护。其一切公产，应归民国政府所有。

中华民国十三年十一月五日

溥仪看完《修正清室优待条件》后，头皮一阵发紧。他虽然早有预感，但一旦他最担心、最害怕发生的事情发生时，顿觉晴天霹雳，猝不及防，惊恐万状。他战战兢兢地站起来，又哆哆嗦嗦地坐下去，嘴唇嚅动着，却发不出声音来。

身边的人急忙给醇亲王载沣打去电话求助。

载沣是溥仪的父亲。在溥仪三岁即帝时，载沣被授为监国摄政王。溥仪六岁退位后，载沣无政可摄，就一直住在后海北岸的醇王府里。

中午，载沣正准备吃午饭，突然接到溥仪的电话，得知宫中有变，便放下饭碗，从醇王府匆匆乘舆赶来。

载沣弄清情况，感到大势已去，再坚持不搬已不可能，便对溥仪说："搬出内廷是迟早的事，既然到了这一步，拖几天、几月也无意义，不如今天即刻出宫。"

溥仪气愤道："我原本也不想待在这里，闷得我气都透不过来。不过，他们如此逼宫，实在欺人太甚！"

载沣劝说道："兵临城下，无理可言。继续留在这里，危险太大，搬出去也许更安全些。"

溥仪不再言语。

载沣见溥仪还在生气，便上前嘱咐道："大丈夫能屈能伸，何况皇上呢？既然决定出宫，就做得大度一些，千万不要悲悲戚戚的，给世人留下笑柄。"

溥仪听父亲一番教导，只好勉强说道："推车撞壁，别无他

第四章　故宫博物院在大变局中诞生

溥仪交出的宣统之宝（故宫博物院藏）

法，你们做安排吧！"

"大家立即分头准备。"载沣开始分配任务，"绍英，你先把这里的两方宝玺，一是'皇帝之宝'，二是'宣统之宝'拿去给外面前来接收的官员，让他们转交给政府，并表示今天一并搬出宫殿。"

"这宝玺和宫殿要是交出去了，这以后……"绍英提出异议。

"交了，交了！"溥仪用手在空中挥了两下，"要走就走个干脆！"

载沣又说："还有无值守的太监、宫女一并遣散。耆龄，你去安排一下，哪些留下，哪些出宫。出宫的，要他们收拾细软物件，并给他们发些钱。"

"每人发多少？"耆龄问。

载沣问:"宫内现有太监、宫女多少人?"

耆龄答:"太监470多人,宫女百余人。"

载沣略为心算后说:"太监每人发洋10元,宫女每人8元。不论是暂留的、出宫的,还是随同去醇王府的,一律发给。"

就这样,宣统皇帝结束了他的紫禁城时代。

历史将记住这一刻:公元1924年11月5日,象征着封建皇权的紫禁城,结束在这一天黑沉沉的夜晚,至此,两千年的中国封建统治终于被连根拔掉。

溥仪迁出紫禁城后,李石曾觉得筹办故宫博物院的最佳时机已经来临。

历史的发展,总会在某个时刻出现某个拐点。历史人物的作用,就是在历史和社会发展进程中捕捉到积极的信息,进而迅即行动,起到"顺势而为"的作用。不论其主观的出发点是什么,但只要顺应了历史发展的总趋势和社会潮流,就能成为历史人物乃至历史伟人,反之就是历史的罪人。

李石曾自觉地承担起历史人物的作用,瞅准时机,加速推进故宫博物院的建立。他把沈兼士、吴瀛、李宗侗叫到家中,谈了立即筹办故宫博物院的想法,大家一致认为时机已到。

沈兼士认为,筹建博物院一事,贵在神速,决不能议而不决,决而不行。当务之急是要设法让政府内阁这一关尽快通过。

吴瀛有在政府工作的经验,他认为,此事宜简不宜繁,如果提到内阁讨论通过,势必胎死腹中,不如甩开政府,由善后会直接去做。

李石曾表示赞同,他说:"按照国际惯例,诸如博物馆、图书馆之类公益事业,均由非政府组织出面运作,善后会就是这样的非政府组织,完全有权力来筹建博物院。"

沈兼士觉得有道理,便说:"事不宜迟,那就加快步伐吧!"

"好!"李石曾胸有成竹道,"这几天我作详尽的考虑,必须立即起草筹建故宫博物院的有关文件,提交善后会讨论通过,这样就能很快进入实质性运作。"

接着,大家讨论了所要起草的文件内容。

李宗侗再次自告奋勇地提出由他执笔,领了任务后很快完成了初稿。

李石曾看了初稿,让李宗侗去请沈兼士、吴瀛作了修改。

修改后,李石曾又亲自带着稿子去找蔡元培、易培基,听取他们的意见。

1925年9月29日,李石曾主持召开善后会全体会议,一致认为成立故宫博物院的时机已经成熟。会议接着讨论了《故宫博物院临时组织大纲》。

易培基在会上宣读大纲草案:

第一条:遵照《办理清室善后委员会组织条例》第四条,组织故宫博物院。

第二条:故宫博物院之组织如下:

甲、临时董事会

乙、临时理事会

遇必要时，得设专门委员会。

第三条：故宫博物院筹设：

一、古物馆

二、图书馆

第四条：上条各项之组织，另由章程及办事细则规定之。

第五条：本组织大纲，遇必要时，得由董事会公决修正之。

易培基宣读完毕后即开始讨论。委员们大都给予充分肯定，但也有人提出异议。

"'故宫博物院'的名称值得推敲。"有委员认为，"故宫二字，很有怀念之意，与其称为故宫，不如称为废宫。再说，故宫而称为博物院，更大不妥，简直不通。"

谁也没有觉得这个名称有什么问题，但这位委员的观点，一下子让大家愣住了。

过了许久，李石曾解释说："'故宫博物院'这个名称，并无不妥。'故宫'二字，不过表示以前紫禁城曾经是皇宫而已，毫无怀念的意思。至于'故宫博物院'连缀成文，不过表示博物院所设地点为故宫。这样的名称，比比皆是，如上海特别市政府，表示市政府所在地为上海。在欧洲，许多国家把旧时皇宫改作博物院，也多以某宫冠于博物院之前作为名称，我在法国时，就去过巴黎的卢浮宫博物院。也有直接以皇宫博物院为名，如柏林的皇宫博物院。我以为，还是用故宫博物院的名称为好，符合国际惯例。"

听李石曾这么一说，大家都觉得言之有理，同意用故宫博物院这个名称，而这位委员又提出了另外一个问题："故宫博物院的功能何在，也值得思考。展出当然必要，研究就为多余。研究宫内设备如何摆布，皇帝所用事物之学问，等等。岂不是预备哪个将来要做皇帝，预先设立大典筹备处吗？"

此言一出，大家纷纷摇头不予认可。

易培基说："刚才这位委员的发言，本人不敢苟同。研究是博物院的功能之一，没有研究，就不是真正意义上的博物院。而研究以前的事物或历史，完全是学术的需要，决不是为了恢复过去的景象。现在世界上的许多学者，都在争相研究近代野人之生活，还在发掘荒古时代原人之器物，假如我们说这些学者是想放弃现代的生活，而准备去过古人茹毛饮血穴居野处的生活，这不是很荒唐吗？"

会场上顿时发出一阵哄笑声。

不知是谁，在后排以讥讽口吻说道："医生为病人研究病状，难道医生也是为了自己得此病吗？"

又是一阵哄笑。

这位委员见大家取笑于他，脸涨得通红，但又不甘示弱，高声嚷道："皇宫不过是天字第一号逆产。逆产应当拍卖，将拍卖的大宗款项，在首都建一所中央博物院。"

看来，这位委员是有备而来，决非一时激愤之言。

李石曾为缓和会场气氛，说道："此兄的意见，也不无道理。在首都建一所中央博物院，也许有必要，但恐怕是多少年以后的事了，现在尚不成熟。至于故宫逆产之说，不够准确，而拍卖之说，更为失当。故宫已收归国有，已成国产，还怎么能说是逆产呢？故宫并非皇帝所造，而是劳苦民众汗水智慧所成，故宫里的物品都是各地所供奉，决不是清室之私产。正因为如此，才要把溥仪及所有清室人员赶出故宫，没收其宫殿物品。故宫建筑之宏大，典藏之雄富，在世界各国博物院中亦为少见。保护故宫，实为保护中华之文化，也是为世界文化史而尽力，而决非为清室逆产所尽力。"

数字多宝阁（故宫博物院官网截图）

"言之有理。"吴瀛站起来支持李石曾的观点，"故宫所藏物品，皆由明清两代，收集而成，取之于民，今收归国有，是为公物。遴选其中有价值之物品，公开展览，供民众共享，此乃为公。如果拍卖，必将流出，一则不利保护中华之文化，二则供于私人所有并随之玩弄，委实不当。故而，把故宫变为博物院，此为最当选择。"

这位委员自知自己的看法站不住脚，但又不肯就此认输，继续辩论道："就算将故宫办成博物院尚在情理之中，但现在的组织法中，有什么图书文献，这决不是一般博物院所要有的，简直是莫名其妙的机关，我看完全没有这个必要。"

李石曾又反驳道："设在伦敦的英国博物院就有图书文献两部分。欧美其他地方也有类似的博物馆，我从未听说有学者提出批评或异议。"

"为什么总要提欧美，外国的月亮都比中国的圆吗？"这位委员以退为进道，"再说，即使外国的好东西，一拿到中国来，就变了味，说不定还搞歪了。比如说民主，这是个好东西吧，但拿到中国来，弄成个什么样子了。这博物院，说不定爆出黑幕来。听说已经有人制成赝品，演出以假乱真的把戏。如果不加防范，不到一二十年，所谓故宫的珍品，难免遭受浩劫，成为赝品一堆！"

此番话一出，会场内顿时沸腾开来，尤其是鹿钟麟脸色陡变，拍案而起，手指这位委员，责问："你这话是什么意思？"

会场气氛变得十分紧张。

李石曾连忙示意鹿钟麟不要发作，自己站起来道："今日之会议，不同观点，尽可发表，而所谓'黑幕'之词，想必是针对冯玉祥总司令和鹿钟麟总指挥，必须予以澄清。当时清室遗老，对溥仪被逐，耿耿于怀，恨之入骨，而奉系诸逆，畏惧国民军之威严，故意捏造事实，制作谣言，载于诸报，误导舆论，遂有民间种种传说，这完全是出于政治目的，玩弄政治手段。此等流言，现已平息。而今天又再提出，为本会所不容。"

"此等流言，纯属无稽之谈！"沈兼士愤而起立，"我们可以做证，冯总司令从未履宫门一步，鹿总指挥则奉公守法，不畏勤劳，凡参与清宫物品点查之事，都按规定严格行之。我与点查人员和善后委员会各成员亲与目击，愿为之担保！"

这位委员自知失言理亏，不再言语。

就这样，会议通过了筹备会起草的《故宫博物院临时组织大纲》及故宫博物院临时董事会、理事会组织章程，讨论聘定了第一任董事及理事名单，确定了"故宫博物院"的名称。

最后，会议决定：10天之后的10月10日下午，举行故宫博物院开院典礼。

1925年，北国的秋天，北京的十月，氤氲着少有的和谐气息，其景致煞是迷人，其气候更为宜人。

就是在这美好的时光里，北京各大报纸登出了引人瞩目的广告：

> 本会自接收故宫以来，赖各方面同仁之努力，点查将次告竣，遵照本会条例第四条，组织故宫博物院，筹备经年，业已就绪。兹定于双十节日午后二时在乾清门

内举行开幕典礼,除中、西路同时开放外,并开放养心殿外古物书画陈列,在中路各处图书陈列在寿安宫,并开放文渊阁史料陈列。在宁寿宫后养性殿乐寿堂,以十号、十一号下午一时半至四时为售券时间,每券减收半价,大洋五角,童仆一律。

消息一出,人们奔走相告,踊跃购票,期待先睹为快。

一个历史性的变局终于实现了!

这次变局,不是在枪林弹雨、疾风暴雨中发生;这次变局,没有声势浩荡的斗争,没有暴力,没有流血;这次变局,在和谐、祥和的氛围中悄悄到来。

然而,这是一个真正的变局,这是中国历史上从未发生过的变局,这是一次翻天覆地的变局,这是一次对中国历史和中国未来产生重大而深远意义的变局。

这是一个特定的时刻,特定的地点,特定的建筑,特定的事件。

从皇宫到故宫,没有距离,却又是何等漫长的历程!多少人在这一历程中作出了何等的奋斗和牺牲啊!

终于,中国历史开启了一个崭新的篇章。

1925年10月10日,故宫博物院在乾清门前举行了隆重的开院典礼。

神武门门洞上嵌上了李石曾手书的"故宫博物院"青石匾额,门外搭起了花牌楼。顺贞门内竖起了大幅《全宫略图》。

社会政要、名流、学者等一早来到这里，他们身着节日盛装，有的长袍马褂，有的是西装革履，有的头戴礼帽，个个神采飞扬。

下午二时，开院典礼正式开始。

庄蕴宽以其民国元老，德高望重，被尊为主席。他稳坐在主席台上，气宇轩昂，首先宣读了孙中山先生的贺词：

"欣闻故宫博物院成立，可喜可贺！此乃革命之最新成果，也是共和之文化载体。我们有许多志士同仁，为了革命，为了共和，牺牲了一切乃至生命。我孙文此生，没有别的希望，就一个希望，那就是：革命的成果必须巩固，让共和不仅是一个名词，一句空话，或一个形式，要让它成为我们实实在在的生活方式，让它成为我们牢不可破的信念。推翻封建帝制是我们革命的目标，共和是普天之下民众的选择，是世界之潮流。世界潮流浩浩荡荡，顺之者昌，逆之者亡。我孙文相信，封建皇宫已经不复存在，故宫博物院将成为共和之崭新标志，与时代共进之，为民众同享之！"

读完孙中山的贺信，现场的掌声、欢呼声响彻云天。

李石曾作为故宫博物院临时董事会董事和临时理事会理事，也出席了开院典礼。他身穿中山装，蓄着八字胡，面目清瘦，接着庄蕴宽讲话："自溥仪出宫后，本会即从事将故宫物品点查，并编有报告，逐期刊布，现点查将次告竣，履行本会条例，组织故宫博物院，内分古物、图书两馆。此事赖警卫司令部、警察厅及各机关方面同仁之致力，乃有今日之结果。今日时光至为宝贵，不敢多言，到会诸位先生中，有当日摄政内阁及警卫司令部领袖均在此，稍迟更有重要之言论。"

李石曾讲话以后，前摄政内阁黄郛身穿西装登台发表演说："今日开院为双十节，此后是日为国庆与博物院之两层纪念。如有破坏博物院者，即为破坏民国之佳节，吾人宜共保卫之。"

外交总长王正廷接着发言："今日故宫博物院开幕，鄙人发生两种感想，一即真正收回民权，二即双十节之特殊纪念。"

最后，鹿钟麟司令发表演说："大家听过《逼宫》这出戏，有人也指我去年所做之事为逼宫，但彼之逼宫为升官发财或做皇帝而为，我乃为民国而逼宫，为公而逼宫。"

现场响起长时间掌声。

故宫博物院的开幕典礼在隆重、喜庆、和谐、热烈的气氛中宣告结束。

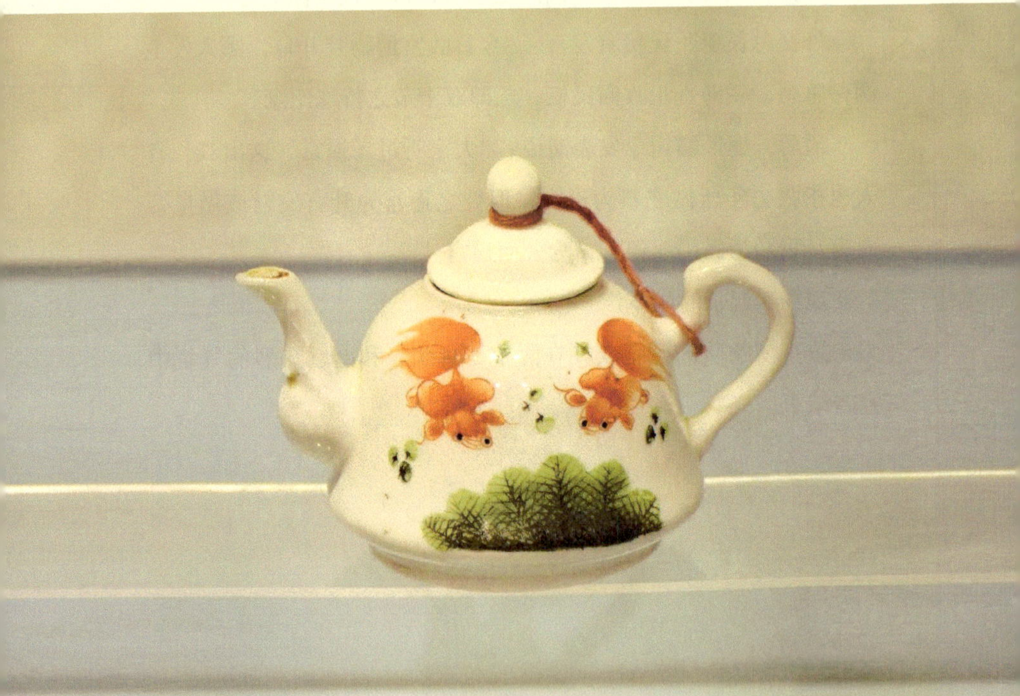

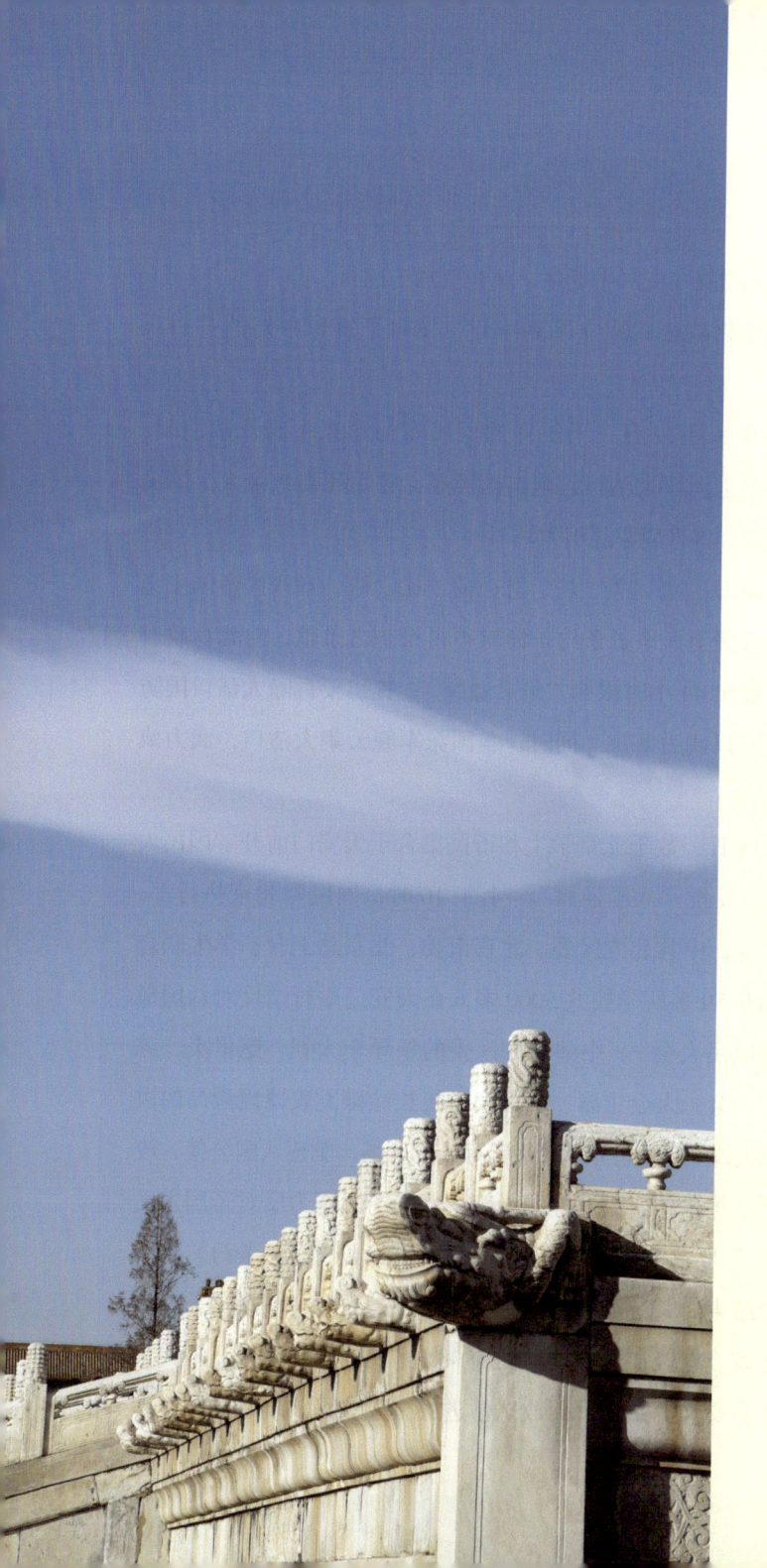

第五章
易培基带领博物院开创新局

故宫博物院在变局中诞生，又在变局中前行。

故宫博物院正式成立不到半年，发生了震惊中外的三一八惨案。

1926年3月12日，冯玉祥的国民军与奉系军阀作战期间，日本军舰驶进天津大沽口，炮击国民军，守军死伤十余人。国民军坚决还击，将日舰驱逐出大沽口。

3月16日，英、美、法、意、荷、比、西、日八大帝国主义国家，联合援引《辛丑条约》海口不得设防之条款，向北京政府外交部，提出44小时限期"最后通牒"，提出要拆除大沽口国防设施，否则以武力解决。同时，各国派军舰云集大沽口，武力威胁北洋政府。

3月18日，数千北京学生和市民集合于天安门前开"国民大会"，声言反抗"八国通牒"。上午10时，国民党北京执行部、北京市党部、中共北方区委、北京市委、北京总工会、学生联合会等团体与80多所学校共5000多人在天安门举行"反对八国最后通牒的国民大会"。中共北方区委的领导李大钊、赵世炎、陈乔年参加大会，大会主席、中俄大学校长徐谦发表慷慨激昂的讲话，大会决议："通电全国一致反对八国通牒，驱逐八国公使，废除一切不平等条约，撤退外国军舰，电告国民军为反对帝国主义侵略而战。"要求把八国公使赶出中国，并撕毁《辛丑条约》。

大会结束后，游行队伍由李大钊率领。一时群情激昂，呼啸冲向国务院。在段祺瑞执政府门前广场情愿。示威群众公推代表去向卫士长交涉，要求开门放队伍进去，并请段祺瑞和国务总理贾德耀出来见面。此时段祺瑞并不在执政府。在执政府内开会的总理贾德耀等人知难而退，从侧门离开。争执之下，执政府卫队长下令开枪，杀死学生和市民47人，伤者200余人。死者中为人们所熟知的有北京女子师范大学学生刘和珍，李大钊和陈乔年负伤。

3月18日，段祺瑞及北京国务院通电谓本日惨案乃徐谦等鼓动所致，下令通缉徐谦、李大钊、李石曾、易培基、顾孟余5人。

李石曾、易培基既没有参加大会，也没有参加游行，为什么也会遭到通缉呢？因为当时李石曾为中法大学校长，易培基为教育总长，段祺瑞便指其鼓动学生闹事而予通缉。

李石曾、易培基遭通缉后，被迫避居外国使馆，后设法离京，隐居外地。

在此情形下，为保证新生的故宫博物院正常运转，院董事会、理事会召开联席会，一致推定卢永祥、庄蕴宽为院务维持员。

庄蕴宽（1866—1932），字思缄，号抱闳，江苏常州人。中国近代政治家、书法家。1890年中副贡，光绪年间历任浔阳书院主讲，百色厅同知，梧州府知府，太平思顺兵备道兼广西龙州边防督办等

庄蕴宽

职。辛亥革命后，曾出任江苏都督，后上京任审计院院长十二年之久。1924年应聘为办理清室善后委员会监察员，1925年主持故宫博物院成立典礼，任主席，并担任故宫博物院董事会董事、图书馆馆长、维持会副会长，是故宫博物院早期领导之一。1928年回江苏任《江苏通志》编委会总编纂直至病逝。

卢永祥乃皖系军阀，此时他并不在北京，故而故宫博物院的工作实际落在了庄蕴宽的身上。

4月5日，庄蕴宽与清室善后委员会正式办理交接手续。

至此，历时一年半的清室善后委员会完成了它的使命，告以结束。

不久，冯玉祥的国民军被迫退出北京，吴佩孚和张宗昌的"直鲁联军"进入北京。

没想到的是，联军兵临城下，把故宫包围起来，并有军人前来告知，要接收故宫。庄蕴宽以礼相待，问其故，军人态度蛮横，扬言奉上级之命，接收故宫所有地盘，用作驻军，喝令三日之内腾让。

庄蕴宽态度也强硬起来，言辞加以拒绝。而军人丢下一句话："你们能赶走溥仪，我们就能赶走你们！"然后，扬长而去。

庄蕴宽听了这军人的话，不知他是一时气话，还是确有来头，颇为担忧，连夜去找当时北京"治安会"的王士珍和赵尔巽，告知实情，请求阻止联军进入故宫。王士珍、赵尔巽虽然感到为难，但还是答应帮助斡旋。

第二天，警备司令部在故宫门口张贴告示，严禁神武门驻兵，任何人不得擅自进入博物院。

联军的企图没有得逞。

听到吴佩孚进京的消息,清室旧臣又看到了一线希望。

吴佩孚善于用兵,富于韬略,军事才能在当时中国武人中出类拔萃,兵锋所指,无不披靡,更为世人瞩目。其人讲究传统,思想偏于保守,主张保留内廷清室。1923年,北京政府为解决国会会场狭小问题,曾决定拆掉三大殿改建为西式议院。吴佩孚听闻后,立即给大总统、总理、内务总长、财政总长发了电报:"……据云,百国宫殿,精美则有之,无有能比三殿之雄壮者。此不止中国之奇迹,实大地百国之瑰宝。……若果拆毁,则中国永丧此巨古古物,重为万国所笑,即亦不计,亦何忍以数百年故宫,供数人中饱之资乎?务希毅力维一大地百国之瑰宝无任欣辛盼祷之至。"吴佩孚此番言行广获好评,清室旧臣也暗自庆幸。

更让清室旧臣感到有机可乘的是,他们知道,第二次直奉战争爆发后,当吴佩孚亲率10万大军正在激战之时,与吴佩孚有个人矛盾的第三军冯玉祥突然带领3万人马从热河撤军,并与直系将领胡景翼等密谋倒戈,发动政变,囚禁曹锟,推翻直系中央政权。直系的内讧直接导致直系在第二次直奉战争中惨败。

如今,吴佩孚为报冯玉祥反目之仇,与张作霖握手言和,将冯玉祥逐出北京,并对冯玉祥的所作所为予以全盘否定。

于是,绍英、荣源、郑孝胥、庄士敦等聚集在一起,经多次密谋,决定让郑孝胥面见吴佩孚,试探虚实。

吴佩孚得知郑孝胥求见，二话没说就答应了。

在吴佩孚的下榻处，郑孝胥放下身段，竭力奉迎道："听闻吴大将军高举义旗，驱逐冯玉祥，吾等喜不自禁，皇上特让我前来拜会，向大帅问安！"

吴佩孚热情道："郑大人不必客气，我哪敢接受皇上的问安？"吴佩孚自觉称皇上有些不妥，又补充道，"虽说现在溥仪不再是当今皇上，但他毕竟当过大清皇帝，哪有他向我问安的道理啊！"

郑孝胥连忙说："吴大帅对溥仪皇上如此敬重，令我感动。您不愧为仁义之人。"

"这是中国人做人的基本准则嘛。"吴佩孚话锋一转，"我可不是那个不仁不义的倒戈将军冯玉祥，做人做事没有一点规矩，不成体统！"

"是啊是啊！"郑孝胥心中窃喜，却又咬牙切齿道，"这个冯玉祥，一朝权在手，得志便猖狂，居然毫无根据地废除了《清室优待条件》，强迫溥仪离开内廷，弄得居无定所，起码的生活条件都无保障。"

吴佩孚关切道："您现在还与溥仪在一起吗？"

郑孝胥答道："我一直跟随皇上，现在负责内务和对外事务。这次来就是受皇上之托，前来拜访吴大帅，有事相求。"

吴佩孚摆着手说："不说求不求的，有事尽管说，我吴佩孚定当尽力。"

郑孝胥激动地说："那我就实话实说。这个冯玉祥废除《清室优待条件》，轻说是毫无道理，重说是无法无天，把皇上赶出紫禁城，同时又收封颐和园，实在是欺人太甚，逼得皇上走投无路，这于国于政府有百害而无一利。"郑孝胥调节一下情绪后说，"这些以后再说，现在最为迫切的是，请吴大帅仗义执言，恢复《清室优待条件》，并尽快让皇上回到紫禁城。"

"这，"吴佩孚没想到郑孝胥会提出如此高的要求，感到有些为难，口上却说，"这是应该的、应该的。"

"多谢吴大帅！"郑孝胥没想到吴佩孚会如此爽快，心中一阵喜悦。

"不过，"吴佩孚沉思片刻，说，"这样做，恐怕会有些阻力。"

郑孝胥鼓动道："阻力总归有，但凭吴大帅的智慧和魄力，这事说办便办。"

吴佩孚冷静道："我完全理解您的心情和溥仪的要求，但好事要办好，不能像那个没有脑子的冯玉祥，冒冒失失，没有章法。我看这事还得有个说法。"

"什么说法？"郑孝胥不解地问。

"就是说要有个理由或由头。"吴佩孚思忖着。

郑孝胥毕竟老到，理解了吴佩孚的意思，说："也不能太为难吴大帅，这样吧，我们以清室内务府的名义，上书国务院，提出我们的要求，并申述理由。"

吴佩孚当即表示赞同。郑孝胥便千恩万谢后离去。

向溥仪报告面见吴佩孚的情况后，郑孝胥立即上书国务院。

国务院又将清室内务府的报告转给了吴佩孚。

吴佩孚大笔一挥："冯不厚道，容当妥善。"

国务院拿到这一批示，立即研究办理，决定先将收封的颐和园还给清室，以后逐步恢复《清室优待条件》。

消息既出，各报纸迅即加以披露，一时反响甚烈。

庄蕴宽得知后义愤填膺，联络各界人士予以反对和抵制。

众议院议员李燮阳，全国商联会等纷纷提案表示坚决反对。

社会名流、民主人士章太炎电诘吴佩孚："辛亥革命，推翻清帝；冯大将军，驱溥仪出内廷。此乃时代之潮流，民心之所向。今闻大帅扶溥仪复宫，大不可思议，试问：其欲复辟乎？其欲倒退乎？居心何在？公理何在？"

吴佩孚迫于舆论压力，不敢公然违抗民意，但心有不甘，暗中指使由他扶持的杜锡圭内阁密谋计划推翻故宫现状的折中方案。

故宫金水河和太和门

不久，杜锡圭内阁召开国务会议秘密决议：正式通过改组故宫博物院，成立"故宫保管委员会"，由国务院函聘委员21人，唯汪大燮与庄蕴宽留任故宫外，其余都为新聘。

7月21日，"故宫保管委员会"在中南海居仁堂开会，国务总理杜锡圭阐明开会宗旨，并宣布清朝遗老赵尔巽、孙宝琦为正副委员长。

对此，故宫博物院予以抵制，两天后，庄蕴宽、陈垣召集同仁在神武门内集议对策，要求政府在故宫问题上明令声明三事：一、不发还溥仪；二、不变卖；三、不毁灭。由故宫博物院组织移交委员会，逐项点交，以清手续。

会上，庄蕴宽发起建立监督同志会。会后，又在报纸上发表启事，公开主张慎重做好故宫博物院的交接工作，实行文物点交。

吴佩孚及其内阁忙于应付时局，加之故宫博物院的抵制，赵尔巽、孙宝琦无法到任。8月2日，赵尔巽、孙宝琦先是声称到故宫参观，故宫博物院即派庶务照料，庄蕴宽则避而不见，由陈垣出面接待。不料，赵、孙两人到达故宫后，并非参观，而是急于接任，开始行使委员长职权。陈垣严词拒绝，明确表明：先点交，后交接。

碰了钉子后，赵尔巽遂向国务总理杜锡圭报告，不料杜认为清点移交为当然之事，无可非议，且认为分设移交、接收两会颇为正当，亦可照办。

赵尔巽没想到杜锡圭态度有变，便怒而辞职，孙宝琦亦连带辞职。

吴佩孚对故宫博物院的抵制和杜锡圭内阁执行不力极为不满，决心予以制裁。

8月8日清晨，宪兵司令部突然逮捕了极力主张逐件点交文物的陈垣。经庄蕴宽多方斡旋，遂释放，但仍有宪兵至陈垣寓所监视其行动，经多日才撤去。

12月1日晚，宪兵司令部又派宪兵包围了庄蕴宽的住宅，准备逮捕庄蕴宽。经过新任国务院总理顾维钧、卫戍司令、警察总监及在天津的张作霖等人调停，才得解围。

在不到一年的时间里，故宫博物院的主要领导全部遭到通缉、逮捕。

故宫博物院危在旦夕。

陈垣（1880—1971），字援庵、圆庵，广东新会县（今为江门市新会区）人，著名历史学家、宗教史学家、教育家。1925年10月10日，故宫博物院成立，陈垣任理事会理事兼图书馆馆长，沈兼士、袁同礼任副馆长。图书馆设图书、文献两部，正式履行新式博物馆所赋予的典藏、保管、陈列、研究和出版等职责。1926年3月至1928年6月，北洋军阀临时执政府如走马灯般更换，故宫博物院组织架构在此情况下先后历经四次

陈垣（右）与他的学生启功

改组，陈垣在这一过程中勉力维持，在稳定故宫博物院大局、保护馆藏文物等方面发挥了重要作用。

面对危局，庄蕴宽想方设法进行维持，并寻求出路。他愈益感到，为了保卫新生的故宫博物院，先靠维持员的力量是远远不够的，必须组织一个强有力的班子来确保故宫博物院的存在与运行。

在他的奔走呼号和大量工作下，12月9日，"故宫博物院维持会"在欧美同学会召开成立会议，通过《故宫博物院维持会暂行简章》，推举江瀚为会长，王宠惠、庄蕴宽为副会长。维持会会员60人，其中新旧文武、学者、官吏，各方势力，一应俱全。

12月17日，故宫博物院维持会正副会长到院就职，并由会长指定常务委员15人：王式通、江庸、汤铁樵、李宗侗、沈兼士、袁同礼、陈兴亚、邢士廉、吴瀛、马衡、俞同奎、余绍宋、陈垣、范殿栋、彭济群。

次年初，故宫博物院维持会公布暂行组织大纲及常务委员会议事细则，摇摇欲坠的故宫博物院有了基本的保障。

然而，好景不长，那年8月，张作霖进京就任海陆军大元帅，在他们授意下，国务会议突然决议两案：一，清代太庙、堂子两处，应归内务部坛庙管理处保管。二，清代军机处存放在大高殿的档案，应归国务院保管。

面对强势的张作霖，维持会认为不能硬顶，而应与之缓和，于是同意放弃太庙和堂子，而争取让大高殿的重要档案留存下来。

张作霖对维持会的退让并不买账，很快又下令查办故宫博物院，派内务部总长沈瑞麟、农业部总长刘尚清为查办大员。9月3日，沈瑞麟、刘尚清到院会商查视手续，并决定每星期一、三、五会同查视。

9月20日，国务会议决定成立"故宫博物院管理委员会"，决议《故宫博物院管理委员会条例》。聘任王士珍为委员长，王式通、袁金铠为副委员长，张学良、沈瑞麟、刘尚清、鲍贵卿、胡维德、傅增湘、江庸、刘哲、赵椿年、陈兴亚、胡若愚、唐铁樵12人为委员，原院方上层领导一概不用。

10月15日，国务总理潘复请故宫博物院管理委员会委员长王士珍及委员至国务院，商讨接收故宫之计。21日，江庸、王式通、袁金铠、沈瑞麟到院办理接收手续。故宫博物院维持会至此结束。接着，管理委员会任命江庸为古物馆馆长、傅增湘为图书馆馆长。

就在张作霖竭力控制故宫博物院之际，他的末日正在来临。

1928年，南京国民党政府发动对奉系军阀张作霖的战争。张作霖战败，于6月3日逃出北京。6月4日，张作霖在退往沈阳途中，经皇姑屯车站时被日本帝国主义炸死。6月8日，阎锡山部进入北京，12日接收天津。6月15日，南京国民党政府宣布"统一告成"。随后，"北京"改名为"北平"。

"二次北伐"结束后，南京国民党政府统辖北平。6月18日，国民党政府任命易培基为"接收北平故宫博物院委员"，前往北平接收故宫博物院。

此时，易培基在上海养病，不能北上，便电嘱马衡、沈兼士、俞同奎、吴瀛、萧瑜代办接收。马衡、沈兼士、俞同奎、吴瀛长期在故宫服务，并实际掌握古物、图书各馆，因而很快就与奉方管理委员会办清了交接手续。

6月27日，国民党政府举行会议，审议国民党中央执行委员会政治会议咨送的《故宫博物院组织法》和《故宫博物院理事会条例》。规定院设理事会、院长、副院长、基金保管委员会，业务分秘书、总务二处和古物、图书、文献三馆及各种专门委员会。《故宫博物院组织法》第一条规定："中华民国故宫博物院，直隶于'国民政府'，掌理故宫及所属各处之建筑物、古物、图书、档案之保管、开放及传布事宜。"

10月国民党政府任命故宫博物院理事27人。后来，理事会推举理事10人。这样，故宫博物院理事共37人。

易培基身在上海，心在故宫，病中一直牵挂着故宫博物院的工作，并不断通过电函、电话予以指导。1929年初，当他身体有所恢复，便决定赴京工作。

博物院同仁闻讯，扛着"故宫博物院欢迎易院长"的横幅，赶到前门火车站迎接，场面隆重。

易培基对前来欢迎他的故宫同仁说："这次来京，轻装上阵，我已辞去一切职务，专事故宫工作，与诸位同仁一道，守护紫禁城，建设博物院，倾力服务故宫，深究历代古物，把故宫博物院办成世界博物馆之先进，弘扬中华文化之光辉。"

3月5日，国民党政府下发行政院令，批准李石曾任理事长，易培基任院长兼古物馆馆长，张继任文献馆馆长，庄蕴宽任图书馆馆长，马衡任古物馆副馆长，沈兼士任文献馆副馆长，袁同礼任图书馆副馆长，俞同奎任总务处处长。

新官上任三把火。易培基带领故宫博物院的同仁全面展开工作。

首先全力整顿院务，除保留原有的古物、图书、文献三馆外，又增设秘书处和总务处。他还发动党政军要员捐资修缮故宫，蒋介石、张学良等积极响应，分别以私人名义捐献款项。紧接着，在文物集中整理的基础上，开始了文物审查鉴定，成立了铜器、瓷器、书画、图书、文献等各类专门委员会。每周工作若干次，逐步审查了大批文物。当时应聘的专门委员有丁佛言、江庸、沈尹默、容庚、叶恭绰、朱希祖、傅斯年、刘半农、罗家伦、蒋复璁等。这是对故宫文物的第一次审查鉴定，也是文物保管工作深入的开端。从此，故宫文物的保管工作由对文物的初步登记、分类、集中，延伸为对文物的研究整理。

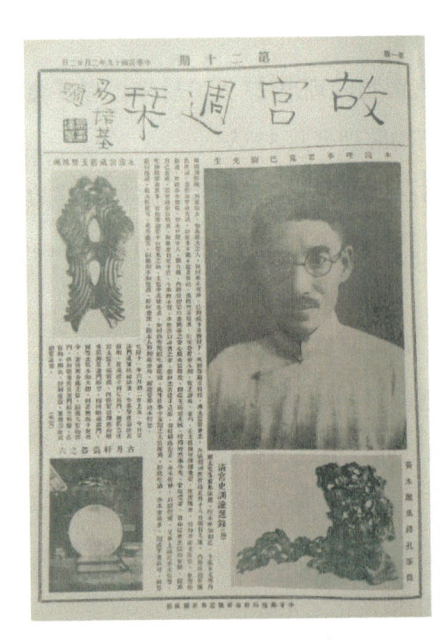

1930年的《故宫周刊》

易培基还亲自主持创

办了《故宫周刊》，后又陆续出版《故宫月刊》《故宫旬刊》等四五种期刊。

1930年春，发生了华北军事当局脱离中央的事变，古物陈列所受到严重威胁。事变平息后，易培基拟定了《完整故宫保管计划》呈送国民党政府。1930年10月25日，国民党政府批准了这一提案。《计划》将乾清门以外的古物陈列所和乾清门以内的故宫博物院合并，将中华门以北各宫殿，直至景山，以及大高殿、太庙、皇史宬、堂子一并归入故宫博物院。

这是一个宏伟的计划，对统一管理、保护故宫等历史文物有重大意义。

这一计划批准实施之时，正是故宫博物院成立整整五周年之际。

风风雨雨的五年，古老的紫禁城焕发青春，新生的博物院茁壮成长。

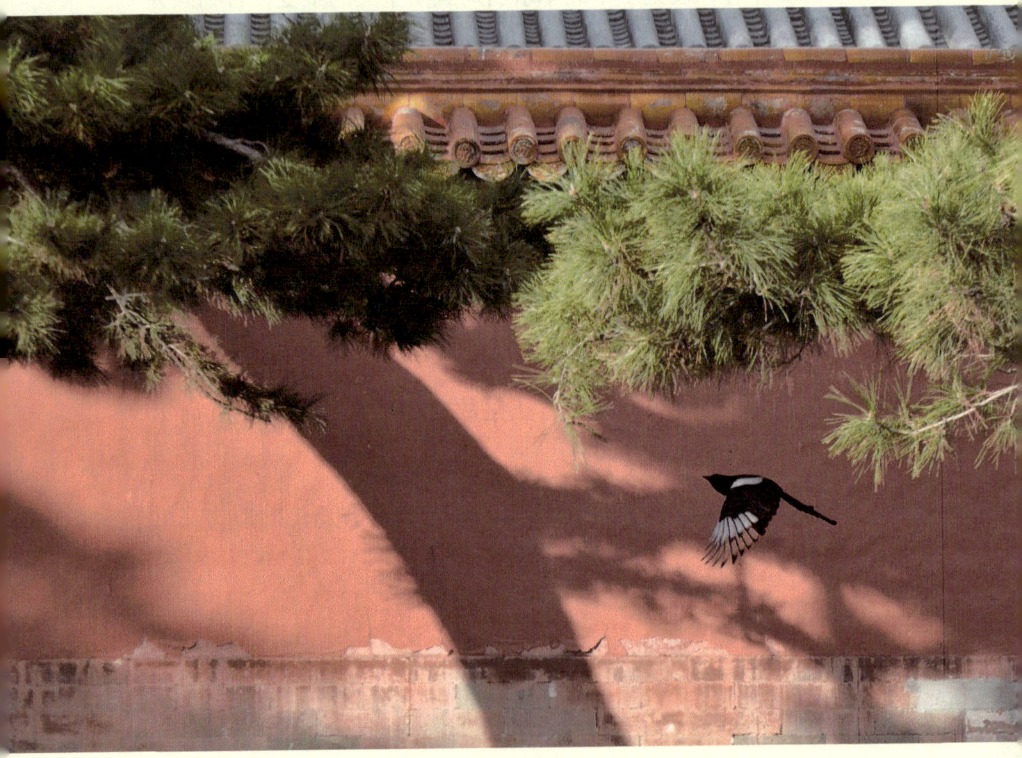

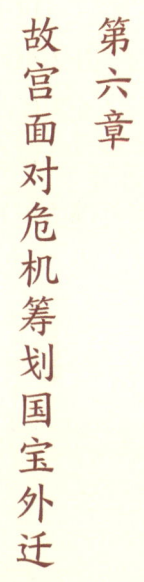

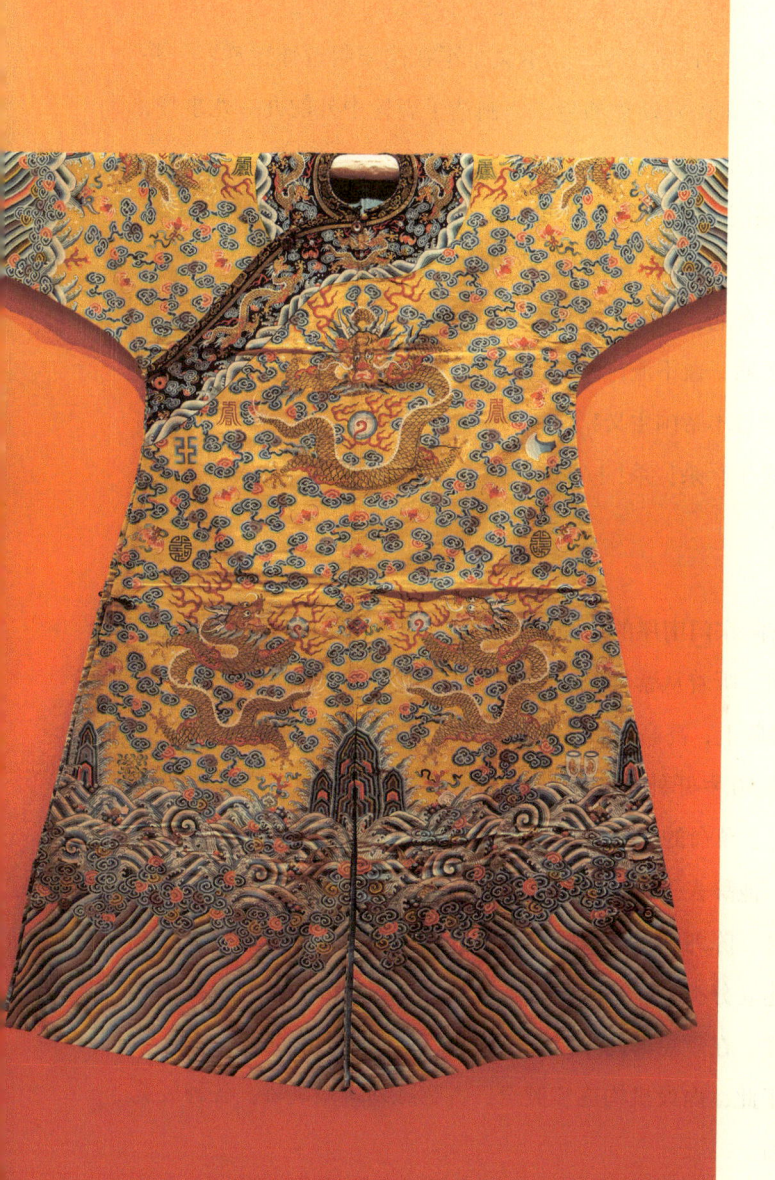

第六章
故宫面对危机筹划国宝外迁

才是初秋，整个北平就笼罩在冷落萧瑟的氛围之中。

1931年9月18日晚，日本关东军在沈阳附近炸毁铁路，并用大炮向我军民发动猛烈袭击，制造了震惊中外的九一八事变，企图侵占东北三省，进而占领整个中国！

司马昭之心——路人皆知。九一八事变后，天安门广场上常常人山人海，到处都是集会示威的学生和群众。

"还我东北，日本侵略者滚出中国去！"

"头可断，血不流，中华国土不可丢！"

"打倒日本帝国主义！"

"杀鬼子！杀！杀！！杀！！！"

……

故宫隆宗门南屋的一间办公室内，院长易培基常常久久地伫立在窗前，听着从紫禁城外传来的口号声，悲愤和忧伤的阴影重叠在他的脸上，高高的眉弓下，深邃的目光格外凝重。

这位50岁开外的老院长曾任孙中山先生顾问、广东大学教授，是辛亥革命的积极拥护者和参与者。自从1929年2月就任院长以来，他辞去了包括教育总长在内的一切职务，励精图治，在宫殿修葺、陈列展览、藏品保管及分类、编目，文献整理及汇编出版，建立分类书库、鉴定版本、编目等各个方面，大刀阔斧地展开工作。在短短的两年时间里，故宫博物院大有起色，专家学者云集于此，内设机构逐步健全，古物陈列琳琅满目，各种展览观者如潮。

第六章 故宫面对危机筹划国宝外迁

易培基（1880—1937），字寅村，号鹿山，善化（今长沙市）人，早年毕业于湖北方言学堂，曾留学日本，加入同盟会，后来参与辛亥武昌起义。黎元洪任中华民国副总统兼湖北都督时曾担任黎的秘书，后弃职往沪，旋返湘。1913年起，先后在湖南高等师范学堂、长沙师范和湖南省立第一师范任教。1920年，先后任湖南省公署秘书长兼教育学政委员会委员长、湖南省立第一师范学校校长、湖南省立图书馆馆长。1925年故宫博物院成立，任理事兼古物馆馆长，同时兼任北京女子师范大学校长。1929年2月任故宫博物院首任院长。

易培基

正当博物院各项业务走上正轨、迅速发展的时候，九一八事变爆发，国家处在危急存亡之中，院内的正常工作被打断了，这使易培基十分愤慨，也焦虑不安。

不久，易培基把老搭档马衡找来寓所，两人进行了一次深谈。

易培基点上一支烟，猛抽一口后叹道："'山雨欲来风满楼'，形势不妙啊。"

马衡说："你指的是当前战事吧？"

易培基肃然道："是的。你在日本待的时间长，应该对这个国家和民族有所了解，你说说看，日本会在战争这条路上走多远？"

马衡沉默半晌，缓缓道："这些天来，我也一直在想这个问题。在我看来，九一八事变不是少数日军的蛮横行动，更不是少数人胡说的'偶然冲突'，而是日本军国主义者发动全面侵略中国的蓄谋已久的行动。"

"我也这么认为。但他们究竟要达到什么目的呢？"易培基进一步问。

马衡肯定地说："日本的目标就是称霸世界。"

马衡具体论述自己的观点："早在1592年、1597年，日本最高行政长官丰臣秀吉就提出了灭朝鲜灭中国，直至灭南洋灭印度，最终称霸世界的计划。他叫嚣，只要太阳照得到的地方，都要臣服于日本。"

易培基勃然大怒："狂妄至极！丰臣秀吉在他不自量力的侵略战争一开始，就被中朝两国联军彻底击败了！"

"然而，据我观察，日本是个好斗、好战的民族。"马衡继续道，"他们不会因为失败、挫折而屈服而退让。这样一个性格的民族，生存在狭小的岛国里自然生成了疯狂的扩张欲望。军国主义文化、武士道精神更是助长了他们的狼子野心。18世纪末、19世纪初，日本先后出过两本书，一本是野心家本多利明的《西域物语》，竭力鼓吹入侵察加、库页岛和中国东北。日本沙文主义者佐藤信渊则在《宇内混同秘策》一书中，狂叫日本是'世界各国的根本'，其号令各国是'天理'，主张日本应首先吞并中国东北，接着统治中国，而后从东南亚进军印度，进而合并世界。"

易培基重重地搁下手中的茶杯,愤然道:"太不自量力了,小小日本,凭何能耐称霸世界?!"

马衡的情绪还算平静,他进一步分析道:"日本不光有野心,也有其准备。在上世纪50年代,明治维新的名人吉田松阴就主张与俄、美讲和,乘机培养国力,扩充军备,一旦船坚炮足,就北割朝鲜、中国东北,南占中国台湾、吕宋。明治维新后,日本迅速推行富国强兵、侵略扩张的国策,经过1894年的中日甲午战争和1904年的日俄战争,更发展成为军事封建帝国主义国家。在这一时期,日本吞并了朝鲜半岛,割去中国台湾和沙俄的库页岛南部,夺取了我辽东半岛的租借权。"

"倭寇,是想发战争财!"易培基猛抽一口烟,骂道。他知道,日本利用侵略战争中掠夺的财物和巨额赔款,迅速发展经济,扩充军备。第一次世界大战期间,又大发了一笔战争财,是个不义的"暴发户"。

马衡赞同道:"先生一语中的。日本人是尝到了战争的好处,欲罢不能啊!日本发动战争的动因和动力全在于此。首相田中义一向天皇呈上的一本密折,道出了他们的天机,他提出'欲征服世界,必先征服中国'。奏折中认为,日本摄取全中国的资源后,就可以进而征服印度、南洋群岛、中小亚细亚以至欧洲。他主张,日本欲在亚洲大显身手,掌握中国东北的权力至为关键。这样,日本才能开拓中国东北富源,以培育帝国恒久的繁荣。"

"看来,其侵略行为确实是有准备、有计划、有步骤的!"易培基感到确信无疑了。

故宫初夏的凌霄

"他们确定了称霸世界的五个步骤。第一步夺取中国台湾,第二步夺取朝鲜半岛。这两步他们已经完成了。第三步就是侵占中国东北,兵临长城。这一步也实施了。"

易培基顺势说道:"如此说来,第四步必定是征服中国,第五步无疑要征服全球。"

"这已十分明显了。所以我认为,日本侵略我国,初为蚕食,进而鲸吞,因此,中日之间必定要打一场大战、恶战、持久战。"

"可是,我这次在南京,听说政府方面正在积极议和,以求战事不再扩大。"易培基似乎还有点奢望。

"那只是一厢情愿。我看日本是不甘罢休的。战争不可避免。所以,我认为,中国不能把宝押在议和上,要作战争的各项准备。"

易培基陷入沉思,良久说

道:"马衡,我也有此担心。有备无患,看来我们要从最坏的情况打算,对故宫文物的安危早做准备。"

马衡坦然道:"易院长,在我看来,一旦发生大规模战争,故宫文物将面临两大威胁,要么在战火中遭毁坏,要么被侵略者劫夺,因而,我建议对故宫文物的保护应及早作出应对之策,有备无患。"

"你有何高见?"

"高见谈不上,但纵观世界各国,面对战争,一般都采取迁移之策,把文物转移到安全地带。"

"迁移?"易培基有些吃不准,"这个我倒没有想过。"转而又对马衡说,"不管怎样做,我觉得都有筹谋一番的必要。这样吧,今晚你我都再想一想,采取什么可行的办法。近日我召开院务会议先在内部议一议。"

故宫深秋的地锦

马衡提议院务会开得越早越好。

就在易培基和马衡商量故宫文物保护事项的时候，日本在北平的特务头目本田喜多到了奉天关东军司令部。

司令官本庄繁居然在十分繁忙的情况下，召回本田喜多，专门商量战时文化渗透和掠取计划。

本庄繁说："中国有句古语，'凡武之兴，为不服也；文化不改，然后加诛。'对付中国这样的古老国家和民族，既要有武力，又要以文攻，我们要在用飞机大炮摧毁其军事堡垒的同时，摧毁其精神堡垒，在占领其领土的同时，获取其典籍与宝物。而故宫是中国宝物最集中的地方，从现在起，就要死死盯住，掌握其动向。一旦皇军进入北平，就要把故宫文物悉数控制在我们的手中。"说完，本庄繁握紧拳头对本田喜多示意了一下。

本田喜多心领神会地连连点头。接连几天，本田喜多在奉天与军部的一帮情报人员反复密谋，商定了攫取故宫文物的行动计划。回北平前，本庄繁和三宅单独见了本田喜多。本庄繁对本田喜多命令道："你立即返回北平，去找金花玉小姐，让她配合你一起工作。她是我们派在《顺天时报》工作的。"

"是！长官放心。"本田喜多绷紧身子立正，向本庄繁和三宅敬礼，然后躬身退了出来。

石原参谋出来送他，在喜多耳边低声交代了与金花玉的联络方法，并强调说："长官对此项计划特别重视，好好干吧。"

本田喜多连连点头，说了声"哈伊"便转身而去。

第六章　故宫面对危机筹划国宝外迁

故宫博物院里，易培基主持召开院务会议。

众人刚刚落座，易培基便说："今天临时通知大家来开个会，首先报告一个好消息：10月4日，中政会议决定了《保护故宫办法》。有了保护办法，固然是件好事。但现在故宫仍然面临着巨大的隐患。我回到北平后，马衡找我谈了一个问题，我觉得有必要提交院办会议来研究，下面是否请马衡先讲一下。"

马衡站起来道："国难当头，我看应当作最坏的打算，从故宫文物安全考虑，我建议把文物迁移出北平。"

"迁移？"与会者面面相觑，有的惊愕不已，有的竟不敢相信自己的耳朵，以为听错了。

马衡重申："是的。把文物迁移到相对安全的地方去。"

俞同济还处在北平政务会的余悸之中，谨慎地说："这个想法有点出乎意料。《保护故宫办法》刚刚出台，就把文物迁移出去，恐应斟酌再三。"

李宗侗则明确表示赞同："我觉得在此危急时刻，三十六计，走为上计，文物迁移势在必行，否则难逃敌手，难保安全。"

"我反对！"副院长周旬达当即否定，"此举实属不妥。现在政府正与日本议和，日本人未必攻占北平，即使进了北平，也不一定会破坏故宫。"

大家虽然对文物是否迁移还没有考虑好，但对周旬达的一番话却表示了一致的反感。李宗侗毫不客气地说："文物是否迁移姑且不论，但周院长的意见我不敢苟同。什么日本人？他们不是人，是鬼子，是禽兽！对他们不能抱有幻想，他们烧杀抢掠，什么事都做得出来！"

周旬达见犯了众怒，连忙为自己做解释："我并不是为日本人说话，不过，我在日本生活多年，对他们还是有所了解的。"

"你了解他们什么？"李宗侗十分蔑视地反问，"你知道他们为何侵我领土、杀我军民吗？你知道早在甲午战争中日本制订的《战时清国宝物搜集办法》是什么样的东西吗？"

周旬达对李宗侗的质问是无法回答的，作为文物专家的他当然知道臭名昭著的《战时清国宝物搜集办法》，他无奈地摘下眼镜，掏出手绢擦拭着，满脸阴气地陷入沉默。

易培基为缓和会场气氛，示意秘书吴瀛发言。

吴瀛看到易培基将目光转向自己，便也慨然说道："故宫文物数以万计，怎么迁移？迁到哪里去？实在是个大难题。"

易培基说："今天只是讨论一下要不要迁，至于怎么迁、迁到何处，我也没有考虑好。"

"我看这个问题不是我们所能定的，应当向上请示才行。"一直没有开腔的文献馆馆长张继说话了，他是个老资格的国民党元老级人物。

"那我们也要有个意见和方案才行，否则拿什么向上面请示？"易培基显然不太满意张继的话。见张继不再吭声，他转而用缓和的语气说，"这的确是件大事，请大家都发表意见，畅所欲言。"

与马衡同为古物馆副馆长的徐森玉说："我同意先作个方案上报，有备无患，未雨绸缪。至于是否实施、何时实施，当审时度势，看形势发展再决。"

图书馆馆长袁蕴礼、文献馆副馆长沈兼士先后发言，表示赞同古物迁移。

易培基看大家都发了言，便小结道："我是赞同故宫文物迁移的，不过，今天会上还定不下来。会后，由宗侗起草一个迁移方案上报政府。政府批了才能实施。在政府没有批准同意之前，此事一定要保密。"

李宗侗很快就把文物迁移报告写了出来，交易院长阅后便呈报了国府。

国府的批令下得很快，但言辞模棱两可："交行政院同军事委员会核办。"

这个批令，在易培基、马衡他们看来，就是基本同意故宫文物从北平迁移出去了，不过还要增加"核办"这一道手续。

而那时，军事委员会战事都管不过来，哪里管得上这类事，只有走行政院同意这条路了。于是，易培基又派李宗侗奔赴南京，向代理行政院长宋子文当面汇报。宋子文见到文物迁移报告，未置可否，但答应提交讨论。不久，故宫博物院文物外迁报告获得行政院的批准。

易培基乘热打铁再次召开院务会，讨论文物迁移的有关事项。他开门见山地说："行政院已经同意了我院文物外迁的报告。今天，我们一起来研究一下具体的实施方案。其中最主要的是两个问题，一是经费预算，二是外迁地点。"

接着，易培基提出了6万元的迁移费预算案。由于大家对文物迁移都没有经验，无法估算所需费用，预算案也就通过了。但在讨论文物迁往何处这个问题上,易培基与张继发生了严重分歧。

易培基提出,故宫文物暂迁上海,最好存入租界,这样较为安全。

"这怎么可以?"张继当即顶撞,"把我中华国宝放到外国人那里去,此乃国耻。"

"继兄言重了。要说国耻,丢失国土、丢失国宝才是国耻,而我们是在保护中华几千年的文化免遭劫难,何耻之有?"易培基竭力反驳。

张继毫不妥协:"反正我坚决不同意把国宝存放到外国人的租界里去。宁为玉碎,不为瓦全!"

"那你认为迁到哪里为妥?"易培基试问。

"西安!"张继脱口而出,且振振有辞,"西安是古都,文物存放在那里比较合适。"

"我不同意,西安历来是兵家必争之地,虽为古城,但地面之上并无文物保存条件。"易培基坚持道。

张继也不示弱:"既然你不同意,我身为文献馆馆长,提议将文献馆单独迁往西安,对此我负全责。"

易培基没想到张继会提出分道扬镳的主意,一气之下,狠狠地说:"那好吧!由你!"

"迁移费用怎么说?"张继问。

"你看着办吧!"易培基无奈地答道。

"那我就直话直说,三馆平分,各得2万元。"

大家这才明白,张继是早有打算。他执意要去西安的真实意图，无非是争夺经费的动用权。看在他是国民党元老的份上，也就没有人点穿他，都反过来劝易院长同意张继的提议。

马衡想圆起局面让大家尽快形成共识，站起来说："文物迁移，实为迫不得已，各种方案，皆非万全之策。如今形势紧迫，应抓紧各项准备工作，即使现在动手，没有一年半载也难以完成挑选和装箱任务，假如议而不决，错过时机，兵临城下，要迁也迁不了。"

"我同意马衡的意见，及时动手为宜。"

"故宫同仁当同心同德、全力以赴，切勿各执一词，拘泥于细枝末节。"

"请易院长定夺！"

"别多说了，易院长给大家布置任务吧！"

大家你一言我一语，大多数人都支持尽快迁移故宫文物。见此情形，易培基敲了敲桌子说："那好吧，今天会议之后，各馆立即做迁移准备，先清理和挑选文物，并着手研究如何包扎和装箱。此事由马衡牵头作进一步研究。宗侗带人抓紧去上海察看库房，做好筹备事宜。再交代一句，万万保密。"

会议结束后，大家纷纷离开，只有吴瀛留了下来，拉着易院长说："会上我不便激烈反对，但这几天我反复思量，古物一出神武门的圈子，问题非常多，责任既重，闲话也多，内外敌人都等待着，我们最好不要急忙做出决定，以免泼水难收……"

"你这话全是为私！"易培基心里窝着火，正好在老同学身上出出气，"大敌当前，国家存亡在即，我们岂能明哲保身、推卸责任？"

吴瀛碰了钉子，面上顿觉火辣辣地发烧，也就不说话了。

数日后，易培基、马衡与张学良晤谈于香山碧云寺。

张学良说："我听说，前些日子故宫的抗日宣传做得有声有色，对动员民众抗日起到很大作用。"

马衡道："张将军，你说到故宫，我们正是为故宫之事而来。"

"哦，什么事？有需要我做的尽管说嘛。"张学良很是爽快。

"张将军，那我就直话直说了。故宫文物的外迁，运输、安保、人力等都是问题，还望张将军在我们需要之时予以援臂。"易培基说。

北京香山碧云寺

张学良有着东北汉子固有的真挚与义气，豪爽地说："没有问题，汉卿虽为一介武夫，总算也有点文化，为保护国家文物做点事，既乐意也应该。你们有事尽管吩咐。"

马衡说："有张将军的这番话，我们就有底气了。回去之后，我们就立即开始迁移的前期工作，组织挑选文物和装箱。"

张学良嘱咐说："挑选文物，你们是专家，但装箱当予重视，万万小心，文物可是金贵的东西，不装好经不起颠簸啊！"

"请张将军放心，我们会请懂行的人来做这件事。"马衡说道。

易培基看夕阳西斜，时候不早了，便起身告辞："张将军，您日理万机，却花这么多时间接待我们，谢谢您，我们准备告辞了。"

张学良站起身来说："培基兄，我们难得一聚，今又结识马衡兄，务请留下小酌，给我汉卿一个面子。"

易培基不便推辞，便与马衡留下了。

是夜，在风景秀丽的香山麓下碧云寺，张学良开设家宴，两位文人与一位军人为故宫文物举杯立盟。

与张学良会谈过后，马衡召集了一个会议。会上宣布成立一个文物挑选组，指定欧阳道达、庄尚严、那志良、吴玉璋等四位中年专家，分别负责青铜器、玉器、瓷器、书画等挑选工作；青年馆员高茂宽为专家助手负责组织协调，并抽调一批工友和北京大学实习生参与到文物挑选工作中来。文物迁移的准备工作就这样迅速在故宫博物院内秘密而紧张地开展起来。

青铜器的存放较为集中，挑选工作较为顺利。

玉器存放较为分散，几乎各宫都有，较费周折。挑选人员先去的是钟粹宫，宫中收藏古代玉器170余件，包括工具、仪仗、礼器、葬玉、实用器皿、文房用品、陈设、玩赏和佩饰等九大类，都是院藏28000件中遴选出来的珍品，从新石器时期至清代，按年代顺序依次排列，简直是一部古玉通史。那志良是玉器专家，他认为这里的玉器无需挑选，全部登记，准备装箱。

之后是养心殿。那志良发现了一个大约十层的漆方盒，每面长度约一尺半，大家以为其中会有许多玉之精品，打开一看，每层中都有一幅用绫子画的玉器图，本该相配的玉器却荡然无存。大家很是失望，只能望"图"兴叹。

这时，一位工友指着多宝格惊呼："这里有不少玉呢！"大家围过去看，一下子被多宝格上一尊白菜造型的翠玉吸引住了，个个惊叹不已：

"这制作得太精美了！"

"因材施艺造就的稀世珍品啊！"

但也有人不以为然："顶好的一件翠玉白菜，配上一个珐琅花盆，太不相称了。"

"白菜是农作物，都是种在

清代翠玉白菜
（台北故宫博物院藏）

田里,哪有种在花盆里的?"

"灵芝都生长在老树根旁,白菜旁边怎么生出一株灵芝来?"

就在大家议论纷纷的时候,又有人惊奇地喊道:"下面还有一块'肉'呢!"

大家往多宝格的左下方看,一块大大的方形"红烧肉"赫然在目。

"这是玉吗?"

"不会是人工做的吧?"

大家都用疑惑的眼光看着那志良。那志良不紧不慢地说:"这件物品我们在建院之初清理登记时研究过它,它不是玉,而是一块石头,有点像肉,进行了人工雕饰,就成了这个样子。"

清代肉形石
(台北故宫博物院藏)

工友问:"那这块'肉'要挑出来吗?"

那志良揶揄道:"价值倒不是太大,但我看还是带着吧。"

庄尚严在一旁说道:"哎,把那棵'白菜'也一起带上,说不定以后来个猪肉炒白菜,不但可以大饱眼福,还可以大饱口福呢!"

大家一阵哄堂大笑。

这些日子,马衡被在故宫新发现的散氏盘的真伪问题困扰着。

原来,前阵子挑选青铜器,工友们在木箱里发现一个长满铜锈的盘子。马衡见到它后眼睛一亮，发出一声惊呼："散氏盘？！"人们立即围上前来，目光齐聚在这件铜盘之上。

西周散氏盘（台北故宫博物院藏）

马衡轻轻拭去散氏盘上的灰尘，青铜重器特有的迷人神采扑面而来。只见它圆形、浅腹、双附耳、高圈足，腹部饰有夔纹，内底铸有铭文。这件西周时期的青铜重宝，被人称为晚清四大国宝之一，是考古界的珍贵文物，更是中国重要的青铜国宝。马衡端详着这件青铜器，又惊又喜。喜的是，发现了这么一件青铜重器，惊的是，这件宝物已经从人们的视线里消失了很久，没想到竟然在国难当头之时现身了，真可谓"福兮祸所伏，祸兮福所倚"。

吴玉璋似有疑惑："不是说散氏已经葬身火海了吗？"

这句话正中了马衡心头的疑问，这只宝盘到底是存世真迹，

第六章　故宫面对危机筹划国宝外迁

还是仿制赝品呢？马衡又反复细看，觉得其中必有蹊跷，便对吴玉璋、高茂宽吩咐道："你们把它装入箱中，千万小心，妥为保管。我多年来一直到处找这只散氏盘，想研究上面的铭文。现在，一定要先把真伪搞清楚。如果是真的散氏盘，那真是太好太好啦。"

接下来，马衡查阅了许多史料，但史料典籍上对散氏盘的记录很少，无法从根本上判断其真伪。

一日，马衡独自在故宫的院落中踱步，抬头望着天伸了个懒腰，就在低下头的一刹那，他看到了院落中四面矗立的红墙，突然心有所悟：为判断散氏盘的真伪，自己只是在翻阅古籍，求助清宫专家，探寻散氏盘的入宫经历，这就像在这个院子中看天，总是跳不出这四面红墙，岂不是管中窥豹、井底观天？

想到这里，他决定到民间逛逛，走访一下琉璃厂的那班老朋友，向他们问问散氏盘的事。

马衡来到琉璃厂的古玩店尊古斋，见到老板黄伯川。过去他是这里的常客，故宫的事情吃紧以后他几乎没再来过。

两位老朋友寒暄一番后，马衡便与黄伯川谈到了散氏盘。令马衡喜出望外的是，黄老板对此还真的略知一二，他回忆说："关于散氏盘，传说在圆明园被烧毁了。但是皇宫中应该藏有一幅真正的散氏盘拓本。虽然谁也没见过宝盘的庐山真面目，但老辈古董商都说，散氏盘可能没真货了，遇见要格外仔细，小心上当。要是这么一件东西放在我面前，说实话，我还真的不敢碰，难弄清啦！"

说者无意，听者有心。马衡立即告别好友，赶回故宫。路上马衡想：如果能找到那幅拓本对照，散氏盘的真伪也就水落石出了。

接下来的几天里，马衡翻阅了所有清理出来的铭文拓片，却一无所获。不甘心的他再去亲手翻箱倒柜，仔细查看。功夫不负有心人。他终于翻到了深藏箱底的散氏盘拓片。

拿到拓片，马衡的双手有点颤抖，要知道，这就是判断散氏盘真伪的主要证据，而且是唯一的证据！

他立刻拿着散氏盘与拓本反复对照，仔细得连铭文上的笔画粗细都清楚记录、对比。

整整350字的铭文，是一篇土地转让契约，记载了西周厉王时期，矢国侵略散国，后来双方议和。和议之时，在周王派来的史官监督下，矢人将交于散人的田地绘制成图，详记田地的四周封界，然后派出15名官员来交割田地，散国则派10位官员来接收，双方订立契约，并将契约浇铸在一只铜盘上，叫散氏盘。

结论出来了，铭文的字迹与拓片一模一样！就连铜盘上隐约可见的阳文直线界栏，也和拓片相同，一点都没有走样！马衡心里踏实了，这久藏深宫的散氏盘，绝不是赝品。看来，说散氏盘在圆明园烧了，只是清宫内务府官员的开脱罢了。不管怎么说，真的散氏盘还是被保存下来了！

马衡兴奋至极，立即把吴玉璋、高茂宽叫来，一起来到承乾宫库房，指导他们将散氏盘精心包装和存放起来。

文物挑选工作结束后，装箱工作紧跟着开始，可没想到诸多问题接踵而来。首先是用的那些旧木箱料子薄，文物装进去之后，大多不能承其重，且总是晃动，颇有危险；其次是旧棉花没有弹性，压不紧，且棉絮乱飞、味道难闻；再就是请来的工人喜欢摆谱，时常与馆内人员发生口角。

1933年，故宫集中起来的文物

后来，马衡听了大家的意见，把旧箱子给图书馆、文献馆装书籍、档案，另外定制了一批长三尺、高宽各一尺五寸的厚实木箱，棉花改用新棉，装箱工人也一律辞退，改由馆内职工自己装箱。装箱时，大家十分用心，还做了许多探索和实验，既采用了过去景德镇进呈瓷器的装运办法，又创造了一些新的办法，使文物装箱做到"稳、准、隔、紧"，以确保文物在迁移过程中不致因装箱不好而造成损失。

1933年1月1日，万里长城燃起战争烽火。

日军第8师团、第4旅团在航空兵和海军各一部支援下，向山海关中国驻军第9旅第626团发起猛烈的攻击。中国驻军奋起抗击，与日军殊死拼杀。至3日下午，626团伤亡过半，守军不过千人，难抵日军凶猛攻势，唯一可依靠的屏障是千百年前古人留下的长城。

当天傍晚，山海关失守。

消息传开，举国震惊，民众哗然。北平城内，人心惶惶，社会混乱。故宫博物院上上下下心急如焚。

面对极端险恶的局势，易培基召开紧急院务会议。与会者个个提前到达，在座位上静候会议的开始。

易培易沉重地对大家说："山海关失守后，日军极有可能继续南侵，北平难保，在此危急关头，我们应当机立断，抢在日寇进入北平前，把装箱文物转移到安全地带，一来避免落入敌手，二来防止在战争中毁坏，事不宜迟，今天会议要作决定。"

会场内的空气如凝固一般，大家默然无语。等了好长一会儿，张继开口了："我认为，形势固然紧张，但也不必如此悲观。据我所知，张学良部正在坚守长城线，并在张北、独石口、多伦等地布防，日军进攻未必能得逞。再说，何应钦代表政府正在与日本方面交涉，也许双方能停止军事行动。"

张继毕竟是国民党元老，与国民党政府高层联系密切，他的发言让人宽慰许多，场内气氛顿时松弛了不少，有人交头接耳议论起来，问题集中在是不是应该立即着手外迁。

见状，李宗侗提醒大家："日寇得陇望蜀，欲壑难填。连日来，形势日趋严峻，不容乐观。日军占领山海关后，继续进攻榆关附近的五里台、石河，接着攻占九门口、进攻石门寨，都遭到我军民的坚强抵抗而受挫。但是，紧接着日军的进攻方向转向热河、察哈尔省一带，他们力图先占领长城外侧的广大地区，再夺取长城防线上的各战略要地，以形成南逼华北，北占内蒙古；进攻蒙古国，进而侵犯苏联的战略态势。由此看来，日本的野心在急剧膨胀，一场大战不可避免。因此，我还是认为，应从长计议、当机立断，迅即将故宫文物迁出，以求主动。"

吴瀛当即提出不同意见："外敌当前，古物迁出北京，既会招致反对者更加激烈之举动，影响抗日，又会动摇人心，引起社会不安。我以为应以保卫国土为重，以安定民心为重，暂不实施古物南迁。再说，古物一散不可复合，绝不可轻易他迁，以免散失。"

易培基见吴瀛坚持原来的观点，虽然不快，但还是语重心长地说："古物迁移与否，的确各有利弊。迁则怕出岔子，不迁又怕重蹈庚子之役八国联军攻陷北京，掠走我国天文仪器的故辙，使故宫所藏千年古物精华被日寇劫去。我身为院长，保护有责，一旦失陷，必贻千古唾骂。"

"院长多虑了，"周旬达环顾左右而言，"日军即使进入北平，毕竟与中国同根同祖，料他们也不会毁我故宫，劫我文物。"

1933年，故宫文物装箱

马衡立刻挺身反驳道："此言谬矣！一则，我国与日本不同宗不同祖，二则，日亡我之心不死，对我国宝早已垂涎三尺。"

"何以见得？"周旬达软中带硬，质疑马衡。

马衡随即从包里拿出一张报纸，高高举起："大家看看，这是一张日本走狗办的《顺天时报》，上面早就登有日本人的高论，其狼子野心昭然若揭。我不妨读给大家听听。"

大家的目光顿时集中在马衡手上的这张报纸上，听他念道："且保存此种文化资料，亦可谓东洋国民全部应尽之责任，此等宝物，由中国国家，或民族保管，最为妥当，诚为当然之事。然在现在之政局混沌状态中，由最近之日本民族，代为致力，以尽保管责任，盖亦数之自然也。"

第六章　故宫面对危机筹划国宝外迁

念毕，马衡收起报纸道："大家听到了吧，这就是日本人的一片好意！"

周旬达难堪地低下头，哑口无言；本来不怎么赞成文物外迁的人如遭棒喝，清醒了许多，议论中多了愤慨：

"简直是强盗逻辑，我中华国宝，岂容日本来保管！"

"口说保管，实为抢劫！"

"日寇是黄鼠狼给鸡拜年——没安好心！"

"我们决不能心存侥幸，一旦日寇入侵，文物国宝必将遭殃！"

……

听着大家的议论，马衡进一步向大家揭露："掠夺中国文物是日本政府的既定政策，他们一面施放烟幕弹，一面磨刀霍霍。据可靠消息，日军师团一级一般专门配备'文物搜集员'，这些人大多受过专门训练，每当日军攻占一地，他们就将组织力量对文物古籍进行全面掠夺。"

面对这些严酷的事实，大家义愤填膺，认识很快得到统一，支持文物外迁的举措，赞成立即采取措施。

会议结束前，易培基果断地说："日寇野心昭然若揭，抗日形势刻不容缓。我提议，初定本月31日起，分批实施古物南迁。这样既可确保故宫文物之安全，亦可为北平抗战解除些后顾之忧，同时也表明北平军民和社会各界与日寇决战的决心和意图。退一步海阔天空。故宫文物总有一天重回北平、重归故宫！"

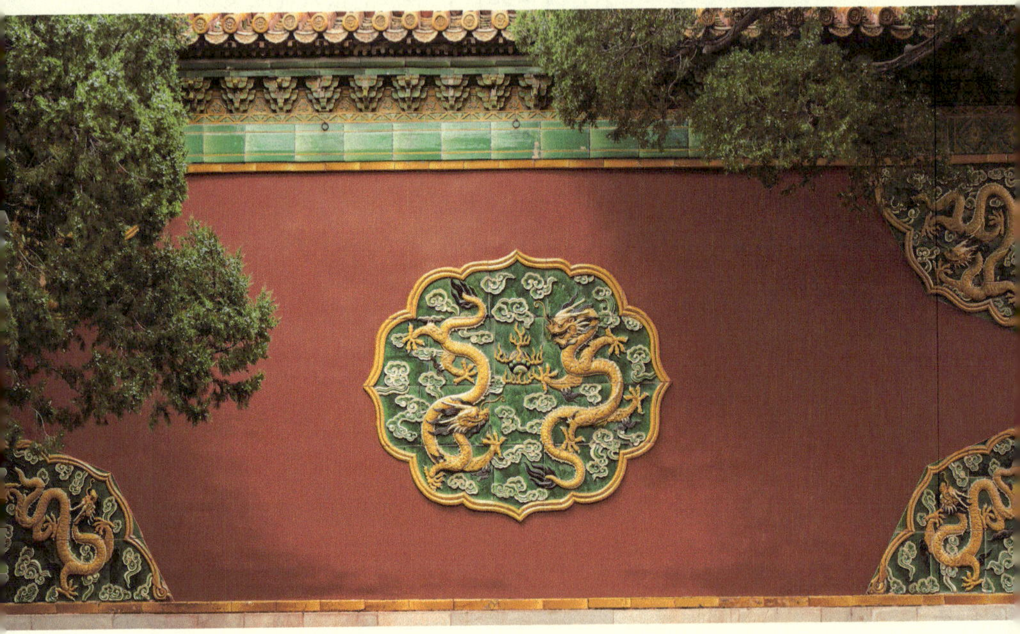

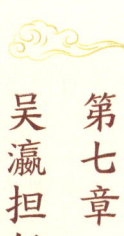

第七章
吴瀛担任押运官开启南迁路

文物外迁在即，张学良早早部署了武装押运事宜，而故宫方面的总押运人迟迟没有确定下来。

本来，是由马衡担任总押运人，但外迁受阻后，易培基吸取教训，拟对外迁策略和人员作些调整。他找马衡商量，采取缓兵之计，让他在院内放低调些，并放出风声说他不南行了。易培基还考虑，启运的古物毕竟是院藏的一小部分，院内工作还需由得力之人来打理，马衡暂时留下，对内对外亦可起到稳定人心的作用。

那么，让谁来替代马衡担任这次古物南迁的总押运人呢？易培基与马衡不约而同地认为吴瀛是合适人选。吴瀛为人正直，富有正义感，对故宫文物感情甚深，且有胆有识，遇事沉稳，极具组织指挥能力。而让易培基拿不定主意的是，吴瀛对文物南迁持保守态度，曾给他批评过。何况，吴瀛对马衡的留守不知原委，存有误会，现在让他去带队，他能答应吗？

这么重要的事情，易培基决定亲到吴瀛寓所和他商量。

易、吴两家关系很好，太太间经常相互串门，吴瀛的女儿还是易太太的干女儿。见易院长降尊上门，吴瀛夫妇十分客气地请以上座，沏以清茶。

"瀛兄，今有一事相求。"易培基一坐下就说出来意。

易培基平时颇有威严，今日持这种口气说话，让吴瀛很不自在，连忙说："易院长有事尽管吩咐，不必客气。"

"我想让你出任这次古物南迁的总押运官。"

吴瀛颇感意外，推辞道："何不由马衡挂这个帅？这是他首先提出来的。我担当不起这个。"

易培基看到他果然不乐意，又道："我知道你误会了。马衡原来自告奋勇要去，这几天变得低调，不是自打退堂鼓，都是我的主意。他留在北平有许多后续的事情要协助我做。想来思去，总押运官这个角色非你莫属，没有人比你更合适。你也知道这件事的分量，所以我易某登门相求。"

听易培基这么说，吴瀛踌躇了，既不好再推辞，又不愿意立刻应允，只答应考虑后再说。

易培基面有不悦，心里有气，但也不便强求，只得说了句能进退的话："明天候信。"

送走易培基，吴瀛心里极其矛盾，夫人则在一旁打抱不平："马衡起初那么起劲，现在他又不去却要你去，有何道理。再说，此行事关国宝安全，责任太重大了，万一出了事，一家大小十几口人怎么办？"

"我又没有答应要去。"吴瀛心中不快，很不耐烦。

可夫人还在唠叨："我看出来了，易院长上门来说，你就犹豫起来，说不定只得答应。反正我坚决不同意你去！"

吴瀛默不作声，站到窗前，背对着夫人。

次日上午，易培基又到吴瀛家中来，吴夫人有意回避。吴瀛不等易培基开口，便抢先说："实在不好意思，我再三考虑，还是担不了这个职。"

易培基愕然问道："是我哪里得罪了你，心存芥蒂是吧？"

新时器时代马家窑文化彩陶蛙纹壶
（故宫博物院藏）

"说到哪里去了。我俩同窗多年，共事也多年，我的脾气你是知道的，不会计较这些。只是家中人口多，只靠我一人在撑着，实在抽不开身去。"

"家用我一定负责接济，其他困难易某必当竭尽所能……"

"这倒不必。家中小孩多，老母年岁又高，你知道的，我是个孝子，父母在，不远游……"

"我知道，父母在，不远游，可下面还有一句'游必有方'。故宫文物外迁乃国家大事，我只能托付你这样忠实可信的人。忠孝不能两全。孰轻孰重，你是知道的。请你务必履职走一趟。至于老伯母，我会时常前来问安，替你尽孝。"

中国的文人，历来讲义气、重气节。吴瀛正是个重情重义的人，心想，易院长如此真诚，文物外迁又如此紧迫，于公于私都该答应下来。大丈夫生而何欢，死而何惧，不过是一个"义"字而已。于是他慨然应诺："好！我去！"

易培基闻言如释重负："瀛兄，每当我遇急事难事，都是你鼎力相助，太谢谢你了！"

"我们之间不必言谢。况且我身为故宫人，也该为保护文物多担待多付出，你就放心吧。"

易培基甚为感动地说："那就有劳于你了。你做些准备，等国府新的命令一到，即刻动身。估计也就在这一两天。"

深夜的北平，令人窒息的寂静。

紫禁城内，寂静中更有几分不安。

一连几天，故宫博物院的人都昼夜守候着数千箱国宝，等候离京的命令。每到深夜，守在太和殿的北大实习生们总喜欢缠着那志良讲故事，以此打发寂寞时光。

刚过十二点，李宗侗急急忙忙推门而进。

"政府的命令到了，马上出发！"

"马上出发？"虽然大家都在等待出发的时间，但命令真的来到时，还是颇感惊愕。

1933年，故宫装箱待运的文物

李宗侗对那志良说："你赶紧回家拿行李，第一批古物由吴瀛与你负责押运，吴瀛那边我已通知过了。你速去速回。"接着他吩咐大家,"你们立即把箱子往外抬,车子很快就到。"

那志良二话没说,奔回家中。

大家开始把装有文物的箱子一只一只地往外搬,堆放在太和殿前广场上。

5日凌晨,从紫禁城到火车站,军警林立,戒备森严。

只见一辆接一辆的汽车和板车,装着盛放古物的箱子,从故宫午门鱼贯而出,在街道上急驶和奔行,前往前门火车站。

街上死一般寂静,辘辘的车轮声和汽车引擎声格外让人揪心。所有的人都屏住呼吸,没有一点声音,只有非常凄凉的感觉。

前门火车站内,装满古物的列车已经发动,总押运官吴瀛正逐一巡视装载文物的18节车厢。

车窗外,张学良的马队和军警已列队等候出发。

首批2118箱文物清点完毕,全部装上列车。押运人员、监视员、宪兵及故宫警卫一百多人也都登上另外三节客车厢。

站台上,马衡神情严肃地伫立着,凝视着装满古物的列车。这位从故宫博物院成立之初就与这些古物朝夕相处的金石学家,此时的心情是何等难受啊!他深知,这些国宝如同国家一样,正在遭受一场厄运,前途未卜。他深深地感到,作为古物南迁的倡导者,从今往后他将与这些外迁古物的命运更加紧密地联系在一起。

天色渐亮,列车的轮廓越发清晰。吴瀛对所有车厢巡视完毕,跳下车来,跑到马衡面前报告说:"马馆长,一切就绪。"

马衡紧紧握着他的手，动情地说："瀛兄，有劳您了！易院长让我代表他来送行，祝你们一路平安！"

吴瀛充满信心地说："放心吧，我们一定会把这批文物安全送达目的地。"

两位共事多年的文物专家，此时就像两位战友一样紧紧拥抱在一起。这当儿，马衡在吴瀛耳边低声说了一句话。这句话令吴瀛心中一震，松开拥抱后他用疑惑的目光看着马衡，马衡则向他肯定地点了点头。

"拜托了。"马衡说。

吴瀛点点头，继而朗声回答："放心，我一定遵行。"两人挥手道别。

吴瀛、那志良、高茂宽等在客车窗口向送行的人挥手告别。马衡伫立在站台上，久久挥动着手，蹙额目送将要驶出车站的列车。在他的身后是一同前来送行的故宫同仁，还有许多北大的实习生。

"呜——"，随着长长的汽笛声，满载文物的列车驶出前门火车站。

这是几百年来，如此大批量的国宝第一次被迫也是主动地离开紫禁城。人类历史上规模最大、历时最长的文物大迁移，就这样开始了！

然而，日本帝国主义的狼子野心，却可能让这批南迁的文物遭遇巨大的凶险。

刚落成不久的关东军司令部，是座呈"卅"字形的东洋风格建筑，在中部及两翼设有塔楼，中部塔楼为重檐歇山顶，与日本国内的"帝冠式"建筑相似。兴建这么一个建筑可见日本在中国的土地上进行的不仅仅是军事扩张。

本田喜多被本庄繁紧急召到新京，等待他的不是赞誉，而是十多分钟几近粗暴的指责和斥骂。

这个过程中本田喜多一直挺着身子，低着头。文物被运出北平城，等于让本庄繁当初要求的"务必阻止，想法拖延"落空。本庄繁的光火在预料之中，为了将功补过，本田喜多准备了一套新的行动方案。

余怒未消的本庄繁背着手在本田喜多面前踱来踱去，参谋长进来在他耳边轻语几句，他的脸色缓和了下来。

本庄繁左手还背在身后，右手腾出来笔直地竖起一根食指，目光犀利地盯住本田喜多，问："引爆之事，真的能够让他们知难而退？"

本田喜多点头道："是的。本来他们当中就有人对文物外迁有看法，这样一来是很好的口实。"

本庄繁拿起电话却又停下，再度问："在天津的铁路上制造这么一起爆炸，不是小事，如果情报有误，势必有损我大日本帝国皇军的威名。本田君，你确定装有故宫文物的列车一定会途经天津吗？"

本田喜多犹疑起来，本庄繁告诉他情报有误的后果，再让他确定有没有把握，这是逼问，他必须给一个肯定的答案。

身边响起一个脆生生的声音:"司令官,此事势在必行,我觉得有十足的把握。"

不用回头看,本田喜多也知道这是金花玉的声音。这时候她应该在北平,怎么会出现在新京?只有一种解释,金花玉和司令部有着直接的联系。

金花玉一改之前俏丽的打扮,她身穿军服、足蹬马靴,娇美的脸上透着戾悍。她挨近本庄繁说:"依我看来,如今正是最好时机。所谓当断不断,必受其乱。我们必须尽快出击,才能掌握整个故宫文物的主动权。故宫国宝数以万计,目前迁运的只是第一批。我们在铁路天津段引爆炸药,不但可以阻止这次的文物外迁,还能嫁祸于人,借机掀起轩然大波,发动舆论,混淆视听,迫使中国当局全面停止文物外迁。等到皇军攻陷北平,故宫所有藏品,便是我们的囊中之物。"

这番话显然打动了本庄繁,但他还有些顾忌:"这批古物价值连城,若是尽被炸毁,岂不可惜?"

"欲有所得,必先有所舍弃。"金花玉上前一步,将电话双手捧给本庄繁,"请司令官下令吧!"

金花玉的大胆让本田喜多大为吃惊,本庄繁眼里却流露出赞赏的神情。本庄繁要通电话,吩咐天津附近的日军赶紧侦察文物专列抵达时间,制定炸毁的作战计划。

放下电话,本庄繁转向金花玉道:"金小姐真不愧是天潢贵胄,刚毅果断,令人敬佩。此事若成,金小姐当居首功,只是……"他话锋一转,"要是计划失败,有损国威,你金花玉也难辞其咎。"说着,他也用严厉的目光扫了本田喜多一眼,挥手道:"我警告你,剑已出鞘,当饮血而归!你们连夜赶回北平,一有情况,立即向我汇报。"

二月的关外十分寒冷,比北平要冷许多。

走出司令部,冷汗涔涔的本田喜多忍不住打了一个重重的寒战,他掉转头看了看身后的金花玉,埋怨道:"金花玉,你胆子也太大了。我们只能提供情报和建议,不能保证此事万无一失。要知道,天津方面龙蛇混杂,万一消息走漏……"

"不是我胆大,是你胆太小。"金花玉斜睨本田喜多,"要想成就大事,就不能瞻前顾后。这是一场赌博,我们已押上了赌注,只等开盘了。"忽而,她切齿冷冷地一笑,"故宫国宝,原本就是我爱新觉罗氏所有,与其拱手让人,我宁可将它们统统炸毁!"

本田喜多闻言,浑身更感到凛寒,原以为自己够了解金花玉,却没想到,这个女人比他想象的更毒辣、决绝和可怕。

魔高一尺,道高一丈。列车驰离北平城后,吴瀛就吩咐司机:"取消原定路线,避开天津,沿平汉线南行。"

司机沉着地点点头,似乎早有准备,倒是一旁的那志良颇感意外,急忙发问:"怎么临时更改计划了?我们全不知情。"

吴瀛解释道:"并非有意隐瞒。马馆长在北平站送我们时,在我耳边说了一句话……"

"什么?"那志良急着问。

"避——开——天——津——",吴瀛一字一顿道,随即默默地望着惊讶的那志良。

那志良很快明白过来："院里真是未雨绸缪、考虑周详。文物专列将取道天津的消息虽然没有公开发布，却也未曾严格保密。日本华北驻屯军的司令部就设在天津，现在怕是有不少人在天津沿线摩拳擦掌，等我们入瓮呢。"

"是啊。"吴瀛蹙紧眉头，"有多少双眼睛正盯着我们、盯着这2118箱国宝啊。这一路之上，可谓步步泥淖、处处荆丛。志良，我们肩上的担子重逾千斤，倘若国宝有失，你我皆是罪人。"

那志良目光凝重，上前一步，用力握住吴瀛的手。此刻，不需要更多的言语，誓与国宝共存亡的决心，已在这一握之中传达给了彼此。

列车像一条呼啸的巨龙，在白天和黑夜里兼程穿行，由平汉线转陇海线再转津浦线，绕道急速向南。

一路上，车顶四周都架着机枪，车厢内宪警持枪巡逻。马队随车驰聚，沿途有各地方军队保护。除特别快车外，其余列车都要让道给文物列车先行。每到一站，地方政府都派要员上车招呼，予以慰问和提供各种便利。

日军在铁路沿线炸毁文物的计划就这么悄无声息地成为泡影。

第四天中午，文物列车徐徐驶入南京下关车站，吴瀛远远地见到张继、褚民谊在站台上迎候。车刚停下，吴瀛即跳下车与他们打招呼。

张继很是客气地握着吴瀛的手说："辛苦、辛苦！"

褚民谊则告知吴瀛他们在此等候的原因："我们本来打算打电报要你们在徐州待命的，但是已经来不及了！"

吴瀛极为诧异，急切地要问究竟："怎么啦？对了，徐州那边很危险，有土匪要抢劫我们呢！"

褚民谊说："因为中政会有了决定，要你们将文物改运洛阳和西安。"

吴瀛感到很突然："怎么朝令夕改呢？"

张继在一旁道："中政会是昨天通过的，执行决定吧，没有什么可讲的。"

吴瀛问："洛阳和西安有存放文物的处所吗？"

张继含糊其辞地说："总有吧？现在已经去问……"

闻此言，吴瀛颇为不满："问什么？没事先准备好地方，怎么能就仓促运过去？"

张继一时语塞。褚民谊打圆场："行政院已经致电通知两处，要求他们做预备工作。你要是觉得不妥，我们可以一块去行政院商量。只是你们千万不要卸车，先缓一缓。"

吴瀛感到为难："专列这样停在站上是相当麻烦的！那我先去向他们交代一下。"

"是的！"褚民谊说，"请你先叫他们都不要离开，等我们去商量了再说。"

吴瀛回到车上，找来那志良、高茂宽和鲁大运，告知他们暂时不走了，让他们吩咐卫队及随队人员都不要下车，更不准离站；对专列进行严格警卫，等候命令，随时准备出发。

吴瀛把事情吩咐完后，径直走到褚民谊车旁，再没搭理张继。

张继有些尴尬，悻悻地独自坐另外一辆车走了。

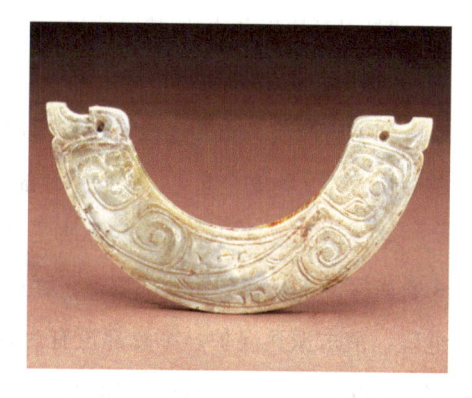

西周玉菱纹璜（故宫博物院藏）

吴瀛坐进车，没等车子发动，便劈头问褚民谊："肯定是张继玩的花样吧？"

褚民谊吃了一惊："你怎么知道？"

"他早就有此主张，不过，当初只是提出文献馆迁去西安，现在是得寸进尺了。"

褚民谊告诉吴瀛："因为行政院宋院长到上海去了，张继就在昨天的中政会议上突然提出一个紧急案，说古物迁往上海托庇租界，是国之大耻，建议改迁洛阳和西安。大家本无成见，也就通过了。"

吴瀛说："文物存放租界，总比遭劫和毁坏的好，谈何国之大耻？再说，洛阳和西安有地方可存吗？"

"没有，要临时去寻。"褚民谊说，"所以，现在只好等！"

"这要等到什么时候？这么多的国宝放在停着的火车上，每一刻都是危险的，出了问题谁敢负责？"

"是得赶快想办法，"褚民谊说，"我们先到行政院看一看有没有回电吧。"

到了行政院，方知还没有接到两地复电。吴瀛急了，与褚民谊商量，为文物安全起见，去向军政部借兵保卫。

褚民谊觉得这是个稳妥的办法，也只能这样了。于是他们驱车直奔军政部，找到军政部要员，详述文物专列搁置在火车站的危险，请求派兵保护。军政部没有为难他们，给以支持和配合，调兵500人前往下关车站参与保卫。

吴瀛带着军政部的卫兵队长到车站，与专列上负责护卫的鲁大运做了接洽。

一切安排妥当，吴瀛随褚民谊到中央饭店开了间房住下。此时，吴瀛已疲倦不堪，也没有吃饭就睡下了。

一觉醒来，天已黎明。他一骨碌爬了起来，推开窗户，只见外面下着迷蒙的细雨，立刻想到露天搁放的文物车厢，极有可能因为淋雨而渗漏。他心急如焚，随即去找张继要个说法。

上午8点钟左右，吴瀛来到张继在南京的寓所。见面后，张继与吴瀛礼节性地打了个招呼，态度很冷淡。

张继明知吴瀛登门找他的意图，就是不开口。无奈吴瀛只得先问他："不知洛阳、西安情况如何？"

"要等一等……哦……"

"等到什么时候呢？"

"啊，稍安勿躁……"张继吞吞吐吐的，"我也和你一样着急嘛！"

第七章　吴瀛担任押运官开启南迁路

"停在下关那边实在太危险呀。"吴瀛焦急地说,"我昨天只好向军政部借了500名士兵到车站参加保护。"

张继眨一眨眼睛,没有搭腔。吴瀛继续说:"我们每天要出500元伙食费不说,这样下去问题实在太多。"他指了指窗外,"你看,天都下雨了,那些东西包装简单,并没有预备这样的情况,文物受潮、受损怎么得了?得赶紧拿个主意,我是特地赶来与你商量的。"

张继觉得吴瀛在有意为难他,阴阳怪气地说:"既然是找我来商量的,你也要拿个主意,想想办法啊!"

"我有什么办法呢?"吴瀛看出张继推诿和不想负责任,又气又着急,心想,你是院里的理事和馆长,又是中央委员,怎能一推了之呢?

"当初我就预料到南迁的困难,我的话你们听不下去;现在倒好,束手无策了吧。你们不是很有信心的吗?"

"我没准备在南京搁下。在这里,我人地生疏,死蟹一只,还是请您想办法才好!"吴瀛的口气带有哀求了。

"我与西安那边有联系,他们告诉我,那里的天气晴好得很啊。搞什么名堂,弄到这里来遭罪?"

吴瀛心中明白了,张继并不是为文物着想,更不是考虑国耻,他的所作所为只有一个目的,与易培基抬杠,借机报复。

看着张继心术不正的样子,吴瀛知道从他这里找不到办法,得不到帮助。他起身说:"下雨了,我要赶快到下关去。"

张继哼哼着站起来,两人不欢而散。

吴瀛匆匆赶到下关站察看，并派人去军政部借用了一批油布，将装有文物的车厢遮盖起来，确定暂无大碍，这才去忙别的。

吴瀛赶到行政院，径直到秘书长室找到褚民谊，劈头问他："地点怎么样啊？"

"电报都回复了，地点无法解决。"褚民谊两手一摊，一脸无奈表情。

吴瀛亦喜亦忧，喜的是张继的计划落空了，忧的是文物搁置在车站，不知何去何从。他不由自主地摇起头来。

褚民谊见状便问："为何摇头？"

"没有什么，只不过我们待在南京也不是个办法。"

"哦，对了！"褚民谊突然想起了一件事，"忘了告诉你，上面倒是来了电报，将文献馆的那部分留在南京。"

"那好啊！"吴瀛心想，这等于是否定了张继的计划，还剥夺了他文献馆的权。这一定是易院长和马衡他们周旋的结果。

"南京有存放的地点吗？"他着急地问。

"没有现成的地方，但我倒有个主意。"褚民谊说，"陵园下面有新建的全国运动场，运动员宿舍都是钢筋洋灰建起来的。现在离第一次全国运动会至少还有半年时间，把文献馆的东西先安放在那里，岂不很好！"

"很好！那需要谁首肯呢？"吴瀛问。

"那里归陵园委员会管理，要同林森主席商量。"褚民谊又说，"还有一处可以考虑，黄埔路的中央医院新建筑刚刚完成，能否在那里借些房子？这要与卫生署商量，反正都要去求人。"

第七章　吴瀛担任押运官开启南迁路

吴瀛想起卫生署的秘书是以前在博物院同自己合作的庶务科长许诗筌，觉得有些把握，就准备先同卫生署商量。

褚民谊表示赞同，吴瀛立即去了卫生署。

许诗筌见到老友，颇为热情："老兄！没想到你来南京了！"

"老弟高升了，难得你还没有忘记我。"

"哪里、哪里，你这不是在笑话我吧！老兄，你找我一定有事，尽管吩咐。"

"岂敢吩咐？不过，确实是无事不登三宝殿，有要事相求。"

"尽管说，小弟定鼎力相助！"

"为安全起见，故宫部分文物迁出了北平，第一批已抵南京。上面的意思是将文献馆的东西存放在南京，但目前无合适地方，想暂时借用中央医院的新建筑，不知可否？"吴瀛言辞恳切。

"不错，新建的房屋已经盖好了一部分，目前还没搬进去，"许诗筌迟疑了一下，"不过能否借用，我做不了主。"

"我们只是暂借一部分房子，时间不会太久。"吴瀛补充道。

许诗筌热心地说："那我马上与他们商量商量。"

"有劳了。我在此等候佳音。"吴瀛心里一阵感激。

许诗筌去了不久就回来了，十分抱歉地说："真对不起，现在建好的那点房屋还不敷医院急用，实在无法借用出去。"

医院不比别的单位，吴瀛看出许诗筌是心有余而力不能及，便半开玩笑地说："文物诚可贵，生命价更高啊。"

"实在过意不去，在我心目中，文物就是我们民族的生命。还请你多多谅解！"许诗筌再三致歉。

吴瀛听出许诗莶有所误解，连忙说："我很理解你们，千万不要过意不去，我再到别处想想办法。"

许诗莶还是说："真是惭愧，帮不了你的忙。如果有其他什么事，我定效力！"

"谢谢你！"吴瀛反觉自己不好意思，说了些感激的话才告辞。

一天奔波下来，吴瀛觉得些许安慰、些许无奈，想来想去，别无他法，只有明天去找林森主席了。晚上，吴瀛把一天的情况在电话中向褚民谊作了汇报，并请求他代为约见林森主席。褚民谊一口答应，还将林森的住址告诉了他。

第二天一早，吴瀛便照着褚民谊给他的地址去找林森。

林森的住处是一座不甚宽大的官邸，简陋得与平民居所差不多。佣人把吴瀛领进客厅，客厅不大，四周沿墙排列着一些几椅，在壁炉和房门之间摆了一个餐桌和一列单靠，显得很是逼仄。这使吴瀛颇感到意外。

林森从楼上下来，只见他白须飘拂、步履安闲。

吴瀛一见林森便肃然起敬，上前鞠躬道："林主席，早上好！这么早来打扰您，实属无奈，请主席海涵。"

"民谊与我说了，"林森示意吴瀛坐下，"有什么事说吧！"

吴瀛一五一十地将故宫文物如何迁至南京的情况说了，并向他说了请求："林主席，现在那些国宝搁在下关实在危险，雨这么下下去，文物难免损毁之虞，急需找个地方暂时安顿才是。"

闻此，林森一脸严肃，用带着闽南口音的国语说道："你们怎么这样做事，地点都不筹备好就贸然搬来这么多古物？"

吴瀛没想到林森一开口就责备他，很感委屈，竟忘记了自己的身份和面对的是谁，毫无顾忌地说："不是没筹备好，原先定的上海天主教堂库房。我们到了南京，才知道中政会改了……"

一不说二不休，吴瀛干脆将话说白了："而且是您主持的中政会临时改变计划，决定将文物分迁至西安和洛阳。现在那边回电说找不到合适的存放地点。因中政会的临时变更让我们难以应对，您说我们如何是好。"

吴瀛的直言不讳让林森稍现窘态，但他显示出主席风范，换了缓和的口气说："那你有些什么建议呢？"

吴瀛见林森换了态度，赶紧改用请示的口吻："我建议先找一块地方，把文献馆的东西暂时安放下来，其他的再作考虑。"

"现在哪能一下子找到地方呢？"

"我听民谊说，新建的体育场那边有房屋空着，能否先借着一用？"

林森脸色变得又严肃起来："民谊尽出馊主意，那体育场是为全国运动会而建，不能挪作他用。"

"运动会不是至少半年以后吗？"吴瀛说，"我们只是暂时借用，一解燃眉之急。"

"不成！"林森有点恼火了，"中国人说话向来没有信用。进去容易，出来怕就难了。"

国家主席竟说出这样的话来！吴瀛又好气又好笑，不禁想问：

"一国之主席怎能不信一国之国民呢？"但他终于克制了冲动，委婉地说："这是国家的事，与私人之事不同。到时不搬，主席颁以命令，谁敢违抗？！"

林森发现自己言语失当，好在吴瀛没有让他难堪，还恭维了他一下。这么一来事情就有了转机，林森态度变了，换了平缓的语气说："就是借给你们，也要委员会决定，我不能马上答复你。这样吧，那陵园上面另有三间房，用处倒不大，有铁门，很结实。我可以先行做主借给你们，委员会开会时，我告诉他们一声好了。"

林森一改官话，表明愿意予以帮助，情理俱至、非常诚恳。吴瀛也就感激地接受了："谢谢主席，我明天同民谊去看了后再向您报告！"

"好！"林森说，"民谊是了解那边情况的。"

褚民谊带着吴瀛去看房。结果让吴瀛大失所望，三间房门窗不严，室内墙面和地面潮湿，根本不合适存放纸质材料的文献资料。

南迁文物在南京处于进退两难的境地。吴瀛到处碰壁，几乎天天电告北平，易培基也很为难，拿不出什么办法。

两个星期后，宋子文总算回到了南京。吴瀛听说宋子文回来，立刻前去向宋子文汇报了国宝滞留的情况。

宋子文立即决定让招商局专门放一艘轮船运送文物，不许卖一张客票，同时派刘鸿生协助吴瀛料理南京到上海的文物运送事宜。

对于宋子文的安排，吴瀛感到痛快极了。一来问题得到解决，二来张继没有得逞。

三天后，列车上所有的箱子都搬运到了"江大"轮上。

这是一条破旧不堪的"老太爷船"，照理说是不许售票载客的，但吴瀛上船后发现有许多客人。他让那志良他们去找船长交涉，而捞了好处的船长避而不见。为了不再延误运输，大家只好息事宁人，"江大"轮离港出发。

江面上风平浪静，来往船只也不多，但因为船上有众多乘客，博物院的工作人员不敢掉以轻心，日夜在船上巡视。晚上在船舱里居然发现有人点着洋烛打麻将，制止时少不了一番口舌，也算是一场小风波。

本来南京到上海的水路行程两天即到，而这条老太爷船却慢腾腾地航行了三天。好在抵达上海后一切顺利，上海方面已做好迎接准备。在刘鸿生的周全协调下，文物箱当天全部运进法租界，存进了一座天主教堂的库房。

吴瀛他们如释重负，兴奋至极，立即电告北平。

北平故宫博物院方面得知此消息十分高兴。万事开头难，第一批文物安全抵达目的地，是开了个好头，接下来就是继续安排运送。

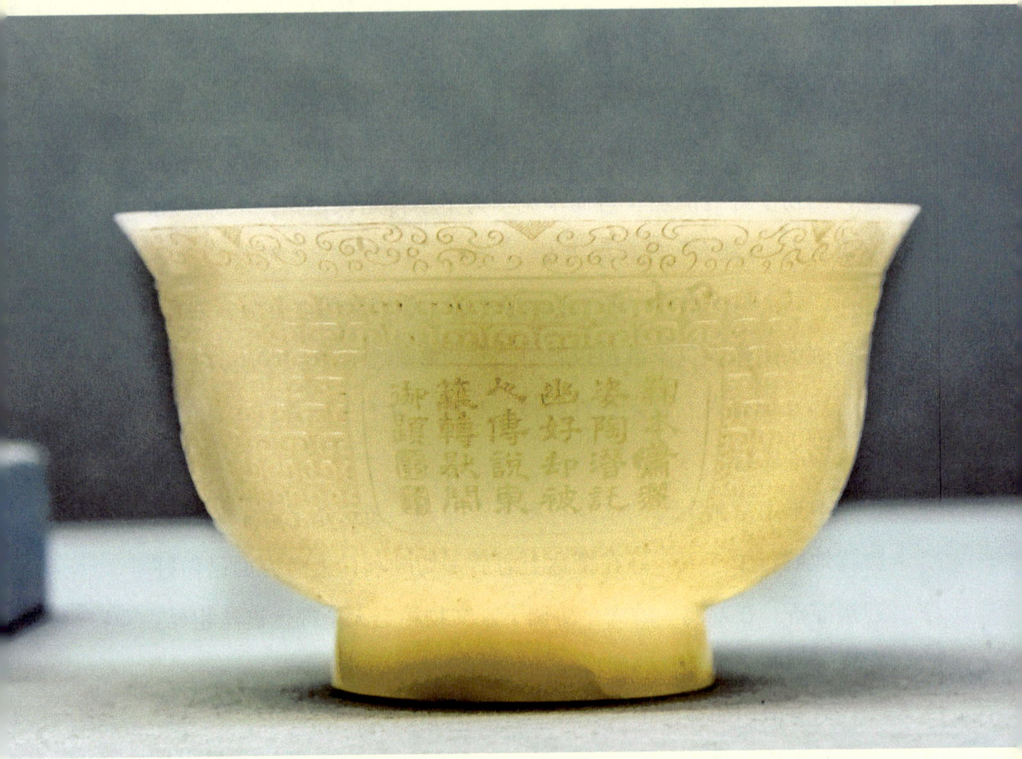

第八章
马衡临危受命代理院长之职

自从第一批文物离开北平，故宫博物院就一直面临着来自各方面的压力。

张继分运西安的议案被宋子文推翻之后，眼巴巴地看着即将由他支配的经费泡了汤。他疑心是易培基、李宗侗他们从中作梗，心生怨恨，指使夫人崔振华经常到院里找茬，还放出风声，要给易培基、李宗侗好看。

说起来易培基与张继早有积怨。张继在清室善后委员会任监察员时，与委员长李石曾关系不太融洽，而易培基与李石曾交往密切，引起张继不满。1929年2月6日，故宫博物院理事会推选易培基为院长，张继为副院长，而易培基坚决不同意任命张继。个中原因，与张继夫人崔振华有关。

崔振华的来头不小，她是华侨，曾出钱赞助过辛亥革命。孙中山改组国民党时，有人提出不吸收女党员当委员，她便带着妹妹来到广东，与孙中山先生大吵一架，后来孙中山先生让了步，给她当上了中央监察委员会委员。仗着自己有钱有势，崔振华在家里也是"太上皇"，而张继又特别"惧内"。别看他在外指手画脚，对内却是言听计从。崔振华总想对故宫的事情插一杠子，易培基也就看不惯、瞧不起被老婆当枪使的张继，经常批评他诸多事情上的无原则。

崔振华一度想要介绍一人到故宫工作，秘书长李宗侗觉得此人不合适，没有同意。崔振华与李宗侗争吵无果，就去找易培基告状，而易培基未予理睬。由于李宗侗是易培基的女婿、李石曾的胞侄，崔振华就将仇恨记在易培基身上。张继的议案被推翻以后，崔振华对易培基更为不满，总想伺机报复、泄愤。

一天，崔振华一时兴起，带着一帮男男女女到故宫参观。在神武门的入口，门卫见她没有本院徽章，就照例问她收票，而她不予理睬，带着人昂然直入。门卫当然不会放过，一把拉住她，请她去买票。

"你们是有眼不识泰山，我是理事张继的夫人！"崔振华用命令的口气说道，"放我们进去！"

门卫不吃她这一套，拦住她问："你姓什么？"

"我没姓，"她喊道，"我姓天！"

"天王老子也不行！"门卫听她作狮子吼，更不买账，也大声喝道。

过往的行人都围上来看热闹。一时神武门边，水泄不通，秩序混乱。文献馆的一位职员跑过来看究竟，一看是张继夫人，急忙排开众人，拉过门卫耳语，说这真是张理事的太太，让门卫快快放她进去！

"啊呀！"门卫傻眼了，脸上堆笑赔不是，忙请他们进去。

崔振华得势来劲，破口大骂："你们这些势利小人、混账东西，欺压平民惯了！不知道我是张太太，就不让我进去；现在知道了就请进，你非还我这个理不可！"

她倒打一耙，门卫反觉理亏，不敢作声。文献馆的职员急忙打圆场劝说道："张太太，大人不记小人过，我带您进去参观吧！"

"没这个兴致了，我到理事会去找他们评理，哼！居然不把我放在眼里！"崔振华咿咿呀呀叫嚷不休，那职员便赔着笑把她送将进去。

真是冤家路窄，进大门没多远，崔振华迎面遇上易培基。不知是见她来者不善，还是不愿理会她，易培基不打招呼，转身就往别处去了。崔振华见状更是生气，心想，小小门卫敢拦我不放，还不是你这位院长不把我放在眼里，否则他们岂敢这样？

气不打一处来的崔振华不知不觉地走到了发卖处。她往里一看，见到有人在那里买布，秘书长李宗侗也在其中。她冲进大门，大喝一声："李宗侗，你居然在此，我正要寻你！"

李宗侗闻声吓了一跳，想离开不与这么一个人纠缠，但她已经站到他面前。无退路的他只好上前寒暄："张夫人，您来视察，欢迎！欢迎！"

"欢迎？"崔振华眼睛盯着布匹，"把我挡在外面，你们却躲在里面营私舞弊！"

李宗侗遭了她当头一棒，顿时乱了方寸，不知如何招架："此话怎讲？"

崔振华咄咄逼人："你自己知道！我问你，今天不是星期天，你为什么有特权跑这里来买布？这里肯定有鬼，我非检举你不可。"

李宗侗遇到这么一个刁蛮耍泼的人，真是有口难辩。还是发卖处的工作人员出来解释："今天是整理，不是出卖。李秘书长不过是顺便过来看看。"

"事实面前你们都抵赖。眼见为实，你们都跑不了！"说完，

第八章 马衡临危受命代理院长之职

崔振华气势汹汹地扭头就走。

崔振华离开后,便马不停蹄地伙同张继开始了对易培基、李宗侗、吴瀛等人的迫害,污蔑他们在故宫文物迁移之际,中饱私囊,贪赃枉法。

李宗侗(1895—1974),字玄伯,河北高阳人。17岁随五叔李石曾到法国,毕业于法国巴黎大学,1924年回国。1925李石曾任故宫博物院院长,李宗侗也在故宫博物院任职,1929年担任故宫博物院秘书长。抗日战争期间,护送故宫文物南迁宁沪和重庆。1948年,故宫文物迁台,参与清点整理工作。后任台湾大学历史系教授,著有《中国古代社会新研》《中国史学史》《历史的剖面》等。

李宗侗

没多久,在崔振华、张继、周旬达等人的策划下,"北平故宫博物院院长易培基去职"的消息见诸报端,国内舆论一片哗然。

原来,身为易培基女婿的李宗侗害怕遭到崔振华、张继更严重的迫害,悄悄同意了周旬达的建议,先斩后奏,代易培基宣布辞职。

闻此消息的易培基一病不起,后迫于形势压力,避居于上海法租界，一边养病一边应付各种麻烦。

故宫博物院院长一职的地位，堪与政府的五院院长比肩。易培基辞职后，谁来接替院长一职，成为各界关注的热点，呼声最高的继任者是马衡。

1933年11月7日，马衡回到北平履行代理院长之职。吴瀛代表前任院长易培基与马衡办理了移交手续。因受易案的牵连，吴瀛辞去秘书之职。虽然马衡一再挽留，但他去意已定，离开北平赴外地谋职。

马衡深感责任重大，这段时间他除了组织留存文物的清点外，主要致力于新班子的筹建。这事对于他来说太重要了，关系到他以后工作的开展。马衡的思路是，大胆起用中青年专家，同时将周旬达、张继这些不能做事而又惹是生非的人排除在班子和关键岗位之外。要做到后者十分不易，要气魄胆量，也要谋略和手段。

等待马衡的将会是一次又一次的较量。

张继虽然如愿地推翻了被他称为故宫"铁三角"的易培基、李宗侗和吴瀛，却并未真正感觉舒心快意。他与易培基之争，应了"鹬蚌相争，渔翁得利"的古语。更窝囊的是，当时他还举荐了马衡。

张继心里明白，马衡必将继承和延续易培基的治院理念。对于易培基，张继也不无忧虑，他虽已辞职，但倘若局面有变，该如何应对？所以需要彻底置之于死地。总之，身为"胜利者"的张继并不轻松，甚至有着与失败者不同的另一种失落与痛苦。

第八章　马衡临危受命代理院长之职

与张继的失落和痛苦不同，周肇达是运蹇时低。易培基等人辞职时，他暗自得意、兴奋，期待着张继前来致谢，予以回报。不管怎么说，是他帮张继除了易培基和李宗侗这两个眼中钉、肉中刺。但左等右等毫无动静。他预感到，他的副院长职位已摇摇欲坠。

当然，周肇达决不会坐以待毙，在其貌似窝囊的背后，常常蕴聚着凶狠的杀机。为了争取"统一战线"，周肇达硬着头皮又去找张继。

张继夫妇不冷不热地接待了他。话题当然从易培基下台开始。周肇达说："早就该来祝贺你们，因前些时日身体不适，拖至今日。"

张继一听这恭维不当的话，就搭理不起来，但碍于情面，只得应付："不必客气，有什么好祝贺的？"

周旬达献媚道："哎，不仅要祝贺，而且要感谢。易培基他们被赶下台，真是大快人心的一件事！"

张继不耐烦地说："这不是斗争，这是反腐败！"

"对对对！反腐败！"周旬达转过话锋，"不过，反掉一个腐败的，来了一个更腐败的。马衡这人更贪、更不好对付啊！"

"马衡有腐败吗？"张继虽被说中心事，嘴上还是不愿承认，"不管怎样，我也是推荐了他的。"

周旬达一反被动的口气说："推荐马衡的不止你一个。再说，你推荐了马衡，他可不一定认这个账、识这个好，人家觉得理所应当。我看马衡最近所作所为完全继承了易培基的衣钵，还是老一套。"

见张继听得认真，周旬达干脆赤裸裸说白了："他马衡凭什么当院长啊？我看这个院长，众望所归，非您莫属！"

"这话我听得耳顺！"崔振华一边赞同周旬达所言，一边指责张继，"当初你就不该嘴快，不经我同意就推荐马衡当什么院长。他何德何能？你张继为何不能当院长？凭资格你是当仁不让！这个问题和反腐败一样，也要斗争的！"

"说得对！继兄就是没有主动一些，没有在里面做手脚！"周旬达顺着崔振华的话推波助澜。继而又打量了一下张继，见他一脸的沮丧和无奈，周旬达继续说，"现在有些被动。但依我看，被动可以转为主动，也不是绝对翻不过来。"

崔振华一听这话兴致很高，问周旬达："有何高见？"

周旬达分析给他们听："院长的正式任命尚未下达，马衡还只

第八章　马衡临危受命代理院长之职

是代理而已。这里面还有文章可做，有空子可钻。"

周旬达话又没有说好，崔振华狂妄地说："我们不搞阴谋、不钻空子，应当与马衡摊牌，让他自己让出位置来。"

张继听不下去了，说："你们这是一厢情愿，马衡可不是吃素的。"

崔振华觉得张继说这样的话是服软，她恨铁不成钢地道："你就是前怕狼后怕虎。有什么办不到的？只怕没想到，不怕做不到。他易培基根基那么深，老娘照样把他拉下马，让他喝了我的洗脚水！"

周旬达趁热打铁地抛出他的如意算盘："向最好的方向努力，作最坏的结果打算。即使是最坏的结果，也就是继兄当常务副院长，我嘛，继续当我的副院长。"

"这还有点可能。"张继道。

崔振华却不满意周旬达的说法："让马衡当院长？你们当副院长有个屁用！"

周旬达说："那倒不一定。我俩当副院长，那是二比一的局面。我听继兄的，马衡必须听我们的。先架空马衡，再伺机把他搞掉。不，是斗争掉。其后继兄顺理成章当院长。这也不失为一着好棋。"

周旬达这番话，明上为张继着想，实质是在为自己保位置。张继夫妇听他说得情真意切，也觉得有些道理。

心怀鬼胎的双方，再次结成同盟。

张继动作很快，电话约见马衡。他以为马衡怎么说也得给他面子。

哪知道马衡居然婉言推辞，说近日实在抽不开身子，待有空主动约他。张继碰了一个软钉子，心里很是不爽，又不便对周旬达说。对夫人说，更是不敢。

等了好些日子，张继实在按捺不住，径直闯入马衡的办公室。

张继见到马衡开口便说："我是不请自来，上门求见院长大人。"

马衡见来者不善，便以不善对不善："我近来几乎是闭门谢客，专事院内之事。故而告诉过您，等我有空时约您。"

"院内之事，难道因为你忙，我等就不能过问了吗？"张继开始纠缠。

修缮后倦勤斋室内原状

第八章 马衡临危受命代理院长之职

"我可没这么说,我只是说本人刚刚接手,急于熟悉事务、理出头绪,待我……"

张继打断马衡的话,倚老卖老道:"你上任之初,事务千头万绪,但也不能揽于一身,当听听我们这些故宫老人的意见吧?!"

马衡请他就座,坦然地说:"事情有轻重缓急,本人尚能应付。继兄若认为您的事重,我不妨洗耳恭听。"

张继毕竟是个老政客,见马衡不依不饶,心想这样谈下去恐怕也达不到目的,便改换口气道:"马衡,我现在还是直呼其名。你言重了,我今天来,只是与你交流些意见,谈谈我个人对当下故宫之事的看法。你实在脱不开身,我现在走也可以。"

马衡见张继缓和了口气,也就顺势说道:"既然这样,我就请教您,您要谈哪些问题?"

"休言请教,不妨讨论讨论。只一两个问题。"

"那好啊!您说吧!是什么问题。"

"那我就不客气了。我想,我要提的问题应该是你所思虑的重中之重。"

"继兄为我操劳,都想我之所想了,马衡实在钦佩。"

张继不会听不出马衡的话意,厚着脸皮说:"我也不与你绕圈子了,直话直说,你这个院长,是我推荐的。你上任后,组阁的事情考虑得怎么样了?"

马衡淡然一笑:"你们推荐我,我还没有来得及感谢。至于人事安排,会有一定调整,那是大势所趋。至于如何调整,还得听取理事会的意见。更何况我的正式任命还没下来。"

张继这个专门在官场上玩太极推手的人,自然听出了马衡话里的意思,但他还是单刀直入:"理事会只管院长人选,副院长及各馆负责人肯定还得由你拿方案。打开天窗说亮话,你对我将如何安排,怎么个交代?"

"继兄是党国元老,我吃了豹子胆也不敢安排您啊。再说,这次博物院的格子实际是降了,小庙里头哪能搁得下大菩萨呢?继兄推荐我,我可无法推荐您。还望继兄海涵。"马衡一番话心平气和。

张继有点不明白:"降格?此话怎讲?"

"这次安排我接任院长,我是什么人?一介书生,古物馆的副馆长,论资格、论职级,都不能与前任相比。把我放在这个位置上,实际上是将博物院的级别降低了。这样一来,像您这样的大人物就不好安排了。如果让您当副院长就大大委屈您了,别人怎么看呢?"

"这……"张继从来没有从这个角度想过,马衡这么一说,他亦觉得不无道理。一时语塞,脑子急速运转起来。

马衡随即靠船下篙:"不过,继兄在故宫理事会有着重要位置,还是我们的顶头上司。"

"那不过是开会的玩意儿,无职无权。"张继不屑地说。

马衡索性亮出他的底牌:"要说权,如今的故宫不是当年的紫禁城,博物院是典型的清水衙门,有实事而无实利。尤其在此非常时期,文物外迁,前面怕是刀山火海、艰难险阻。所以,我认为副院长和各馆的馆长职务还是以中青年为主,让他们来担当。"

"中青年?那么我与周旬达呢?"

万国来朝图（故宫博物院藏）

"具体人选还没确定，不过，继兄您的安排应该在更高层次上，不是我可以做得了主的。而周旬达这个人，我看不适宜再当副院长了。您是知道的，他的政治背景复杂，日本情结太重，且竭力阻碍文物外迁。这也不仅仅是我个人的意见。"

"这……"张继被马衡软中带硬的一番话说得无话可说、无计可施，刚来时的气势荡然无存。这位被人称为"在家受气、在外神气"的人物，居然在马衡面前碰了软钉子，进退两难。

回到家里，张继闷闷不乐。崔振华不必问，便知他出师不利。

她数落丈夫道："你真是个窝囊废，连马衡这样的人也搞不定！"

张继唉声叹气："今天我才知道，马衡也不好对付啊！"

崔振华气急败坏："我就不信！等老娘出马，先给他马衡一个下马威！"

崔振华不是胸无点墨的人，也决非人们印象中那种"炮筒子"，她表面上快人快语，实际上工于心计，心狠手辣。张继败下阵来以后，她不服这口气，一直在寻找与马衡较量的机会。

这机会终于来了。在崔振华的授意和鼓噪下，其亲信郑烈操纵检察院对外迁文物开箱检查，企图拿到易培基进行文物调包的证据。

在崔振华看来，此事既能彻底打垮易培基，又能有效地打压马衡，可谓敲山震虎，一举两得。她估计，无论是为了袒护易培基还是维护文物外迁，马衡都会对立案清查予以阻止。这正是她

第八章 马衡临危受命代理院长之职

借题发挥、以此发难马衡的良机。于是她充分准备，连台词都想好了，领着南京最高法院检察官朱树声来到故宫博物院。

马衡不卑不亢，不紧不慢，例行公事般地在会客室接待他们。

"马馆长，你还认识我吧？"崔振华带着挑衅口气。

马衡微笑着回答："怎能不认识你呢？张继先生的夫人崔振华，崔女士。"

崔振华傲气十足地说："那我告诉你，我不仅是张继的夫人，也不单纯是崔女士，还是中央监察委员会委员。"

"那我也告诉你崔委员，我过去是古物馆副馆长，现在是博物院代理院长。"马衡嘴上和崔振华抬杠子，脸上笑眯眯的。

崔振华说："那好，找的正是你这位代理院长。今天，我带南京检察院的检察官过来，查办易培基案，要你们配合。"

马衡显得不解地看了看朱树声和崔振华："请问，这是中央监察委员会的事，还是南京检察院的事呢？是你崔振华来问案呢，还是由检察院的人来？"

崔振华有些窘迫，但她毕竟是浸淫官场多年、久经风浪的老手，仍然继续显示她的居高临下："我带个路，监察他们办案不可以吗？"

马衡平静地说："带路可以，要照规矩来；监察更是你的本分，但也有程序吧？依我看，案子的事还是请检察官来谈为好。"

"那就请朱检察官来谈。"崔振华口气依然很大。

马衡以沉默表示抗议，崔振华觉察到了，转过来问："请问检察官，我要回避吗？"

朱树声竟毫无原则地说："不必，不必，崔委员在此正是对我们的支持。"

崔振华得意地瞥一眼马衡，神气活现地坐了下来。

朱树声对马衡说道："马院长，南京法院已经对易培基、李宗侗、吴瀛正式立案了，这是立案通知书，请你收下。请问你有何意见？"

"没有。"

"从今天起，我们要在这里查阅各种账册、档案，并到上海开箱检查，你同意吗？"

"同意。"

"希望贵院给予方便，派人配合，能做到吗？"

"能。"

"那你还有什么意见吗？"

马衡摇摇头。

这一过程，这种场面，颇有戏剧性，完全出乎崔振华的意料。俗话说，秀才遇着兵，有理说不清。而现在是，强人遇秀才，点火点不着。崔振华原先准备好的那些谴责马衡不配合办案的台词一句也没用上。她喉咙里像有个跳蚤在爬，痒得难受极了，却找不到一点发泄的理由。

这是崔振华最不愿意、最不适应的场面。她多么希望有一场唇枪舌剑，哪怕吵几句也好！而现在却是一个僵局，因为马衡的内敛而转为她不能够控制局面的冷战。

她恨恨地想：马衡啊马衡，你真会玩花样！

其实马衡并没有玩什么花样，对于检察院前来查案，他无可奈何，只有配合他们。他接手后，文物的资料、账册都已经整理好存档。他不害怕查出问题，只担心这样会搅乱故宫的正常工作，尤其是影响到文物外迁的保密和安全。

会客室里本来就空旷，现在

由于双方无言的对峙而更显得冷清。

朱树声在装模作样，哗啦哗啦地翻卷宗。

崔振华两道眉毛紧锁着，像要打架的两头牛；而心又像铅块一样又凉又重，差点要从胸膛里坠下来。

马衡呢，雕塑般的脸庞和岩石般的身躯里面，忧虑而沉重的心情犹如暴风雨翻滚折腾，五脏六腑仿佛挪动了位置。

朱树声实在忍不住了，起身对崔振华说："今天就这样吧。明天正式来办案。"

崔振华气嘟嘟地尾随着朱树声走了。

马衡纹丝不动地坐在椅子上，他暗下决心，要快刀斩乱麻，赶快组建故宫博物院的新班子，以应对面临的艰难局面。

周旬达第一时间从张继那里得知了自己副院长难保的消息，对这种结果他是有所预料的，所以一开始他就拉张继一起与马衡作对。张继对周旬达如今的处境表示同情，给了一声深深的叹息，表明他爱莫能助，亦心事重重。对下一步如何应对马衡，张继不着一词。

周旬达明白，以他的能力，根本不是马衡的对手。他更不可能像崔振华那样，站出来公开与马衡叫板。难道就这样忍气吞声、坐以待毙吗？周旬达万般不愿，却也一筹莫展。

院里的事令周旬达焦头烂额，家里也不消停。向来视为掌上明珠的独生女周若思，也和他又铆上了。在周旬达的眼里，她这么一个女孩子，大学毕业以后就该找一份清闲安逸、待遇丰厚的工作，与他看上的准女婿赵光希快些成亲，过上女孩子应该过的幸福生活。可周若思却处处和他拧着来，她不但拒绝了周旬达托人帮她安排的政府部门职位，还以北京大学实习生的身份参与了故宫文物的挑选工作，并坚持要进故宫博物院工作。

让周旬达感到最过分的是，她和赵光希之间矛盾日益加重，一而再、再而三地躲避、疏远赵光希；甚至当着周旬达的面对赵光希说："你我到底合不合适，我们都要好好想一想。在想明白之前，请你不要来我家找我，否则，你来，我走。"赵光希被呛得脸上红一阵、白一阵的。女儿对赵光希态度的改变，周旬达知道这与她到故宫博物院之后见到了学长高茂宽有关，心里特别不是个滋味。

这天，赵光希又敲响了周家的门。

周旬达略带歉疚地告诉赵光希，周若思还没回来。哪知道赵光希说，他正是冲着周若思不在家，才敢冒昧登门的。

赵光希愁郁地说，"周伯伯，您知道的，我是真心喜欢若思，时时刻刻都念着她，可她最近……"

周旬达忙宽慰他："慢慢来、慢慢来，若思是被我宠坏了。你们从前也没少拌嘴，你让着她点就好。再说，那个高茂宽不是随文物南迁走了吗？过阵子若思会冷静下来，你要相信你们之间的感情……"

赵光希摇摇头："不，和从前不一样。这一次……"他想了想，决定将事情说清道明，"这次我和若思不是简单的拌嘴闹别扭，真的和以往不一样，都是因为高茂宽。他走的那天，与若思单独约会被我碰见。我劝若思离开故宫博物院，可她回答我说，保护和研究文物是她最热爱的工作，为了文物，她决不离开故宫博物院……唉，我看她，不是不离开故宫，而是不愿离开高茂宽。"

"这怎么行？！"周旬达立即说，"高茂宽是什么人？是共产党员、激进分子！要家业没家业，要前途没前途。这种人，我是不会让他进周家门的。光希，你别急，若思只是一时冲动，找个机会，我再与她好好谈谈。"

正说着，周若思回来了。见到赵光希在家里，她的脸色霎时由晴转阴。赵光希颇为尴尬地站起身来。

"坐、坐！"周旬达拍拍沙发，示意赵光希坐到他身边，又招呼女儿，"若思，你也过来吧！"

"赵光希，你来我家做什么？"周若思站着不动，直接问道。最近一段时间以来，她确实对高茂宽暗萌恋情，而对看似浪漫、实则心胸狭窄的赵光希越来越排斥。现在她对赵光希到家里来十分烦恼，口气也就带有责备。

"我……我来找周伯伯，周老师……有点事……"赵光希支吾着。

"哦，那你们谈。"周若思转身就要上楼。

赵光希急了，上前一把拉住她，央求道："若思，你对我到底有什么不满？在你爸面前告诉我行吗？"

"赵光希，"周若思鄙夷地看着他说，"我知道你心里在想什么，可我想的和你的完全不一样。现在院里的工作十分繁重，人

第八章 马衡临危受命代理院长之职

人都在为文物南迁尽心竭力,你却还只顾着卿卿我我,也不怕被人笑话!"

"好、好,我改、我改!"赵光希一迭声保证道。

"你用不着改,你本来就不适合在故宫工作。何必勉强自己?"周若思甩开赵光希的手,径直走了出去。

赵光希刚要追出去,周旬达叫住了他。他对赵光希说:"你就算追上了若思,也只能不欢而散。我的女儿,我是了解的。她能去哪里?过会儿还不是得回来吗?你就在家里等着她。到时我再帮你把若思的心结解开。"赵光希听了,只得惴惴不安地回去了。

没想到没等周旬达解开女儿的心结,日本人先来帮他解了心结——不久他收到了一张日文委任状:"兹任命周旬达为故宫博物院院长。"落款处盖着日本关东军司令部的印章!

原来,日本很快就会发动全面侵华战争,希望周旬达在文化、文物方面多多配合他们。将来日军进驻北平,周旬达就会被委任为故宫博物院院长。

周旬达对此喜不自禁,心头的阴霾一扫而净。他暗暗盘算,只要能当上院长,就豁出去替日本人干了!在他看来,给谁干都是干,只要对自己的前程有利。只是,院里的事,他如今既插不上手,也插不上嘴,势单力薄,怕是无法配合日本人的"工作"……周旬达点上一支烟,狠狠吸了一口。

过些天,周旬达去找马衡。马衡以为他又是来探听虚实的,心想:好吧,今天不妨与你摊牌。

然而，周旬达却和善地说："衡兄，你接手院长以来，日理万机，难得见你有空，我想请你一起去御花园那边散散步。一来叙叙旧，二来我有些事想与你谈谈。"

马衡见他这样的态度，慨然应允，丢下手上忙的事陪他去散步。

两人并肩走在通往御花园的石子路上。这条路用各色卵石铺成，构成 900 余幅图案，内容涉及历史、人物、博古、花鸟鱼虫、飞禽走兽，以及各种各样的吉祥图案。

故宫御花园养性斋夏景

周旬达边走边看着地面说："在故宫工作近 20 年，这条路不知走过多少次，但都没有细细欣赏过这路面上的图案。"

马衡从容不迫道："我来得比你晚，可这条路我走得也不少，尤其是路面上的图案，我还专门来欣赏过几次。"

周旬达表示钦佩："你就是与我不同，处处比我有心，时时总有心得。佩服！佩服！"

听话听音，马衡知道周旬达找话，装着不知觉："过奖了，我们现在并无不同，都走在这条道上。"

周旬达果然借题发挥起来："道同而志不同，志同而道不同啊！"

马衡不动声色地说："旬达兄的话我有所不解，请问，我们是道同而志不同呢，还是志同而道不同呢？"

"我不过随便说说。"周旬达知道这个话题不好直说，就岔开话，"哎，你能否给我讲讲，这路面都是些什么内容？"

马衡丢开前面的话题，回答他刚才问的，指着路面一一介绍："内容太多啦，主要的是《三国演义》里的一些故事。你看，这是'张飞怒鞭督邮'，这是'关公过关斩将'，再过来就是'桃园三结义'。"

周旬达专注听着，不时地点点头。有游客听马衡讲得精彩，围拢过来听了一阵子，一个游客夸故宫真是到处有故事，处处有文章。

待游客散去，周旬达说："这段路倒正是我们博物院当下的状况哩。"

马衡笑着问："旬达兄什么意思，能不能对我细说？"

"衡兄，我开个玩笑给你听。这'张飞怒鞭督邮'，就好比张继怒鞭培基；这'关公过关斩将'，就好比你马衡过关斩将当院长；这'桃园三结义'嘛，就好比你正在组建新班子。"

"哈哈哈，旬达兄，你的想象真是太丰富了！有趣、有趣！"

周旬达也大笑起来。笑声中，谈话的气氛轻松了起来，两个人都不像开始时那样绷着。

笑声过后，马衡泰然自若地说："没想到你借古喻今、借题发挥得如此形象生动。你说我总有心得，而我根本没有想到这一层。你反应之快，我自愧不如。不过，依我看，你也只能算是说对了一半。"

"哦，你评评看。"

"依我看，第一句说对了，张继依然抓住易先生不放。第二句说错了，因为我并非关公，更没斩将。第三句嘛，既是也不是。说是，我确实是在组建新班子；说不是，这不是过去意义上的结义。旬达兄，你看我说得对不对啊？"

"对，当然对。不过，比喻总是跛脚的嘛！说对一半就很不容易了。"

不知不觉中，两人漫步到御花园，又顺着蜿蜒的小道登上堆秀山，在御景亭坐下休憩。

马衡不无感慨地说："这里是御花园的最高处，过去皇帝经常率领后妃们登临此处，望远祈福、祛邪避秽。"

周旬达附和道："是啊，如今时过境迁，物是人非，岁月沧桑啊！"

马衡说："不管岁月如何沧桑，故宫始终是中华民族的文化宝库，我们肩上的责任重啊！"

"那当然,不过,我已成老朽,不中用了。"周旬达顺着马衡的话探一下底。

马衡也正想由此摊牌:"我们都是快六十的人了,如果不是大家硬推我出来,我实在也不想当这个院长,还是让年纪轻一点的人来担当为好。"

"是啊,是啊,我也正要与你谈这件事。"周旬达同样感到不得不说了。

"有这么巧,那我们是想到一块去了。我正想听听你的打算。"马衡引导他将想要说的说出来。

"我就不再当这个副院长了,想必你已有这个考虑。"

马衡既不肯定也不否定,反问周旬达道:"旬达兄如何见得?"

"大家心知肚明,也就不必点穿了。"

"既然这样,我就实话告诉你吧,文物外迁,任务艰巨,我想选个年轻一点的人来当副院长,不知你有何见教。"

"我还能有何见教,敬酒不吃吃罚酒吗?退!彻底地退!"周旬达咬牙切齿地说道。

没想到周旬达这次能如此干脆,马衡便说:"旬达兄的高风亮节我十分敬佩,感谢你对我工作的支持。"

周旬达怆恨伤怀,面露苦楚地说:"不过,我有一个小小的要求,请衡兄安排我女儿周若思与我未来的女婿赵光希来故宫工作,了却我的心愿。"

"可以,"马衡痛快答应,"但我有话在先,这不是交换的条件。

若思这孩子，我是看着她长大的，她也是我的学生。她和赵光希学的专业都不错，博物院正需要这些年轻的有用之才的加入。"

周旬达不再说什么，他此时的心情是复杂的。这场谈话的结果，等于由此结束了他故宫博物院副院长的职务生涯，看起来他是因为舐犊之情而与马衡在做交易，其实他有更大的阴谋。他把今天的这一招算计为"以退为进"，是在为他的下一步计划打伏笔。然而，不管怎么说，周旬达在这个结果面前还是颇感失落的。

马衡呢？他暗自欣喜，一件让他头疼多日的事情竟然就这么简单地解决了。此时他没有去想这简单的背后有着复杂的情况，而是在想，新班子可以组建了！

马衡迅速地投入班子组建工作。他采用院内人员公开推选的方式确定候选人，推荐出来的人选很集中，也基本上是马衡看中的人。张继、周旬达的票数极少，说明大家的眼睛还是亮的。

马衡综合大家的意见，确定了最后的人选名单。上报故宫理事会后，很快获得批准。1934年4月7日，故宫理事长蔡元培来故宫召开全体人员大会，宣布故宫博物院新的领导班子：

"经故宫博物院理事会推举，并报政府批准，任命马衡先生为故宫博物院院长。"

场内响起长时间的热烈掌声，马衡起身向大家鞠躬致谢。

蔡元培接着宣布："经马衡院长的推荐，报故宫理事会同意，决定任命徐森玉先生为博物院副院长兼任古物馆馆长，袁蕴礼先生任图书馆馆长，沈兼士先生任文献馆馆长，俞同济先生为总务处处长,高茂宽先生为院务秘书。"

徐森玉(1881—1971),浙江吴兴人,名鸿宝,字森玉。就读于著名的白鹿洞书院,后中举人。1900年,考入山西大学堂读化学,即著有《无机化学》和《定性分析》。毕业后,历任奉天测图局局长、清廷学部图书局编译员。民国建立后,任北京大学图书馆馆长。1924年11月,参与清室善后委员会工作,后任故宫博物院古物馆副馆长。

徐森玉

接着,马衡进行简短致辞,并宣布其他任命。欧阳道达、庄尚严、那志良、吴玉璋分别被他任命为文献馆、图书馆、古物馆科长。

掌声热烈,经久不息。

最后马衡在会上特地介绍故宫博物院的新成员:最近从北大实习生中挑选的周若思、赵光希等五名同学。

又一阵热烈的掌声响起。

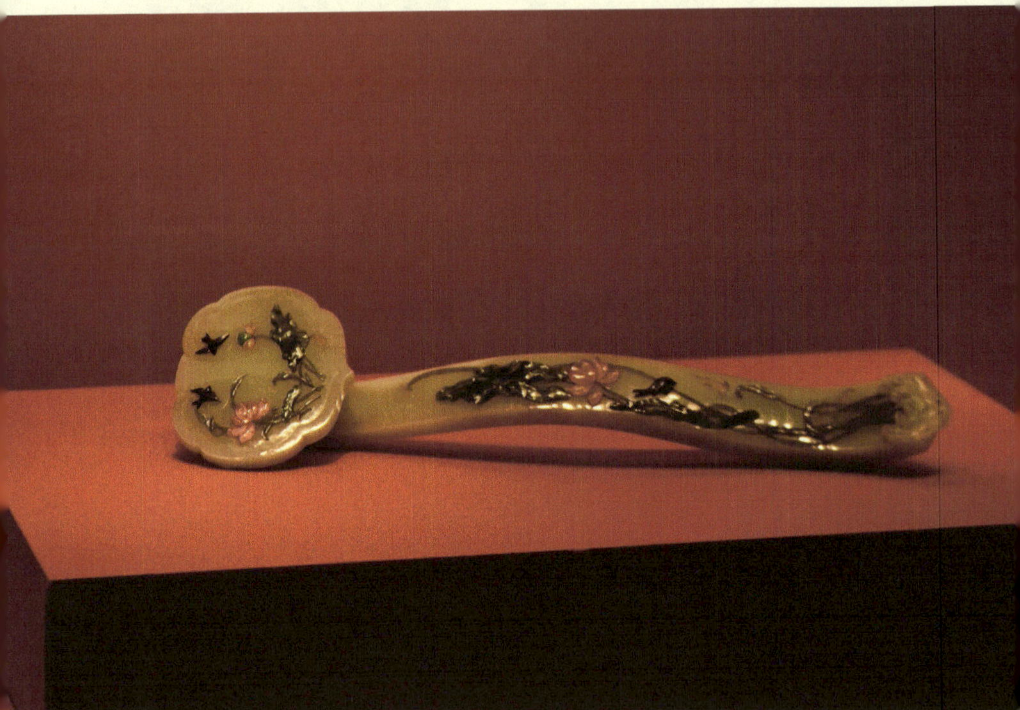

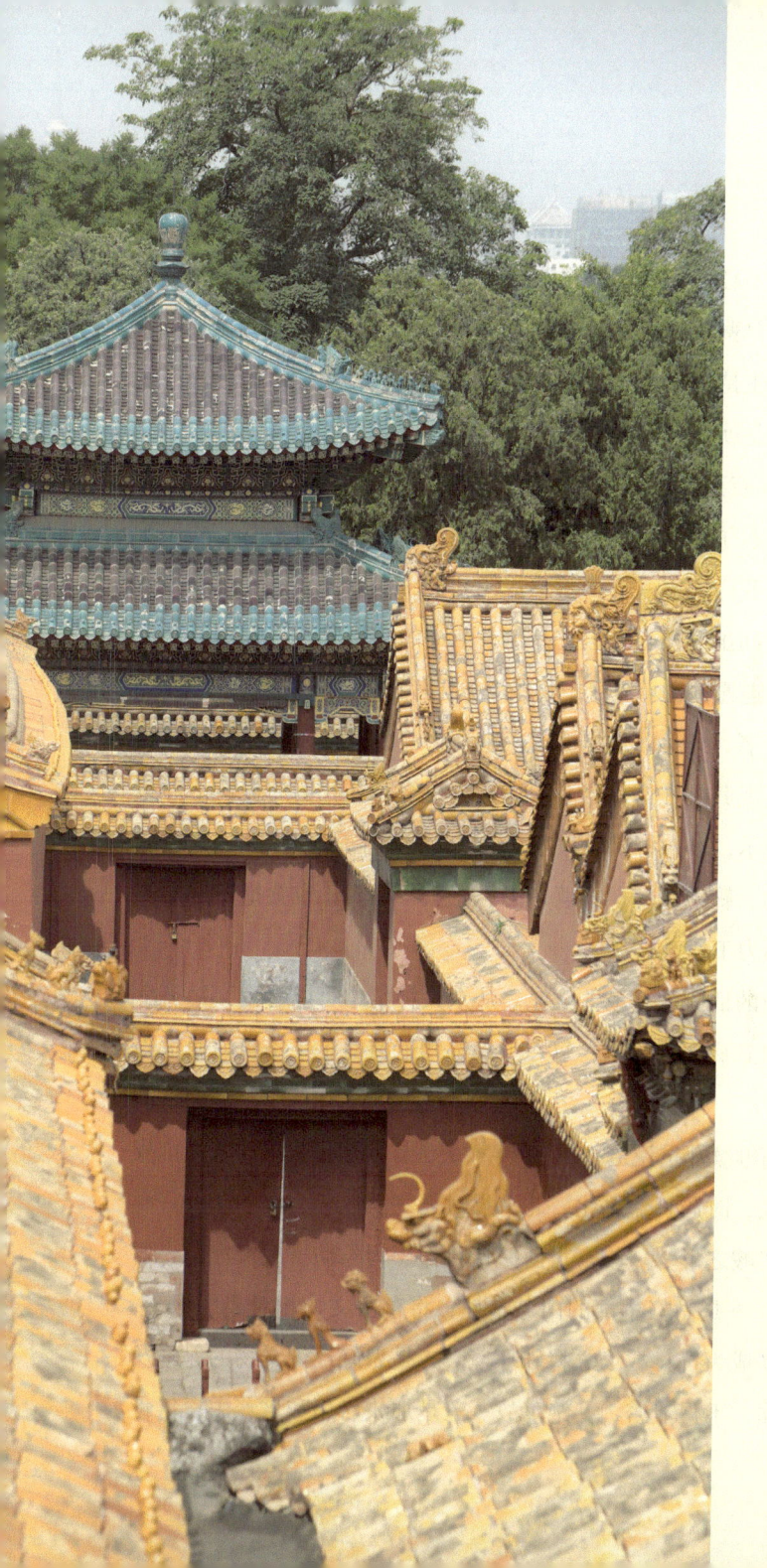

第九章
危急中故宫文物实施大迁徙

马衡上任后，故宫博物院的内设机构基本沿用了易培基时期的格局。自蔡元培宣布了人事任命后，新班子迅即运转起来。

马衡主持召开了第一次院务会议。他在会上的讲话十分平实，亦可看作是就职宣誓：

"我注意到，在那天的大会上，当蔡元培先生宣布任命后，虽然场内响起了热烈掌声，但我们在座各位毫无激动之情，只有沉重之感。我与大家一样，深感责任之重、压力之大。故宫博物院成立的时间虽然不长，但它是辛亥革命的文化成果，既体现着中山先生的遗愿，也承载着中华民族数千年的文明。我们作为文化、文物工作者，作为'故宫人'，建设它、保护它，此乃义不容辞之使命。尤其是在国难当头、故宫危机之时，我们的责任不言而喻。我表示，本人将以故宫为家，以文物为生命，毕生为之服务、为之效力，鞠躬尽瘁、不遗余力，相信各位同仁也会抱定这样的想法而倾力工作……"

马衡的话深深打动着大家。从众人神情中可以看出，每一个人都意识到肩上的分量，每一个人都知道前面是一条坎坷而艰难的道路。

马衡继续郑重说道："自去年榆关失守、热河失陷、长城抗战失败以来，时局日益恶化，北平无时无刻不在危亡之中，故宫面临更为严峻之形势。故宫目前一切工作当为长期抗战做准备，要者为三：一是做好本部的内务整理，将存留文物相对集中保管，以备北平成为抗日战场之特殊环境。二是做好迁沪文物的保管及安全工作，不得泄密，杜绝事故。三是加快启用和培养中青年骨

第九章　危急中故宫文物实施大迁徙

干,作为文物外迁的中坚力量。新进的北大学生放到文物外迁的一线去锻炼,把他们带好、用好。同时,对法院在本院的清查工作,该配合的配合,该坚持的坚持,力争尽快了结。"

会上还作了大致分工,徐森玉主要分管文物外迁工作,各馆馆长主持本馆工作,总务处处长俞同济负责故宫内务事宜,并成立驻沪办事处,欧阳道达任主任。

欧阳道达(1893—1976),安徽黟县渔亭欧村人,原名欧阳邦华。18岁进入苏州东吴大学预科学习,1915年考入北京大学。毕业后,任北大预科讲师和研究所助教。1937年7月日本全面侵华,国民党政府再次分三队转移文物,第二队由欧阳道达负责。文物从南京一直转移到四川省乐山县安谷镇,欧阳道达任驻乐山办事处主任。在他的带领下,乐山库房所存珍贵文物得到了很好的保护。

欧阳道达

马衡正式出任院长及故宫新班子的组建,对张继夫妇刺激很大,他们现在唯一能做的,就是在易培基案子上紧抓不放、穷追猛打,以此泄愤。但由于易培基住在上海法租界内,无法传唤到庭受审,只能将其在北平、南京、上海的住所一概查封,财产悉数充公。

鉴于迁沪文物在租界存放地点暴露这件事，故宫博物院向行政院呈提了关于在南京设立文物库房和筹建故宫南京分院的报告。报告很快得到行政院的核准，但成立分院和建造库房的地址迟迟定不下来，直到1934年12月，才定址于南京朝天宫。

朝天宫是南京的重要古迹，占地近140亩，建筑宏伟壮丽，足以办公及开辟陈列之用。朝天宫明伦堂后有土山一座，建文物仓库也极为方便和安全。不久，南京文物库房开始建造。

20世纪30年代，故宫存沪文物

1936年9月26日，古老的朝天宫喜庆祥和，名流云集。故宫博物院朝天宫文物库房落成典礼在这里举行。

文物库房坐落在朝天宫明伦堂后土山下，3月动土，到8月就已经竣工。该库房仿欧美最新建筑方法，钢筋水泥结构，共分三层四库，其建筑式样采用中国式建筑之意味，融合朝天宫之旧貌。其内部设施先进，空气可调节，温湿度由机器控制，还安装了国际上最先进的"紫外线电光警钟"，堪称当时国内最完美的文物库房。之后，存沪文物分五批迁到南京，存入朝天宫新库。

是年11月12日，国立中央博物院建筑工程举行奠基典礼。之后，工程正式开工，进度极快，不到一年，陈列室后部屋顶柱梁钢骨水泥工程、前部保管库楼板及正面大殿下层全部完成，轮廓初现，蔚为壮观。

1937年1月1日，故宫博物院南京分院正式成立，驻京、驻沪办事处撤销，所有工作人员开始在分院上班，并准备举行大型文物展。

这一时期，可谓文物南迁后的黄金时期，好事连连，喜庆不断，各项工作渐趋正常。

可是好景不长，一场更大的灾难即将来临。

1937年7月7日，七七事变爆发，日本蓄谋多年的全面侵华战争拉开帷幕。8月13日，日军开始轰炸上海。之后不久，南京的飞机场和军工厂连遭日军飞机轰炸，刚刚安顿下来的故宫南迁文物又处在危急之中。

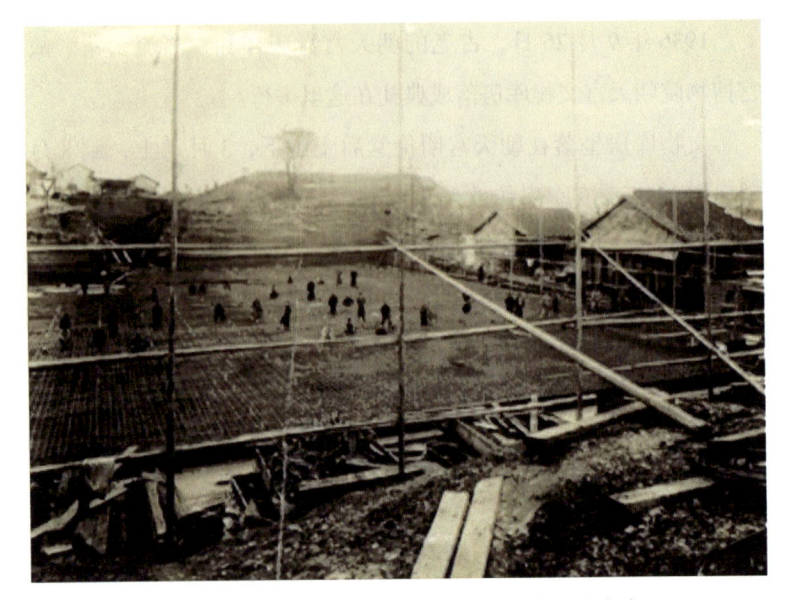

20世纪30年代，正在建设的南京朝天宫文物库房

马衡从北平火速赶赴南京，主持召开会议，讨论南迁文物安全之策。有人表示，文物刚刚安家，实在不必再度迁移；有人主张，将库存文物移至市中心的国际安全区内即可；而多数人认为，抗日战争全面爆发，必将成为主战场的南京，决非文物久留之地，应尽快将文物转往后方。

马衡权衡大家的意见，当即决定选择精品文物，先行撤往后方安全地区。

马衡一连数日在朝天宫文物库房的地下室内召集有关人员商讨文物西迁方案。他对大家说："较之于南迁，西迁的难度要大得多，也复杂得多，无论是迁徙的路线、交通工具，还是储藏地点，都是难题，望大家充分讨论并作出决议。"

欧阳道达说："文物如若西迁，首选应随政府一道迁往重庆，国宝与政府在一起，安全及其他条件容易有保障。"

那志良却认为："重庆乃陪都，目标大，危险也大，倒不如另择他途，比如湖南长沙，那里山多易隐，较为安全。"

那志良话音刚落，高茂宽随即说道："重庆、湖南各有利弊，我看是否兵分二路，将古物藏于两处，各得其所。"

大家畅所欲言，各抒己见。而马衡不停地抽着烟，一言不发。过了半天，他站起身来，走到挂着的中国地图旁，俨然一位深思熟虑的战地指挥员。

"听了大家的讨论，我颇受启发。集古今中外之经验，战时的文物储藏宜散不宜聚。我提议，古物西迁，干脆分三路进行。"他拿起一根竹竿，指着地图说，"一路往湖南，一路往重庆，都从水路逆水而上。还有一路呢，我建议从陆路走，经徐州、郑州，直抵成都。三路殊途同归，目的地既靠得近，又分开来藏匿了；既便于统一指挥，也便于做研究工作。"

大家一致同意马院长的意见，文物西迁的各项准备工作立即分头进行。

马衡星夜赶回北平，召开博物院的动员大会。

"一场全面、持久的战争不可避免，北平、上海、南京都将成为抗日的一线战场，政府将迁往重庆，存放在南京的故宫文物也必须尽快撤出。从文物安全和存放条件计，故宫文物准备分三路迁往西部大后方。无论是迁移过程中的护送，还是存放下来后的看管,都需要更多的人力物力。"说到这里,马衡停了停,加重语气道,"我这次回来,就是要动员大家积极参加到西迁队伍中去。"

会场内一片寂静,气氛肃然。

马衡沉重地说道:"我知道,在座的许多人生于北平、长于北平,从来没有离开过这座城市;也有一些人年岁已高、身体不好;还有的人拖老带小。总之,大家都有困难,可是……"

"马院长,别说了,"徐森玉站起来说,"故宫文物乃我等之生命,就是拼了命,亦当尽保护之责。我报名参加西迁!"

袁蕴礼也站起来:"不能上抗日战场,也要尽报国之心,我报名参加!"

"日本鬼子一天不赶出中国,我一天不回北平,我坚决参加西迁,誓死保卫文物!"沈兼士紧握拳头。

俞同济的表态更是具体:"兵马未动,粮草先行,我带所有总务处人员为西迁搞好后勤保障。"

"我也报名!"

"我参加!"

"加我一个!"

吴玉璋、庄尚严等人纷纷站起来报名,而在场的赵光希却避开大家的视线,偷偷地溜了出去。而他这一溜,彻底断绝了他与周若思在一起的可能。

到最后,会场里的人全都站了起来,齐声高喊:"我们都去!"

看着这热烈的场面,马衡感动了:"谢谢大家!谢谢大家!请各位坐下,听我再说几句。"

"大家知道，我有一个宝贝儿子，叫马彦祥，许多人都看着他长大，我曾经想让他子承父业，他不干，却迷上了京剧，这实在让我大失所望。更令我生气的是，文物外迁之初，他竟在报纸上发表文章，对此加以反对和抨击。我们在家里发生了激烈争吵，差点断绝父子关系。可是，我昨天晚上从上海回到家里，他找我彻夜长谈，思想上来了个180度转弯，非但不再反对我们的工作，而且主动要求参加到文物外迁的行列中来。他告诉我，他要向梅兰芳学习，保持民族气节，日本鬼子一天不滚出中国，他一天不再唱戏。"

会场上众人热烈地鼓起掌来。马衡继续说道："我一激动，便对儿子说，'彦祥啊，今天你跟我去外迁，抗日胜利了，我就跟你去学唱戏！'"

"哈哈哈……"

场内顿时一片笑声，继而又是一片掌声。

这些故宫博物院的工作人员，我们姑且称他们为"故宫人"。他们都是中国的知识分子。面对民族的存亡，他们不再柔弱、不再彷徨，用无比的坚毅和大义，勇敢地承担起保卫中华文化的历史责任！

两天后，马衡带着参加西迁的故宫职员奔赴南京，紧急展开文物西迁。

深夜的浦口码头漆黑一片。近处，装有大量文物的"建国"轮正在离开码头；远处，隐约传来隆隆的炮声。沉沉夜幕里，萧瑟苦涩的江风难掩一张张肃然的面容。马衡迎风而立，目送着逆流而上、渐渐远去的江轮。在江轮的甲板上，庄尚严、那志良、高茂宽等人频频地、久久地向岸边送行的人招着手……

这是最先实施的"南线"计划，各种重要文物，共装80大箱。"建国"轮先沿长江溯江西上，航行至武汉。

抵达武汉后，因战事紧张，一时找不到足以将文物运往湖南的军用卡车。文物只好暂存在临江的一所军营里，由军队负责看守。后来经庄尚严多次交涉请求，军委会才派出10辆卡车，将滞留武汉的文物运至长沙，暂时存放在长沙城郊湖南大学图书馆的地下室里。

淞沪会战日趋激烈，南京危在旦夕，国民党政府迁都在即。马衡得此消息，立即组织实施"北线"计划。

11月初，马衡派吴玉璋率队，梁廷伟协助，将7286箱文物从陆路由火车运出。在南京站装车时，现场相当混乱，好在没有出大的问题。

装车完毕，列车经津浦路向北到徐州，再经陇海线北上到达郑州，之后由郑州一路向西进发……

1937年11月12日，上海陷落，19日苏州、嘉兴陷落。此后，日军沿沪杭铁路推进，兵分三路，迅猛追击，直逼国民党政府首都南京。而此时，南京外围虽然聚集了大量部队，但国民党政府已不能有效组织抵抗。强敌压境，南京沦陷在即。

第九章 危急中故宫文物实施大迁徙

在此危急关头，马衡为找搬迁文物的运输工具费尽脑筋。情急之下，徐森玉、牛德明与马彦祥几经周折，终于联系到一艘英国轮船黄浦号。

"中线"计划终得实施，9369箱文物被抢运上船。

装载着故宫国宝的黄浦号轮船，搭载着一些侥幸挤上船的可怜逃难者，在漆黑的雨幕下，缓缓驶出浦口码头，驶进无尽的黑暗之中。

文物由黄浦号运至"中线"汉口以后，为防日机轰炸，又转运至宜昌，再用小轮船运至重庆。2月底，文物抵达临江门码头。

因存放地点一时难以落实，故宫博物院临时租用了一栋简陋的木结构"合记"仓库存放文物。谁知，码头搬运工人将文物木箱抬到仓库二层时，只听得"轰"的一声响，楼板被压垮了，两个文物箱子被砸坏。押运员冲进仓库，救出受伤的工人，又急忙开箱检查，所幸里面存放的是青铜器，没有受损。

有了这次教训，马衡要求欧阳道达一一详细察看城里的仓库。其后分别选定了川康银行二楼仓库、南岸狮子山安达生洋行仓库和吉时洋行仓库等几处当时重庆最好的仓储地，把文物全部存放了下来。

最后一批文物在重庆安家后，马衡牵挂着前两批运出的文物，便赶往"南线"湖南。

这一组文物由庄尚严、高茂宽他们一班人负责迁移，存于岳麓山下的湖南大学图书馆，即著名的岳麓书院。

岳麓书院位于长沙岳麓山东侧，紧邻湘江，始建于北宋开宝九年（976年），历经宋、元、明、清各个朝代，曾多次遭战火焚毁，屡毁屡建。书院的功能为讲学、藏书、祭祀，深得历代朝廷重视，名闻遐迩，享誉海内，文人墨客更视之为圣地。

在湖南大学校长和庄尚严、高茂宽的陪同下，马衡从岳麓书院前门而入。作为文物专家，马衡久闻书院大名，第一次来此，当然很想细细参观一番，但牵挂着文物的他实在无心欣赏，只是顺路经过，走马观花。

沿中轴线过了二门，看过讲堂和御书楼，马衡便径直来到地下室察看文物。他发现这里的存放条件较差，当即与校长、同事们商量，在附近寻找新的地点。

在校长的建议下，马衡一行来到坐落于岳麓山下清风峡中的爱晚亭，察看是否能够存放文物。

爱晚亭坐西向东，三面环山。亭形为重檐八柱，琉璃碧瓦、亭角飞翘，自远处观之似凌空欲飞状。内外丹漆圆柱，外檐四柱为花岗石，亭中彩绘藻井，乃亭台之中的经典。

校长向马衡他们介绍道："爱晚亭由书院院长罗典始建于清乾隆五十七年（1792年），原名红叶亭，后由湖广总督毕沅根据唐代诗人杜牧'停车坐爱枫林晚，霜叶红于二月花'的诗句，改为爱晚亭。"

"改得好，既有诗意，又有寓意。"马衡赞赏道。

站到亭后，看起来在饶有兴致欣赏景色的马衡，突然间脑海里掠过一个想法——在此凿洞存放文物，工程不大，又比较隐蔽。

第九章 危急中故宫文物实施大迁徙

长沙市岳麓山爱晚亭

他把想法告诉大家,立即得到赞同。

说干就干,几周后山洞凿好,马衡再到现场察看,甚为满意。就在此时,护送文物的随行军警队长鲁大运骑马飞奔而来,将一封电报交给马衡。马衡展开一看,是张学良发来的密电,告知日军将在近期大规模轰炸长沙,要求军警护送文物立即向贵州转移。马衡眉头紧锁,望洞兴叹,只得停止原计划,紧急组织文物撤离。

1937 年 12 月的一天下午，存放在湖南大学地下室的 80 箱故宫珍贵文物，分别装上湖南公路局的 20 多辆大卡车。

车队刚刚离开，多架日本飞机出现在湖南大学图书馆上空。飞机俯冲下来，像下蛋似的丢下无数炸弹。

刹那间，爆炸声大作，图书馆轰然起火，火光冲天，整个湖南大学也陷入一片火海……

惊吓、悲哀、愤懑、无助的情绪交织在每一个故宫人的心中，大家欲哭无泪，只有一个信念：中国不能亡！中华文化不能亡！

依稀暮色中，长沙处在一片混乱之中，人流之中已经分不清哪些是老百姓，哪些是政府人员，哪些是军人和伤员，他们在被炸成废墟的建筑旁喧嚣着、哭喊着、悲恸着……

冒着敌机轰炸驶出火海的文物车辆，离开这悲伤的城市，沿着一条通往西南方向的山路，悄无声息地出发了。

马衡目送车队远行，急着前往下一处文物存放地——陕西宝鸡。

长长的车队穿行在湘西的群山万壑之间。

湘西为湘川咽喉之地，山水奇异，峰峦叠嶂、林木参天、溪河纵横、洞穴众多，珍禽异兽不绝于野。

庄尚严一行无心欣赏秀丽险峻的山川景色，神情专注地守护着车内的文物。

深夜，车队仍然没有停下来，在山路上行驶。坐在第一辆车驾驶室的高茂宽聚精会神地看着前方，突然，发现远方的密林深处有两点亮光在游弋。

高茂宽立即让车停下,大家下来观察一番,都以为是远方开来的汽车灯光,就继续向前行进。

渐渐驶近那两点亮光处,驾驶员大惊失色:"老虎!"只见一只斑斓大虎伏在路中,目不转睛地瞪着开过来的车队。

随车押运文物的士兵吓得手足无措,好不容易定下神来,拔出手枪向猛虎一顿射击。也不知道吃了枪子的老虎死了没有。情急之下,一位士兵拉响一颗手榴弹丢了过去,在一片浓密的硝烟中,老虎被炸死了。

看着死老虎大家心存余悸,有人奇怪地说:"这只老虎怎么会冒死当拦路虎?"

高茂宽突然冒出一句:"它就是虎视眈眈的日本鬼子!"大家笑了起来,心头的惊慌驱散了许多。

车队继续行驶,在黑暗中见前面有些闪烁的亮光,走近后方知是一处土家村寨。

庄尚严决定暂作休息,派高茂宽去村寨联系。高茂宽很快回来报告,有户人家同意留宿他们。

这户人家依山建了一座长方形木架屋,编竹为墙,茅草为顶,共有三间。大家挤在中间的堂屋和衣休息,这几天来实在太累,没有睡过一个囫囵觉,大家很快就都睡着了。

天刚亮时,大家被临近传来的哭声惊醒。房东出来解释,这是邻居家在"哭嫁"。大家向房东打听何为"哭嫁",才知这是土家独特的地方婚俗。家里有女儿出嫁,在离开娘家的前半个月就要开始哭嫁，土家人还有专门的《哭嫁歌》，包括哭爹娘、哭哥嫂、哭姐妹、哭祖先、哭媒人，多是诉说离别之情。有的一人独哭，也有的母亲、姐妹同哭。大家听了颇觉稀奇，都说这是少数民族的文化遗产，很有价值。高茂宽边吃早饭边向房东讨教歌词，用一个本子记了下来。

早饭后房东把大家送到路口，车队继续日夜兼程。

1937年农历除夕，车队抵达贵阳。贵阳城里过年气氛极浓，家家张灯结彩，户户爆竹声声。而庄尚严他们顾不上吃年夜饭，在寒风瑟瑟之中将文物搬运到了临时的存放地点。

"北线"文物离开郑州后，继续沿陇海线前行，抵达陕西宝鸡后，文物被临时存放于城内关帝庙、城隍庙内。

赶到宝鸡的马衡在视察这两处存放地以后，觉得条件都不理想。不久，潼关形势紧张，文物向汉中转移。

宝鸡到汉中相距885华里，其间没有火车，当地政府便调动了近300辆汽车运送文物。马衡也一同随行。

秦岭横亘于关中平原和汉水谷地之间，东西绵延约500公里。山顶气候寒冷，白雪皑皑，百里之外亦可望见银色山峰。山间多横谷，重峦危岩，山路崎岖陡险。

时值冬末，秦岭大雪封路，山高路滑。长长的车队挂着防滑链，车身摇摆颠簸，慢慢盘旋、爬行在苍茫的秦岭之中。远远望去，有几分壮观，更有几分悲壮！

艰难的行驶中，车队后面有一辆车的"拉杆"突然断了，司机无法控制车速。危急关头，司机果断地选定路边一棵大树冲去，以求止住奔驰的车子。但不料车速过快，车撞到大树后侧翻，继而翻滚在山坡上。好在山坡不陡，司机和车上人员无恙，只是车上装有文物的几个大木箱散落在地上。

在前面车上的吴玉璋得知后赶过来，大吃一惊，以为文物严重受损，连忙与大家将散落在地上的木箱一一打开检查。还好这车所装的是石鼓，由于包装严实，石鼓没有受损。大家松了一口气，但是，要将这些每个重达一吨的石鼓重新搬上汽车，实在太难。参加押运的人员纷纷跳下车来帮忙。

这些从来没有做过重体力活的故宫专家们，此时与搬运工人没有两样，他们同司机们一起，绳拉肩扛，使出全身气力，用了整整一天时间，终于把散落的石鼓重新装上车。

随着山势的增高，原始森林渐渐消失。阳光照射下的座座大山，银装素裹，反射出耀眼的光芒。

车队继续前行，前面的路越来越窄、越陡越滑。车轮打滑爬不上去时，大家只能下车来推。

突然，一阵狂风吹来，发出令人毛骨悚然的响声。紧接着，乌云就像一团团浓浓的、厚厚的黑烟，从山峰后面迅速压过来。顿时，天空中电闪雷鸣；转而，鸡蛋大小的冰雹铺天盖地砸下来；稍后，漫天飞舞起鹅毛般的大雪。

寒冷的狂风中，冰雪像刀一样扎在脸上，让人非常疼痛；像针一样刺向眼睛，让人睁不开眼。

马衡与大家一起，顶着风雪艰难地推着车，每挪动一步都十分困难。高茂宽看着不忍心，上气不接下气地过来说："马院长，你赶紧上车吧，我们来推就行了。"

"不行！"马衡回身看了看说，"我虽力量不大，但上车还得增加阻力，一上一下相差大哩！"

恰在这时，在前面一辆车旁推车的徐森玉脚下一滑，掉进路边齐腰深的雪坑里。

"茂宽，快去拉一下徐院长！"随着马衡的喊声，高茂宽连爬带滚地冲过去，把徐森玉从雪坑里拉了上来。

徐森玉雪人似的站在那里，马衡推着车到了他身边、拍着他身上的雪道："还好，胡子白了，头发还是黑的。"

徐森玉回应道："还好，外面白雪，里面热血！"

这就是中国的知识分子。

他们的身躯是那么的柔弱、外表是那么的平凡，但他们承袭了士大夫的传统，又有着昂扬的时代精神。他们执着，他们负重，他们敢于担当，他们充满力量。他们是中华民族的脊梁，他们是中华文化的守护神！

1938年3月12日，蔡元培赴渝视察文物迁移，并以故宫博物院理事会理事长的身份在渝召开临时常务理事会。

会上，那志良、吴玉璋、欧阳道达、庄尚严分别汇报了各路文物的迁移情况。

蔡元培对故宫文物外迁予以充分肯定："日军发动侵华战争后，故宫文物被迫迁出北平，业已证明，这一举措是完全正确的。

因为日本侵略者不仅占我国土，杀我人民，而且毁我文化。他们既制造了惨绝人寰的南京大屠杀，同时也进行了疯狂的文化大屠杀，肆意烧毁古建筑，抢夺各种文物古籍。故宫文物外迁，在一定程度上防止了古物遭此劫难。"

马衡院长最后发言："在前阶段的外迁工作中，我们既遇到了人为的干扰，又遇到了交通等方面的严重困难。更危险的是，上有敌机轰炸，下有敌特破坏，但是我们克服种种困难、躲过种种劫难，使文物得到安全转移。当然，故宫文物外迁，比我们原来的设想要艰巨得多、复杂得多。现在虽然国共合作、全国人民一致抗日，但日军日益猖獗，抗战形势更趋危急，故宫文物还将面临更加严峻的形势。为此，我们要做好长期准备，坚持高举'文化抗日'的旗帜，积极配合全国的抗日战争，不仅在军事上，而且在文化上粉碎日本帝国主义亡我中国的野心！"

会议作出了三项重要决定：一是三路故宫文物都要尽快选定存放地点，设立专门库房，确保安全；二是待存放地点基本确定后，都要建立办事处，实行战时体制；三是在确保文物安全的前提下，做好文物的整理和研究工作，并择机组织小规模展览，用特殊形式进行"文化抗战"。

会后故宫博物院立即成立了临时院部，又称驻渝总办事处，地址在重庆南岸海棠溪柏子桥。

1939年3月28日，所有存渝文物开始转移。文物从长江运抵宜宾后，必须赶在涨水季节，换船经岷江运往乐山。但当时船

运十分紧张，欧阳道达与中国连云社和民生公司多次协商，软硬兼施，甚至让鲁大运带着武装士兵去威吓，总算雇到了11只木船。有了这11只木船，他们星夜不停，加紧装运。

就在南岸玄坛庙抢运第三库文物时，故宫职员朱学侃到船上布置搬运。那时曙色微茫，舱中仍昏暗一片，朱学侃未觉察身后舱盖打开，察看舱位时一脚踏空，身坠舱底，脑部严重受伤，当即失去知觉。同事们忙将他送往附近医院，但不及营救已气绝身亡。

朱学侃为运送文物而光荣殉职，故宫同仁极为悲痛。院里为朱学侃举行了追悼会，马衡含着眼泪致悼词，追忆他为故宫文物外迁所做的贡献。追悼会后，朱学侃的遗体被安葬在重庆南岸狮子山，并立碑为志，永存纪念。

经过两个多月的运输，至

文华殿春色

第九章 危急中故宫文物实施大迁徙

9月中旬，9000多箱文物终于全部运抵安乐村。

文物运出后不久，日军的空中大轰炸来临了！山城重庆一片火海，古物存放处几乎无一幸免，所幸文物躲过一劫。

坐镇重庆指挥的马衡，闻知文物安然无恙，兴奋不已，立即给欧阳道达发电祝捷："自泸州被炸，忧心如捣，数夜不眠。得来电，知兄大功告成，急嘱厨房备酒，痛饮数杯！"这位60岁的金石学家，彻底忘记了离乡背井的流离之苦，独自举起酒杯，把喜悦的泪水和着巴山的清流一饮而尽！

几天后，马衡率重庆总办事处的所有人马来到安乐村。

安乐村三面环山，一面临水，景色秀丽。远远望去，树木苍翠，云蒸霞蔚，恰似一幅山水长卷。

在这幅画卷中，汩汩清流抱村穿户，潺潺流过。数十幢明清建筑呈半圆状布局，灰白的屋壁被时间涂划出斑驳的线条，古朴而沉静。整个建筑群排列有序，又错落有致；既有山林野趣，又富水乡特色。

马衡高兴地对大家说："这里简直就是世外桃源啊！"

大家安顿下来后，把所有文物存放到村西头的祠堂里。在安乐村成立乐山办事处，马衡任命欧阳道达为办事处主任。

安乐村的祠堂坐西朝东，背山面塘，气势宏大。从大门进去，是宽大的天井，天井当中是甬道，两旁各有庑廊，庑廊阶前临天井池处均有雕刻精美的石雕栏板。甬道尽头为露台，登露台进入大厅，大厅悬有巨大匾额，上书"善庆堂"三个大字。

过大厅在寝殿又设一天井，天井内有三条宽阔的石阶，上有石狮一对。寝殿并列三个三开间，共九间。寝殿内的梁头、脊柱等木构件，都用上等木材精致雕饰。寝殿两侧设有楼梯，可登二层阁楼，这里便是存放文物的地方。

除了具有很好的存放条件外，马衡选中安乐村还有一个重要原因，此处山势险峻，敌机无法飞越，外人进入也非常难，对文物的安全十分有利。

安乐村民风淳朴，村民友善好客。故宫人被他们当成客人，每逢节庆和喜事，村民都会来邀请他们参加，拉着他们的手一起跳民俗舞，还经常给他们送来当地的土特产。

故宫人也都喜欢上了这幽静的山村，经常到村民家里去走访，很快与当地人打成了一片。他们还利用整理文物的机会，在祠堂里主办了一次小型文物展览，全村人都来参观，如过节一般。这些从未出过远门的村民，能在家门口看到皇宫里的国宝，真是做梦也没有想到过的。

乐山这边刚刚安顿，贵阳又传来吃紧的消息。马衡他们急忙赶到贵阳，在庄尚严的陪同下，径直去考察文物存放地点，最终选定了安顺近郊的华严洞。

之后，几十辆满载文物的汽车启程开往华严洞。车队沿着崎岖的盘山公路向山顶攀登时，恰逢一股山洪自峰峦间奔泻而下。冥冥之中似乎有神灵在保佑千年国宝，山洪没有砸在山腰上的卡车上，只差那么一点点，否则势必车毁人亡。

大家才松一口气，车子进入了位于滇宁和关岭之间的黄果树瀑布群。

此地是典型的岩溶地区，曲折多变的山洞使车子无法行驶。百般无奈之下，车队只好停了下来。徐玉森、庄尚严到附近村子里去找当地人帮忙，试图走水路运输。村里住的苗族村民，见到那么多车子，以为是部队开来要打仗了，都吓得躲了起来。

徐玉森找到村里两位老人，反复说明车里装的不是武器而是国宝文物。起先他们决不相信，徐玉森带他们到车上开箱看过之后，他们才答应帮忙。这两位少数民族老人是村里的族长，威望很高，他俩不仅为徐玉森出主意，还亲自带着村民把全村的竹筏子开出来，把文物箱子一箱一箱地装上去，摆渡过去。

竹筏来回一次要一天的时间，途中又时常遇上暗河塌陷，上游不时还有突发的巨大瀑布倾泻而下，真是险象环生。苗族村民都是驾竹筏的高手，他们深谙水性，冒着生命危险运送文物。

花了一个多月，所有的文物都运完了。当最后一批文物装上竹筏子时，村民都到岸边来送行。他们不但拒绝了徐玉森的酬谢，还拿了许多水果赠送给大家。

故宫人十分感动，带着村民的深厚情谊，挥泪而别。

经过数月的搬迁，文物如数安全运到贵阳以西的安顺县南门外华严洞。洞距县城一公里许，距省城九十五公里。相传因两老僧诵《华严》经卷而得名。

华严洞所在的山峰，树木青翠，浓荫蔽日，原名紫峰山。清乾隆年间贵州学政洪亮吉游此山时，即兴赋诗一首："万峰深处掩禅关，百顷平田水一湾。我借薄游来劝学，芳名应肇读书山。"紫峰山遂改名为读书山。

华严洞在读书山的山脚下。此洞极深邃，长约1公里，非秉烛不能游。进入洞口即为大厅。厅场宏大，如殿宇般阔敞，顶部倾斜的岩壁犹如"人"字形屋顶，上面倒挂着重重叠叠的钟乳石，晶莹剔透，怪奇嶙峋，险而不危。厅内矗立两根对称的大石柱，如两棵枝叶繁茂的千年古松。大厅两边，有许多大小套洞，洞中有洞，洞洞相通。洞内夏凉冬暖，干湿适宜。文物全部堆放在洞厅里，只占了三分之一的面积，其余则临时隔出简易房间，以备住宿、办公两用。

马衡离开贵阳后，只身来到汉中，巡查"北线"文物，发现那里同样不适宜保存文物，遂决定将文物运往成都。四川公路局派5辆车接送，由于车少路远，前后花了半年多才将文物全部运抵。

然而，成都多雨多雾，气温低，湿度大，又无适合存放文物的处所，更因离成都不远的重庆常遭轰炸，处在成都闹市区的文物存放地极不安全。

无奈之下，马衡与吴玉璋等人，来到峨眉山寻访能够存放文物的地方。

他们来到大佛寺，马衡见古寺建筑坚固、宽敞又便于隐藏文物，在猝不及防的情况下，还可以继续向峨眉山深处搬迁，便决定将文物存放于此。为此,他专门拜见了大佛寺方丈仁玉法师。

仁玉方丈十分爱国,支持抗日,与马衡谈得很是投机。得知国宝文物无处藏匿时,他毅然决然地同意将它们运来大佛寺,还表示寺内所有僧人都将全力保护国宝。

至此,三路文物分别在安顺华严洞、乐山宗祠、峨眉大佛寺安下家来。

马衡安顿好文物,回到安乐村总办事处,心里稍踏实了一些。无暇顾及的金石学研究,被他忙里偷闲地又做了起来。

之后的时间,马衡组织故宫专家与在李庄的中央博物院专家一道,先后开展了"敦煌考察""东巴访问"等一系列考察、考古活动,取得了许多成果。在这兵荒马乱的动荡岁月,谁也不会想到在考古上会有如此收获。

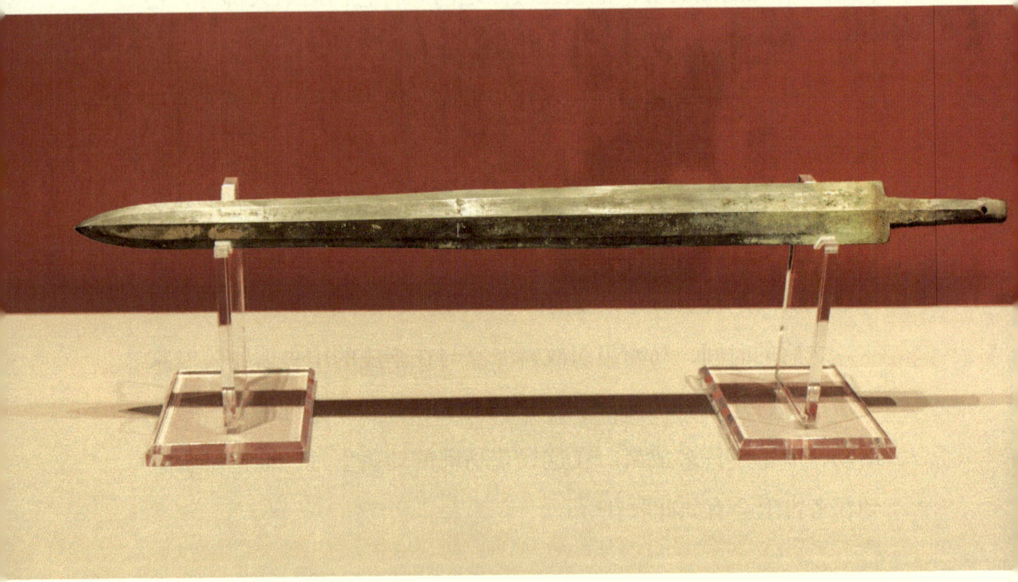

第十章
西迁路上故宫人誓死护国宝

1944年11月,广西桂林、柳州陷落,日军直逼贵阳,安顺告急。

马衡紧急部署,决定在日军打到贵阳之前将安顺的文物运往重庆。考虑到战时陪都仍不宜保藏文物,马衡派职员在离重庆40多公里的巴县找到一处较理想的场所。83箱文物在安顺度过近6个春秋之后,被迫又一次踏上了迁徙之路。

一天傍晚,车队行驶至山谷,道路极其狭窄,仅能容一辆汽车勉强通过。第一辆车刚进山口,就被一帮手持刀枪的人拦住去路。一个凶神恶煞、五大三粗的汉子,两手叉腰站立在路中央。

坐在驾驶室右座的高茂宽定睛一看,不妙,遇上土匪了。他忙跳下车,上前招呼:"大王!有何吩咐?"

1944年,柳州民众挖掘战壕助战

那粗汉土匪打量了一下高茂宽说:"大王不在,吩咐没有,叫你们的头儿来说话!"

高茂宽再向前一步道:"我就是,有话与我说便是。"

粗汉冷笑一声:"哼!娃子,蒙我啊,老子知道你们的头儿可不是你这把年纪。"

高茂宽不禁一怔,正想解释,粗汉阻止他:"别废话,赶紧去叫你的头儿来说话,我们大王在那里等着见他呢!"

高茂宽一时弄不清是怎么回事,试探着问道:"请问大王要见的是哪一位?"

粗汉不耐烦地说:"叫你们姓徐的头儿过来!"

高茂宽心里一下子紧张起来,他们是什么人?怎么会知道找徐院长?

高茂宽迟疑间,粗汉显得很不耐烦,拍拍腰杆说:"快,快点,你再不去将人找来,老子不客气啦!"

高茂宽只得到紧跟上来的车队后面去找徐森玉汇报。徐森玉见前面车队受阻,不知道什么原因,正和庄尚严他们聚在一起,要派人到前面来探看情况。高茂宽便告诉他们遇上了土匪,情况没搞明,他们说是要见"姓徐的头儿"。

徐森玉、庄尚严感到很意外,想不出土匪究竟要干什么。略作商议后,徐森玉决定只身前去,试探虚实。

徐森玉支着拐杖来到那个粗汉面前,自我介绍道:"我姓徐,是他们的头儿,你找我有何贵干?"

"这还有点像,"粗汉上下打量徐森玉一番,笑道,"请您老跟我们走一趟。"

庄尚严,吉林省长春市人,字尚严,号慕陵。1920年,入北京大学哲学系。1924年,毕业,担任清室善后委员会事务员。1926年春,用故宫特制的纸张与印泥,将宫中所藏古代铜印1295方全部手钤,汇编26部,定名为《金薤留珍》。

庄尚严

徐森玉见土匪果真找的是他,心里咯噔一下,表面上却不露声色:"你看,我腿不好,怎么跟你走?你们有什么条件就直说吧!"

粗汉想发作却又忍住了,压低声音说:"没什么条件,我袍哥就是要见您!"

"袍哥?他是谁?"徐森玉大感不解地问。

粗汉顿时神气起来:"袍哥就是袍哥,西南最大的袍哥!"

徐森玉这才想起来,临行前听人说过这一带多有土匪出没,势力最大的人称"袍哥"。他壮着胆说:"再大的袍哥我也不认识,我这里运的是国军重要物资,请你们赶快放行,以免误了大事!"

粗汉诡秘地笑着说:"这重要物资正是袍哥感兴趣的,哈哈,不要再费口舌啦,跟我走一趟吧!"

徐森玉毫不示弱："你告诉袍哥，这可是政府的物资，你们不要胡来！"

"政府？"粗汉嗤之以鼻，"这年头政府管不着这里。蛟龙斗不过地头蛇，你不要敬酒不吃吃罚酒！"

徐森玉看天色已暗，一直僵持下去也不是办法，就改用商量的口吻说："那能不能让你袍哥到这里来谈？"

粗汉傲气地说："你说得轻巧！山高皇帝远，在这里，袍哥就是皇帝，你能让皇帝来见你吗？行动不方便，我们抬着你走！"

眼见再无商量余地，徐森玉咬咬牙说："好吧，去就去！"

徐森玉话音刚落，庄尚严、高茂宽急了："我们也一起去！"

粗汉阻止道："不能！最多跟一个人。"他指着高茂宽说，"你年轻，你去，自个儿走，我们可抬不了你。"

徐森玉让庄尚严留下，车队就近想办法过夜。他与高茂宽随粗汉去见所谓的"袍哥"。

何谓勇敢？勇敢并不一定是毫无恐惧，而是虽然有恐惧却不后退。徐森玉、高茂宽正是带着恐惧出发了。

深山里伸手不见五指，道路高一脚低一脚，高茂宽行走得相当困难，而粗汉一伙竟如履平地，快步如飞。没走一会儿，粗汉让大家停下来，说："现在虽然看不见，但保险起见，还得用黑布把你们的眼睛蒙上。实在抱歉，这是规矩！"

粗汉的手下拿来黑布，蒙上徐森玉和高茂宽的眼睛，继续在黑暗中行走。不知过了多长时间，也不知走了多少路，徐森玉、

宋徽宗赵佶《枇杷山鸟图》

高茂宽被带到一处地方停了下来。

过了一会儿,有人过来帮他俩摘下了眼睛上的黑布。只见四周一片漆黑,阴森恐怖。

突然间,四周亮起煞是耀眼的灯光。徐森玉、高茂宽四下环顾,这竟是一处豪华而又森严的大厅,再往上看,发现这客厅建在巨大的山洞里。粗汉走过来,对着徐森玉咧嘴笑道:"这位大人,你面子够大的,袍哥请你呐!嘿嘿嘿……请吧!"

高茂宽跟上去说:"我也去。"

"不,你没有资格,你在这里待着。"粗汉推搡了高茂宽一把,将徐森玉引到大厅东面的一扇门外。

粗汉向里面禀报:"袍哥,客人来啦。"里面有人轻轻地应了一声,粗汉打开门请徐森玉进去。

徐森玉往里一打量,里面的陈设完全出乎他的意料,这不是传说中的土匪窝,也不是一般的办公室或客厅,而是一个十分考究的书房,里面红木书架、明式桌椅、文房四宝,应有尽有,墙上还挂着几幅不俗的古字画,布置得十分雅致。

一个人背对着大门,面向桌案在泼墨挥毫。这个人身不回、头不抬地写完他的字,直起身来自我欣赏一番,这才搁下笔转过身来。

这竟是个很书生气的年轻男人,他抬手向粗汉稍微一摆。粗汉退下去以后,他立即换了一副神情,向徐森玉拱手笑道:"徐先生,让您受惊了,赔罪、赔罪!"

徐森玉竭力让自己镇静下来:"敢问阁下为何方人士?"

此人反问道:"难道手下人没告诉您?我就是方圆百里无人不知的袍哥!"

徐森玉实在不敢相信:"袍哥……?"

袍哥见徐森玉满脸疑惑,露出骄傲的神色:"不像吗?"

徐森玉定了定神,冷淡地说:"没有什么像不像,只不过与我想象的确实不太一样。"

袍哥更是得意,笑问道:"那您想象的我该是怎么样子?"

"我想象中是土、土匪……"徐森玉话到嘴边却说不下去。

袍哥很不在乎地说:"土匪,我就是土匪,没有关系,您说下去。"

"那我就实说了。"徐森玉道,"我没想到,在这里会看到一个我在北平也难得看到的雅致书房；我更没有想到，一个土匪头子，看上去竟像一位知书达理的书生。"

"书生"二字一下子触到了袍哥的神经，他沉默良久，声音低沉地说道："是的！我本书生。不瞒您说，我不仅是书生，还是您的学生。"

"学生？我怎么不认识你？"

袍哥恭敬地答道："我在北大听过您的讲座，题目我还记得，叫《论中国书画的来龙去脉》，是吧？"

听他这么一说，徐森玉不得不相信他的话，惋惜地说："那你什么不能干，偏要走这条路？"

"是我愿意走的吗？我与您儿子伯郊是同班同学，有您这位好老子，他可以出国留学，可以找到称心如意的工作，而我呢？"袍哥冷笑着，"穷山沟里的穷学生，成绩好有什么用？不要说出国留学，毕业后就连工作也找不到。"

"你真的是伯郊的同学？"徐森玉仍然不敢相信。

"那当然。不信你可以问你儿子，他记不记得有王立文这个同学？"

"王立文？"徐森玉疑惑道，"我没听他说过啊。"

"他当然不会说到我啦。"袍哥哼哼道，"在班上，他哪里把我们这些乡下学生放在眼里。他命好我命苦，命不同则道不同。他当了银行家，我当了山大王。不过，我今天要提个条件，让伯郊到我这里来一趟。"

闻听此言徐森玉犹如五雷轰顶：这不是要让他儿子来当人质

吗？他恼怒道："立文，我叫你立文。你既然是我的学生、伯郊的同学，就不该提出这样的要求。说白了吧，你出个价吧，不就是敲个竹杠，要点钱嘛！"

王立文摆摆手："徐老师，您小看我了。我知道你们有钱，不光有钱，还有价值连城的国宝……"

"怎么？你居然还知道我们运送的是政府的文物？"徐森玉惶然问。

"老师，你别以为我虎落深山，就会与世隔绝。我可时刻关注着外面的动静。"

"别绕弯子了，你究竟想要什么？"徐森玉问得直截了当。

王立文悠然说："没有什么，就是想劳驾伯郊过来一趟。"

徐森玉恼了："不行！这与伯郊搭不上边！"

"先生息怒，你再听我说得明白一点。我王立文虽为匪类，但匪亦有道，我决不会算计我们中华国宝。今天我一不要钱，二不损文物，三不会伤害您与伯郊，我只想为自己图个名。"

徐森玉不解地问："图什么名？"

"我想要在这里与伯郊结拜兄弟，这样，我就有了一个当银行家的老弟，和一个是教授和文物专家的干爹。您看，我这个当土匪的还不跟着得道升天啊！"

徐森玉气得发抖："真是无理取闹！我决不会答应！"

王立文笑道："您会答应的，因为您把车上的东西看得比生命还重要。"

"我没有你这个学生，你给我滚开！"

王立文开怀大笑:"您不把我当学生,可您的口气分明是在对学生训话。"他模仿道,"'你给我滚开!'哈哈!这分明是您上课时对调皮学生的训斥!真高兴,今天居然在这里又当了一回您的学生!哈哈……"

徐森玉气得说不出来话。

凌晨的时候,粗汉带着高茂宽返回车队停留的山谷。他反复交代高茂宽,袍哥让把徐伯郊接来。

高茂宽向庄尚严汇报了徐森玉那里的情况,庄尚严遂派高茂宽赶赴安乐村,向马衡汇报后再定对策。

徐森玉一夜没睡,到了上午才勉强睡着,中午醒来后即被王立文请去吃饭。

大厅里摆了满满一桌山珍野味,徐森玉一到,王立文就上前

清代红色玻璃描金彩画草虫纹碗(故宫博物院藏)

关切地问道:"老师,休息好了吗?昨晚跟您来的那位高先生学生已经送走了,车队那边的安全也做了安排,我还派人给他们送了点酒菜,压压惊。"

徐森玉听了稍有安慰,说了声:"谢谢!"

王立文听到徐森玉道谢,不由得受宠若惊,连忙说:"不用不用!今天学生略备水酒,不成敬意,请老师赏脸。"

徐森玉素来贪杯,加之很长时间没有闻到过酒味,这时候索性开怀畅饮。酒过三巡,他也就有些忘乎所以,虽没有与王立文称兄道弟,却也忘记了现时的处境。王立文觉得时机已到,边敬酒,边示意手下人从书房里取出他写的那幅字挂到大厅里。

王立文对徐森玉说:"老师,学生不才,但喜欢舞文弄墨,昨天赋小诗一首,恳请老师耳提面命。"

微醺的徐森玉起身说:"好啊!不过,你有点班门弄斧了吧!"

王立文有点尴尬,但还是毕恭毕敬地说:"是,是,您不仅是文物鉴赏大家,还是书画大师,斗胆请您过目,不知能入老师法眼否?"

徐森玉走到王立文写的那幅字前,端详着,轻声吟诵:

生逢乱世不言志,
身落深山误为匪。
立文不文多作恶,
改恶从善待何时?

"不错！不错！字好，诗文也尚可。"徐森玉由衷地赞道。

"真的啊？老师！老师，您接着说！"王立文满面殷切。

徐森玉接着评论道："诗文略显平实，但直抒胸臆，使人观之，如见你心。不过，还可推敲。"

王立文忙说："请老师不吝指教！"

"那我就不客气了。"徐森玉借着酒兴，干脆利落地说，"常言道，诗言志。而你的诗，首句便说不言志。不言志，那你写诗干吗？这是一。其二，什么'误为匪'，明明是为自己推脱。谁都生逢乱世，难道人人都当土匪了吗？其三，立文作恶是真，不文倒未必，我看你这个土匪倒有些文气，还有点文采。最后一句嘛，说错也错，说不错也不错。古人云'朝过夕改，君子与之'。古人又云'浪子回头金不换'。所以，'改恶从善待何时'？哈哈，毋须再等待了！悬崖勒马，当机立断！"

一番话，把王立文说得无地自容，频频点头："说得对，说得好，学生悉听老师教诲。"

"真的吗？"徐森玉回过头来盯着王立文问。

王立文支支吾吾，转而又说："还是请老师再评评我的书法吧！"

徐森玉看王立文脸涨得通红，知其有所触动，也就没有逼得太紧，改换话题道："好吧，那就来说书法。不过，不能光说不喝酒啊，我敬你一杯！"

"不敢，不敢，老师，我敬您，您随意，我喝掉！"

"好，我随意，随意包括喝掉，来，干！"

两人举杯相碰，一饮而尽。

徐森玉说："这字嘛，我瞄一眼就看得出，下过功夫，是临二王的吧？"

王立文激动地说："学过，学过，但学得不像，是不是画虎不成反类犬？"

徐森玉说："像倒还像，但临帖并不完全在于临得像不像，要形似更要神似。你写的这幅字，结体与二王还是相近的，但没完全学到家，更主要的是神似不够，气韵不足。"

王立文听得入神，但似懂非懂，忙说："老师，您说得具体一点。"

徐森玉继续说道："二王虽为一家，但风格同中有异。王羲之风格潇洒简远，用笔行中有留，悠闲自得，遒丽天成，精雅之至。看右军作品，每篇的线条都如同珠串，贯穿照应，欹正相生，变化可人，有极强的韵律感与和谐美。"

王立文听得入神，徐森玉继续道："而王献之的书法明快流畅、逸气飞扬、超脱遒峻、飘然洒脱，看献之作品，如同山泉自峡谷流出，奔腾跳跃，激情澎湃，势来不可止，势去不可遏。比起二王，你的书法无悠然稳重、秀美精致之感，缺乏王羲之的理性把握；又无奔放雄秀、造险放达之感，缺乏王献之无拘无束的自由意趣。"说到此，徐森玉停顿了一会，不再往下去。

王立文自言自语道："我懂了，我懂了！"

"你没懂！看你的书法，如鼠眼左右顾盼，似鸡犬不得安宁。你是做贼心虚啊！"

"是吗?"王立文面色红一阵白一阵,须臾,突然出手将自己那幅得意之作扯下揉作一团,扔了出去。他叹息道:"老师说得对,您不仅指出了我书法的毛病,也击中了我心里的毛病。老师啊,别看我在外凶悍无比,在家斯文十足,实际上,我整日痛心疾首啊!"

徐森玉闻言,悲悯之心顿生:"要不要老师给你开个方子试试?"

王立文差点跪下来求道:"老师,只要您肯指点,伯郊就不必来了。"

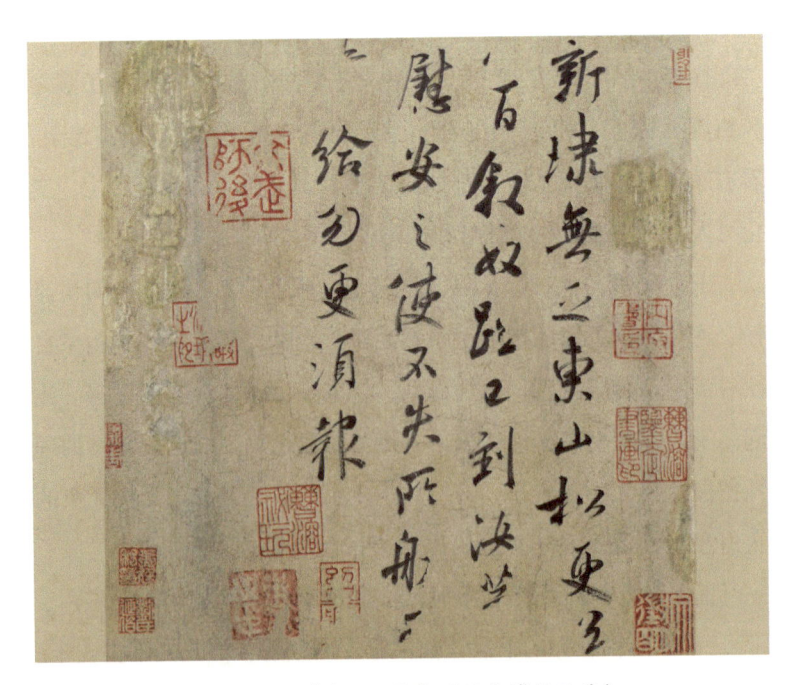

王献之行书《东山松帖》(故宫博物院藏)

徐森玉却说:"不,既然去接了,还是让他来,你们同学一场,在此会面也别有一番滋味。来,拿纸笔!"

王立文回过神来,喝令手下道:"快!笔墨伺候!"

笔墨呈前,徐森玉稍作凝思,挥笔写道:

> 人逢乱世胸有志,
> 虎落深山好奔驰。
> 立文崇文又尚武,
> 建功立业正当时!

王立文轻轻读了一遍,又读了一遍,再高声朗读了一遍。

他扑通一声跪倒在徐森玉面前说:"读君诗一首,胜读十年书。老师,您就是我的再生父母!"

徐森玉连忙上前扶起他,鼓励道:"立文,老师相信你,你一定能干一番大事业!来,继续喝酒,我敬你!"

"喝,老师,我们今天喝个痛快!"

两人整整喝了一个下午,席地而坐、烂醉如泥……

王立文与徐森玉对酒评诗之际,毫不知情的故宫同仁们对徐森玉充满担忧与焦虑。

"可耻!可笑!北大居然培养出这样的学生!"马衡听了高茂宽的汇报,愤怒至极,又因为联系不上徐伯郊而为难不已。

"爸,我顶替伯郊去吧!"马彦祥站起来说。

马衡十分惊讶："你？你怎么行，王立文指名要见徐伯郊。"

"这我知道，但我也是北大的，与伯郊长得很像，都那么多年过去了，谁还认得谁啊？"

"这……"马衡没想到儿子会出这个主意，一下子觉得儿子长大了、成熟了，他高兴之余又满是担忧：冒名顶替能过得了关吗？如果王立文把马彦祥当人质，甚至……马衡不敢再往下想。但事到如今，也只有这个办法了。

没等到马衡做出决定，高茂宽坚决反对："王立文是土匪，土匪都心狠手辣、诡计多端，彦祥去他的老巢太危险了。"

"这是没有办法的办法，"马彦祥自信地说，"我就不相信我斗不过一个山沟里的土匪。再说，我们毕竟是北大同学，我估摸着，他不至于对我下毒手。爸，事不宜迟，就这么定了吧！"

"儿子，我相信你！但你一定要看徐伯伯的眼色行事。"马衡深情地看着马彦祥，第一次从心里赞赏他。

第三天一早，马彦祥被带到山洞里的大厅内。当蒙住眼睛的黑布被打开时，他惊呆了，没想到的是，徐森玉与王立文一起在大厅里迎候他。

看到马彦祥，徐森玉更是惊讶：怎么来的是他？

不等徐森玉反应过来，马彦祥上前道："父亲，伯郊来晚了。"

王立文在一旁上下打量马彦祥一番后说："不是来晚了，而是根本没来吧。"接着咄咄逼人地问，"你，你是谁？你不是徐伯郊。"

"哈哈，老同学都不认得啦？我还认识你——王立文。不过，你变化太大了。"马彦祥面不改色地从容应对。

"你是徐伯郊吗？我怎么看着不像，声音也不对啊。"王立文狐疑地围着马彦祥转了一圈。

"我是有点发胖，声音嘛，不瞒你说，大学毕业后，我虽到了银行工作，但成了京剧票友，经常吊吊嗓子，小生能唱、花旦也能扮。要不我给你来一段？"

王立文将信将疑："那就不必了。"接着他眼珠一转，笑道，"老同学，如果你不介意的话，我要问你一个问题。"徐森玉、高茂宽的心当即吊到了嗓子眼，为马彦祥捏了把汗。

马彦祥却满不在乎地说道："你尽管问。"

"你说说，在学校时，你对我是一个什么印象？"

马彦祥略一迟疑，带着愧疚的口吻道："真不好意思，那时我们这些城里学生，特别是北平城的，有点瞧不起你们乡下来的。在我的记忆里，我们好像交往不多，所以说实话，对你印象不深。你千万别在意，那时我们都年轻，不懂事。"

王立文转过身来，对徐森玉说："你相信了吧，当时伯郊根本没有把我放在眼里。"

徐森玉不语，马彦祥装着有些尴尬："我是有眼不识泰山啊，哪晓得你会成为威风凛凛的山大王呢？"

"你在取笑我吧？"王立文面有愠色。

"不不不，我是说你变化真大。"马彦祥的解释有点生硬，好在王立文没有太在意。

王立文感慨道："是啊！我变化太大啦，从当年的北大学生，变成了现在的土匪头子！"

"我不是这个意思，我是说你现在变得儒雅风流，不像……"

"不像土匪头子，是吧？"王立文接他的下文。

马彦祥反应极快地说："是不像学生时候的样子了。不过，十多年发生什么变化都是正常的。立文，你看我，不是也变了吗？"

"你当然变化大啦，当上大银行家了，比过去更有风度、更加气派了。"

"现在我是你扣押的人质，哪有什么风度？"

"你在取笑我！还是……"

徐森玉怕这样下去斗出茬来，打断他们的话："你们先不要忙着叙旧，赶紧行弟兄结拜之礼，我还有公事，那么多人在等我赶路。"

马彦祥一听结拜，有点丈二和尚摸不着头脑，王立文则连忙摇头："算了吧，一来强扭的瓜不甜，二来不想玷污了你们父子俩。"

徐森玉却不答应了："听我的，你俩结拜为兄弟，我认你这个干儿子！"

王立文激动得说不出话来，马彦祥也反应过来，双手作揖道："甘拜老同学立文为兄！"

"哪里哪里，"王立文谦逊道，"我虽长你两岁，但论学养见识，再有你现在的地位，我当拜你为兄！"

徐森玉说："立文为兄，伯郊为弟，就这么定了！"

王立文立即跪下："立文拜见干爹！"

"起来，起来，"徐森玉说，"干爹没什么可以送你的，但有一件东西，既不能穿，也不能吃，干爹想送你一看！"

王立文起身道："干爹不必客气，立文不敢！"

"你不想看吗？"

王立文疑道："是什么？"

"《快雪时晴帖》。"

王立文简直不敢相信自己的耳朵："什么？王羲之的《快雪时晴帖》？"

徐森玉点了点头。高茂宽上前轻轻地问："这行吗？"

徐森玉说："今天破个例，但只能立文一人跟我上车去看，不能任何人随行。"

站在一旁的粗汉立即吼起来："不行，袍哥不能单独前往，必须由我们的人护送！"

晋代王羲之《快雪时晴帖》
（台北故宫博物院藏）

"你好无礼！"王立文对粗汉断喝，"滚开！"粗汉垂头退下。

王立文对徐森玉说："能看到《快雪时晴帖》真迹，我王立文万死不辞，更何况这是干爹给的大礼。不过，干爹，立文得寸进尺，能否将《中秋帖》《伯远帖》（合称'二希'）一并让我一饱眼福，这样我就终身无悔了。"

徐森玉面有难色道："不是我不让你看，而是另外两帖，现在流在民间，我们离开北平前，马衡院长有幸在一位收藏家那里一睹其迹，可惜故宫拿不出钱来，政府也拿不出这笔钱，只能白白看着'三希'分离。"

王立文连忙问："要多少钱？我来，干爹，我有些银两。"

徐森玉笑道："'三希'珍品，价值连城，不是小看你，你是拿不出这笔钱的。如果你真有意为保护文物做点什么事的话，那就请你确保我们在这一带交通的绝对安全。"

王立文笑道："干爹放心，这件事自然包在我的身上！"

"那我们现在就动身。"徐森玉又转向马彦祥说，"伯郊，你既然老远而来，也就别忙着走，可留在这里住一宿。你们兄弟两人畅叙一番。再则，你'押'在这里，也可让立文手下人放心嘛。"

王立文赶紧说道："干爹，您说到哪里去了？！"

徐森玉笑道："开个玩笑，开个玩笑，我想伯郊也愿意多留一天，是吧，伯郊？"

马彦祥说道："知子莫若父啊，我正有此意。"

徐森玉催道："立文，我们抓紧走吧，车队已经耽搁两三天了。"

"都是我的罪过，容我将功赎罪。"王立文颇为过意不去，急忙吩咐手下护送他们上路。

第十章　西迁路上故宫人誓死护国宝

　　隐约能看到停在山谷中的车队时，王立文喝令手下人驻足等候，他独自跟着徐森玉向车队走去。

　　庄尚严一行挂念着徐森玉等人的安危，等他们归来等得心急如焚。看到只有徐森玉领着一个陌生男人过来，却不见马彦祥和高茂宽，心一下子又吊到了喉咙眼，不知要发生什么事。

　　靠近车队时，徐森玉让王立文就地稍等，他径直去与庄尚严耳语了一番。而后，他招呼王立文过来说："我给你介绍一位真正的书法大家，他叫庄尚严，专攻二王，就让他向你介绍《快雪时晴帖》吧！"

　　庄尚严主动与王立文握手寒暄："幸会！幸会！"

　　王立文毕恭毕敬地道："久仰！久仰庄先生！"

　　到了装有《快雪时晴帖》的三号车，押送人员打开后面的车厢门，庄尚严带着王立文上车。徐森玉嘱咐道："最多10分钟，越快越好！"

　　车厢里庄尚严左手持电筒，右手用钥匙打开一只铜皮包角的木箱，找出《快雪时晴帖》，小心翼翼地在木箱盖上徐徐展开。王立文屏住呼吸，目不转睛地端详着，似乎想把这幅宝帖的每个字都迅速印到脑海里去。庄尚严在一旁轻轻地为他讲解：

　　"从文中王羲之一再客套的'顿首'中，我们能感到，这是一幅非常恭稳的、精心创作的重要作品，也是王羲之传世墨迹中最能体现出流利温雅之美的作品……"

　　王立文看得入神，自言自语道："右军风度，一览无余啊……"

清代青玉王羲之爱鹅图意山子（故宫博物院藏）

"是的，"庄尚严继续道，"《快雪时晴帖》的最大特色是它所体现出的力量和气势。此作用笔藏头护尾，裹锋中行，线条圆劲。结体介于楷、行、草之间，穿插变化，熔为一炉。其行气气质优美、畅达爽利，大有一泻千里之势的同时又柔中带刚，质朴古淡，深得中和之美，对于后世影响极大……"

时间一分一秒地过去，王立文忘我地浸淫在书法艺术之中。徐森玉看了看腕表，十分钟的时间已经过去了，他想叫王立文、庄尚严下车，可又有些不忍心，宽限了几分钟。就在此时，在车队后面负责警戒的军警队长鲁大运飞奔过来急报："徐院长，不好啦，后面发现日军车辆在向我们逼近！"

徐森玉一惊，立即对车上喊："尚严，你们赶快下来！"

庄尚严听到喊声，急忙收拾好《快雪时晴帖》，与王立文一

第十章　西迁路上故宫人誓死护国宝

道跳下车。徐森玉问鲁大运："几辆车？有多远？"

鲁大运说："三五辆，很近很近。"

王立文急忙道："老师，你们赶快发车，我来对付他们，快，快！"

说着，王立文冲到山谷口，先让挡在路上的弟兄撤开，然后指挥车辆快速转移。待车队开走后，他指挥弟兄们隐蔽到两边的山腰上。

日军一辆三轮摩托开路，后面跟着三辆满载荷枪实弹日本兵的卡车，卡车驾驶室顶上架着歪把子机枪。待日军车辆行驶到脚下的山谷时，王立文一声令下，霎时间从山上滚下来无数大石块、大树段。这些东西是他们平时打劫车队备下的，这时候派了用场。有的砸在车上，有的堵在路中，日军车辆一时无法行驶。车上的日军很快下车，依仗卡车做掩护向山上猛烈开火，弹如雨下。

王立文的队伍凭几杆汉阳造老套筒，打家劫舍还可以，和正规军打阻击战显然不是对手，没一会儿便落了下风，几名弟兄中枪倒下，王立文腿部也被流弹击中，血流不止。好在他的兄弟都不怕死，跟着他死命抵抗着日本人的攻击。但这样打下去是没有好果子吃的，粗汉冲过来背起王立文问："袍哥，怎么办？"

"撤！"王立文果断地命令。

"弟兄们，撤！"

刹那间，王立文等人迅速突围，择路而逃，撤回山林，很快就消失得无影无踪。山林之中，可谓王立文的天下，日军追击不着，只得返回山谷，但山路已被堵住，他们只好眼巴巴地看着运载文物的车辆绝尘而去。

王立文带伤回到山洞,对马彦祥说了这一番经历,马彦祥对他不由得刮目相看。他随身备有一个药包,取出药来给王立文敷用,并与他倾心交谈。

王立文觉得耽搁了老同学,颇为愧疚。"伯郊弟,你快走吧。你身肩要职,我把你从老远的地方折腾过来,实在是对不住!"

"立文兄,你不能这样说。"马彦祥诚恳地说,"我们同学一场,虽然那时交往不多,但同窗之谊总是不一般的感情。这次相逢,意外之中有惊喜,我格外高兴。"

"伯郊弟,你能这样说,我真的十分慰悦。昔日在校时,我们这些乡下同学,多少有点自卑,尤其是我,家里穷,不怎么敢接近你们这些城里人。这次逼你来,我也说不出自己是什么心理。你真的来了,我倒是无地自容……"王立文叹道,"唉,我如今这般田地,真是有愧于师长,有愧于同学,也有愧于母校啊!"

马彦祥连忙宽解他:"立文兄,说句实话吧,此行改变了我原先的看法,甚至对你都有些佩服了,一介书生居然当上山大王,还把这么多人镇得服服帖帖!难得啊!何况,你名为匪,实不为匪;既善刀枪棍棒,又能舞文弄笔,我真是自愧不如!"

"折煞我了。"王立文摇头摆手道,"你是银行家,我是土匪头,整天做坏事、恶事。"王立文面有愧色,也有点灰心。

马彦祥说:"这不一定。比如,你这次为保护国家文物,与日军激战受伤,就是做了一件大好事嘛!"

王立文苦笑道:"那是碰到了干爹和你这个兄弟。否则,我虽不至于与日寇沆瀣一气,但宝贝从我的地盘走,总得留下买路钱的!当时我去劫宝,不是没有心动,只是听说押宝的是徐森玉,是我的老师,我才动了恻隐之心。否则……"

"但我总觉得你与一般的土匪不一样,毕竟你是北大的学生!"

"愧对北大啊!一朝为匪,终身难洗罪恶!"

"那未必。"马彦祥话锋一转,"你听说过井冈山的袁文才、王佐吗?他们不也是山大王吗?"

王立文带着赞许的口吻道:"早就听说过他们,他们碰到的是共产党!"

马彦祥启发道:"那你也可以找共产党,也可以走他们所走的革命道路。"

延晖阁一角

"哪里去找啊！"王立文蹙眉叹息，"我立文比不上袁文才，命没有他好。左右也没有王佐，攀不上啊！"

马彦祥看了看四周，凑过去说："你要是想找，其人远在天边，近在眼前。"

王立文大吃一惊："伯郊，你是共产党？"

马彦祥没有正面回答，而是说："你过去高看我，现在低看我哦！你不相信的事多着呢！我老实告诉你，我不是徐伯郊。"

王立文顿时失色："你是谁？你……"

马彦祥俯下身子，轻轻地说："你别紧张，我也是你同学，不过不是一个班的。"

"你是……"

"你在学校时看过北大学生剧团演的京戏《霸王别姬》吗？"

王立文点头："看过，还记得。"

"这霸王就是我演的，我叫马彦祥。"

王立文瞪大眼睛，反复端详："你就是大名鼎鼎的马彦祥？你就是常常激情演讲的马彦祥？"

"是啊，我在北大时是有名的积极分子，你不会忘记吧？"

王立文是聪明人，他很快明白了马彦祥的身份，不再追问下去，而是问："共产党能接纳我们吗？"

马彦祥说："如今国难当头，日本侵略者妄图亡我中国。现在国共合作，全国人民一致抗日，你作为中国人，应当带领你的弟兄，义无反顾地加入革命队伍，投身到抗日斗争中去，以实际行动改恶从善，为国家、为民族去战斗、去流血。"

"我早有这个想法,却苦于无门,务请老兄拉立文一把。请彦祥弟相信,我身上流的是中华民族的血;只要共产党能接纳我,我王立文定会血战沙场,抗日杀敌,精忠报国!"

马彦祥站起来,抚着王立文的伤口说:"立文兄,你好好养伤,我重任在肩,不可以在此久留。你千万保重!"

王立文强忍疼痛,起身说:"我送送你!"

马彦祥坚决不让他这么做,按下他说:"立文兄,你不要动,就在此分手吧!后会有期!"

"不,我一定要送!否则我们算什么兄弟?"王立文硬要下床,手下人急忙去扶,被他喝退。

王立文、马彦祥手拉手、肩并肩,边走边谈。

走到路口,两人紧紧拥抱,依依惜别。

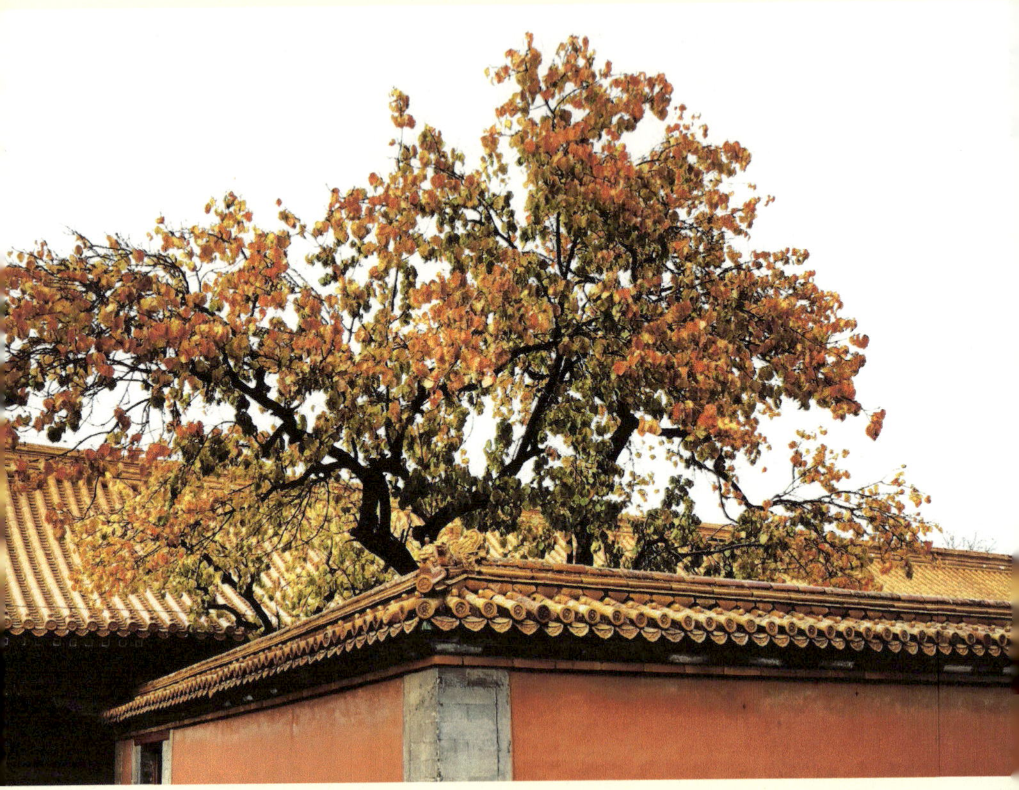

第十一章
数千箱国宝无奈走上不归途

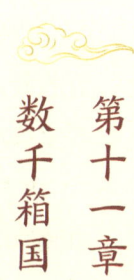

1945年8月15日，日本天皇宣布接受《波茨坦公告》，无条件投降。同年9月，日本在东京湾的密苏里号主甲板上举行投降签字仪式，随后在中国南京递交投降书。

9月9日，这是历史性的日子。中国战区日军投降签字仪式在南京国民党政府中央军校大礼堂内举行，美、英、法、苏、加、荷、澳等国的军事代表和驻华武官，以及中外记者、厅外仪仗队和警卫人员近千人参加。8时52分，何应钦、顾祝同等5人步入会场就座受降席。8时57分，中国战区日本投降代表冈村宁次解下所带佩刀，交由小林浅三郎双手捧呈何应钦，以表示侵华日军正式向中国缴械投降，然后，冈村宁次在投降书上签字……

10月10日，华北日军投降仪式在故宫太和殿前举行。几天后，沈兼士受马衡的委托，会同抗战期间一直留守在故宫的总务处处长俞同济，进行了故宫接收工作，免去了伪院长周甸达等日伪高层管理人员之职。

1946年初，马衡飞回北平。

2月15日上午，交接大会在中和殿内召开，参与接收工作的有关人员和所有留守的故宫职员参加了会议。饱经十多年压抑和屈辱的故宫人个个扬眉吐气、兴高采烈。当马衡、徐森玉等坐上主席台时，场内人员纷纷站立鼓掌，热烈欢迎老院长一行归来。同时，全场唱起了《故宫守护队队歌》：

巍巍故宫，竦峙苍穹。

雕梁画栋，巧极人工。

文华武英，太和乾清。
体象天地，寰丽且宏。
谁其守之，惟吾队士；
谁其护之，惟吾队士。

巍巍故宫，古物攸同。
镶姿玮态，百代是崇。
殷盘周彝，唐画宋瓷。
亿万斯品，罗列靡遗。
谁其守之，惟吾队士；
谁其护之，惟吾队士！

歌声中，马衡发表了热情洋溢的讲话：

"亲爱的故宫同仁们，我们终于回来了！终于见面了！此时，我的心情与大家一样，无法用言语来表达，不仅为抗日胜利而激动，也为抗日期间发生在我们故宫内外的事迹所感动！自日本发动侵华战争以来，中国军民进行了艰苦卓绝的斗争，有多少人为之流血牺牲。这些年中，我们故宫人虽未直接走上战场同日寇拼杀，但我们在另一个战场上开展了一场没有硝烟的'文化抗日'战争。为了国宝不落日寇之手、不遭抢劫破坏，我们将故宫文物先分五批南迁，后分三批西移，行程两万多公里，可谓时延十年，地迤万里，辗转了半个中国。在此过程中，故宫人为保护文物蒙冤者有之，为护送文物献身者有之，为存放文物忘我工作者有之。

不管是日机的轰炸、土匪的拦截、敌特的跟踪，还是激流的冲击、山道的险峻、生活的困苦，都没有难倒和吓倒我们故宫人。自文物转徙之始，我们就立下誓言，文物在人在，文物亡人亡！从南迁到西迁，历经千辛万苦，克服千难万险，可谓英勇悲壮、可歌可泣！现在我可以骄傲地向同仁们报告：故宫外迁文物，在十多年的颠沛流离中，没有一件被战火焚毁，没有一件在途中丢失、损坏或变质。我们完全可以自豪地说，这是世界文物史上的一个奇迹！"

说到这里，全场报以热烈掌声，马衡继续说道：

"在这8年中，留守在故宫的同仁们同样经历了非凡的考验。在一片白色恐怖中，你们与日寇抗争，与敌特周旋，最大限度地减少了故宫文物的劫难和损失。同时，你们心系外迁文物，为我们一路行程提供了许多情报和各方面的支持帮助。你们同样担惊受怕，同样艰难困苦，同样为保护故宫文物作出了巨大贡献，我代表院部衷心感谢你们！"

又一阵热烈掌声，马衡停顿了，向后排看了看，严肃地说道：

"当然，在故宫博物院，也有像周旬达那样的人，投靠日本，出任伪职，有损国格，严重损坏了故宫博物院的形象。好在周旬达在其女儿周若思的感召下，在担任伪院长期间，有所反思、为恶不甚，我们已建议政府予以从宽处理，给予出路。"

场内一片寂静，此时周若思的心情极为复杂，而台下的人都向她投以赞许的目光。

马衡接着说道："现在，在外的各路文物正在择时回迁。故宫

第十一章 数千箱国宝无奈走上不归途

这里要尽快做好各项善后工作,做好清理和对外开放工作,同时做好故宫文物胜利归来的各项准备!"

1947年秋,南京中山码头彩旗招展,锣鼓喧天。九艘装载着全部西迁文物的江轮分别抵达。在举行了隆重而简短的欢迎仪式之后,所有文物被存放于南京朝天宫文物库房。

南京朝天宫航拍图

然而一波刚平,一波又起。抗日战争结束后,国民党为独占胜利果实、建立和巩固其反动统治,发动了全国性的大内战。

1946年7月,中国共产党勇敢地进行革命战争,即全国解放战争。在不到三年的时间内,国民党军节节败退,共产党领导的

人民解放军英勇奋战,胜利进军。1948年11月6日,在取得辽沈战役胜利后不久,中国人民解放军又开始了淮海战役。

就在淮海战役激战正酣之际,时任国民党政府教育部部长、中央博物院筹备处主任的杭立武向行政院院长翁文灏提出了文物迁台计划。11月10日,翁文灏把故宫博物院理事会理事与当时中国文化学术界中几位权威人物,包括南京政府教育部部长朱家骅、中央博物院理事长王世杰,以及杭立武、傅斯年、李济、徐森玉等请到了家中,一起商议文物的去向。

人到齐后,杭立武直奔主题:"最近月余以来时局紧张,南京可能沦为战地,博物院房屋可能被征为军用,为策安全,在京沪各理事,多认为世界各国对于其文化遗存向极重视,工作人员可以冒险,而文物决不能使之

第十一章 数千箱国宝无奈走上不归途

冒险。在第二次世界大战时,伦敦大英博物馆首将重要藏品移至他处。华盛顿虽离战区甚远,其博物馆、图书馆精品亦悉数移出。抗战中故宫博物院的文物也先后经过南迁、西上、东归、北运,躲过了战火和日本人的洗劫。故请各位同仁商讨故宫博物院再次外迁文物的安全事宜,请大家发表意见。"

王世杰率先发言:"南京为历来攻守必争之地,与北平文化城不同,将文物留京,将来万一损失,必为世人交谪,吾等良心亦有不安。为文物安全起见,迁沪既不可能,自以迁台为宜。当尽量选择重器精品,诸物离京愈早愈为安全,到台以后,暂时应无他虞,将来即使出国,只要国内安定,总有归还之日。"

听王世杰这么一说,众人有的附和,有的干脆什么话也不说。翁文灏最后说:"今天我们还不能得出定论,会后我将把大家决议的初步意见报告上峰,同时请世杰在近期召开一次故宫博物院理事会议,正式作出决议。"

离开翁馆,徐森玉立即打电话给身在北平的马衡汇报情况。马衡沉思良久,在电话中说道:"事情突然,容我考虑权衡。"

放下电话,马衡惆怅不已,他多么希望长期漂泊在外的国宝早日安全回到故宫啊!而眼下,这些文物非但不能回家,反而要漂洋过海,走上一条可能的不归之途,他既感到担忧,却又十分无奈。

几天后,已赴解放区工作的马彦祥回到北平,与父亲在家里进行了一次深谈。

马彦祥对父亲说:"日本侵华时故宫文物外迁,开始我是反对的。后来我参加了文物西迁的部分工作,在这个过程中我逐步认识到,战时文物迁徙是必要的。事实证明,那次文物外迁避免了一次大劫难。您实在是为国家和民族做了件大好事,功不可没!"

马衡见儿子这种口气,有点不悦:"彦祥,你是在和父亲说话呢,还是代表中共找我谈话呢?"

马彦祥略显尴尬,笑了笑说:"当然是对父亲说话。"继而口气又转为正经甚至是严肃起来,"不过,我这次回来,确实是受中共高层之托,给父亲报告消息的。"

"有何消息?"一听说有中共高层给他的消息,马衡不再计较儿子的口气,急着要听。

马彦祥压低声音说:"张家口、天津等地守敌都完蛋了,北平国民党军傅作义部25万人,已接受人民解放军平津前线司令部所提出的和平条款,现正开出城外听候改编,北平就要和平解放啦!"

"好消息,好消息!"马衡按捺不住内心的激动说,"和平解放好,和平解放好!这样的话,北平这座千年文化古城可免遭毁损,故宫也可保全了!"

"领导让我给您捎个口信,中共将全力保护故宫及其文物,并在北平解放后由您继续担任故宫博物院院长,望您从现在起担负起保护故宫文物安全的职责。"

"我个人职位事小,故宫文物事大,"马衡面色肃穆,"无论从哪个角度讲,我当竭尽全力,确保博物院文物留在北平。"

第十一章 数千箱国宝无奈走上不归途

故宫的院长办公室里,电话铃响个不停。马衡抓起电话,听到里边又传来杭立武的声音,便不紧不慢说:"我是马衡,杭部长有何吩咐?"

"北平情形如何?"杭立武的声音很急切。

"不好啊,解放军已将全城包围了,这里很乱。"马衡如实道来。

"你组织人员赶紧遴选精品文物,空运到南京,随同南京的文物一起赴台。"

"这难度很大呐,外边一片混乱,内部人心惶惶,恐怕很难组织实施。"

"难度再大也要组织,这是行政院的命令。"

"好吧,我尽力而为。"

"你千万得抓紧,文物运出后,立即来南京,一同赴台。"

"我疾病缠身,恐难成行。"

放下电话,马衡心想,北平即将和平解放,故宫文物无论如何不能再折腾了;不过现在还得做个姿态,以免南京方面派人来采取强硬措施。于是,他召开了一次院务会。

院务会看起来开得很认真,马衡与参会人员仔细讨论了选择哪些文物装箱,以及如何装箱等诸多事宜,最后他反复告诫:"要稳重妥当,要保证不损坏。不要求快,记住,不要求快!先准备箱板、木丝、棉花和纸,用多少要做个计划交总务处购置。"

其实,故宫里的包装材料都是现成的,一面挑选,一面造册,一面装箱很快便可完成。但在马衡"安全第一,不要求快"的方针指导下，包装工作慢条斯理、进度极慢地进行着。

1948年12月14日，北平城彻底陷入了解放军的合围当中，对外陆地交通断绝。马衡向俞同济作了布置，立即停止文物装箱，关闭午门、神武门和东西华门，选装好的精品文物不得运出。

同时，马衡又给在南京的徐森玉打电话说："北平文物迁不出去已成定局。既然如此，在京文物最好也不要迁台，避免人为地将故宫文物分离开来。再者，将文物越过海峡也极不安全。我看，无论是国民党的天下，还是共产党的天下，只要文物得以保全，我等亦可安心。望森玉兄尽力阻止故宫文物迁台。"

徐森玉接完电话，立即找到杭立武，据理力争道："理事会开会决议，将本院所藏文物选择精品装120箱运至台湾，我们本无异议，只是最近听说招商局'江亚轮'在吴淞口外爆炸沉没消息，爆炸原因众说不一，最大可能为误触浮雷，或船中预置爆炸物。昨天又听从台湾来的人说，台湾岛内亦十分混乱，多有抵制活动。这次遵照理事会决议所选文物，多是独一无二的国宝，如果存京文物安然无恙，而运出文物在途中或到台湾之后出了问题，则我等永为民族罪人。你我对故宫文物都有深厚感情，明知有各种危险，怎能坐视不管、冒险而行？还望杭部长三思，再定妥策。"

杭立武对徐森玉的话毫无所动，反而极为恼怒地道："不管什么理由，不惜一切代价，将所有文物运往台湾，决不能留给共产党！"

徐森玉反驳说："故宫文物是中华民族的，不是哪个党派的！"

杭立武暴跳如雷："你不用说了，北平文物已经被扣，在京文

第十一章 数千箱国宝无奈走上不归途

物决不能再有闪失,赶紧动手,越快越好,不得有误!"

胳膊拗不过大腿,徐森玉无奈,只好组织挑选、装箱工作,但他暗中联络中央博物院院长曾昭燏等,尽量拖延时间,对特别重要的文物,如后母戊鼎,便借体积大、笨重、不好装等原因,拒绝装箱。

在此期间,在南京的故宫人员内部在迁台问题上也发生了分歧。有的人赞同,有的人反对,也有的人举棋不定、左右为难。

在北平的马衡非常着急,又给庄尚严打电话,让他们千方百计阻止文物迁台。当庄尚严表示为难时,马衡动了肝火,强硬地说:"你若将古物迁台,我们将断绝师生之情!"

中央博物院的地下党员也发动院内职工阻止文物迁台,但被杭立武发觉后派军警监督,行动失败。

1948年12月21日,一个萧瑟的冬日,国民党海军中鼎号运输舰驶进南京下关码头。中鼎号将去台湾的消息传到国民党海军司令部,其官兵和家属们赶到下关码头,蜂拥而上,很快就将这艘运输舰占满了。海军总司令桂永清登上军舰亲自劝说,要大家以文物为重,并保证官兵和家属都能安全撤离。在这样的劝说下,这些人下船让文物装了上去。次日清晨,中鼎号装着712箱精心挑选、价值连城的精品文物,驶出港口。

台湾海峡,风浪交织,大雨如注。到了晚上,海风的呼啸声、海浪的轰鸣声、木箱相互之间的撞击声交织在一起,令逃难的人和故宫人倍感凄惶。

在海上漂泊了四天，中鼎号到达台湾基隆港。

1948年底，第二批文物在南京被挑选出来后，很快运往台湾。这是迁台文物中最多的一批，共3502箱，其中不仅有宋元瓷器精品和存在南京的全部青铜器，还包括全套文渊阁《四库全书》和摘藻堂《四库全书荟要》。

摘藻堂在故宫博物院御花园内堆秀山东侧，现为故宫书店。摘藻堂曾为宫中藏书之所。乾隆四十四年（1779年）后，《四库全书荟要》曾贮藏于此。

1949年1月28日，南京城内细雨连绵。2000箱国宝露天堆放在下关码头已经好几天了，木箱上面盖着挡雨的油布，静静地

第十一章 数千箱国宝无奈走上不归途

等待着运送它们去台湾的船只。

这时的南京,交通工具非常紧张。杭立武找遍了全城,也没有租到一艘商船。万般无奈之下,他只有再向桂永清求助。下午,桂永清派出的昆仑号军舰抵达下关码头。此时正值农历新年的除夕,码头工人都想回家过年,不愿意干活。

而得知昆仑号将去台湾的海军总部官兵和家属们又来了。他们再次蜂拥而上,昆仑号两个船舱很快被他们占了一个,剩下的一个,只能放下500箱文物。杭立武让桂永清上船劝说,但还没有等他开口,所有家属都凄惨哭泣,没有一人肯下船。目睹此状,桂永清也落泪了,他打开舰上全部的官兵卧舱,尽量容纳下所有的人,文物则分别送到甲板、餐厅和医务室安置。安顿好官兵和眷属后,杭立武又答应给工人发放新年特别奖金,2000箱文物终于开始装船。

徐森玉前来送行,他把庄尚严、那志良拉到一旁说:"你们都是马院长和我最得意的弟子,想不到我们此刻就要分手,不知何时再聚。"

庄尚严难过地说:"政府已下达命令,我们不得不走。"

那志良沮丧地说:"迁台文物共有2972箱,多达20余万件,虽然只是故宫南迁文物的四分之一,但都是筛选过的精品,包括散氏盘、《快雪时晴帖》等国宝,我们怎能撒手不管、与之分离呢?"

徐森玉悲怆地说:"这也是啊,现在故宫文物就要分开了,我们这些故宫人也要分开了。从今以后,我们看管一半,你们看管一半。无论遇到什么情况，都要把国宝保护好。我拜托你们了！"

庄尚严点头道："先生放心，还是那句话——人在文物在。"

那志良哽咽道："徐院长，代我向马院长他们道个别，再见了！还有，我家里老小，拜托你们了……"未等说完，他已泣不成声。

徐森玉涕泗纵横，紧紧握着庄尚严和那志良的手："长路漫漫，前程莫测，你们远走他乡，千万珍重啊！"

除夕的下关码头，没有一点节日的气氛，只有生死离别的悲哀景象。

夜色中，昆仑号缓缓地离开码头，承载着故宫的万件国宝，漂洋过海，驶向那座孤岛……

从此，故宫文物分藏海峡两岸，而护送这些国宝的故宫人有的再也没有回来。

两天后，人民解放军强渡长江。

1949年4月23日，解放军占领总统府，大门顶部的国民党青天白日旗被降下，一面红旗冉冉升起。

按照领导的指示，解放军在接管总统府

后，东西不许有一点损坏和丢失，全部人马立即撤出，不留一兵一卒。

中央博物院内，曾昭燏院长正在接待前来接管的解放军首长，领着他们到处察看，介绍情况。解放军首长要求曾院长发动全院人员坚守岗位，保护好所有文物。临行前，首长还告诉曾院长，将派部队到这里来值勤。

徐森玉、高茂宽主动到总统府找解放军，受到了解放军首长的热情接待。

听到徐森玉他们关于文物保护情况的汇报后，首长立即随他们一同来到朝天宫文物库房，指挥战士们凿开封好的洞门，察看了仓库里存放的大量文物箱子。

首长紧紧地握着徐森玉的手说："你们做得对，你们为国家立了一大功！"

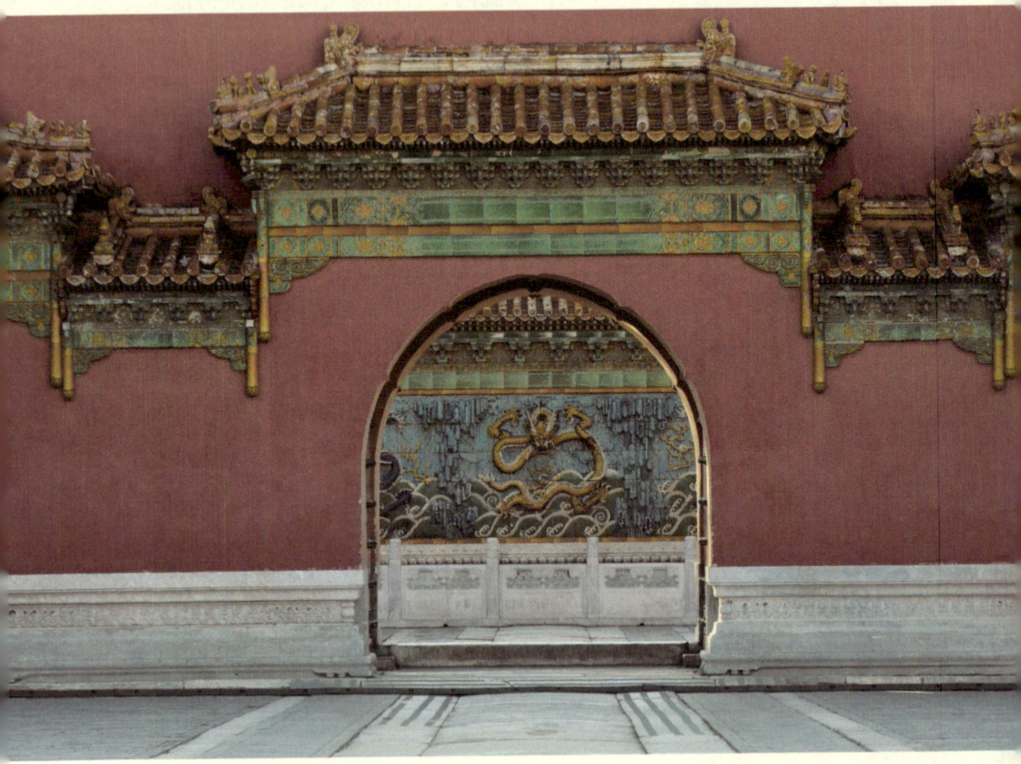

第十二章
故宫博物院获新生喜事连连

1949年2月3日，解放军举行了入城仪式。马衡和故宫博物院的职工置身于夹道欢迎解放军的群众队伍之中，喜笑颜开地迎接解放。从此，故宫博物院获得新生，掀开新的一页。

1949年10月1日，马衡等故宫人参加了隆重的开国大典。沉浸在新中国成立喜悦之中的马衡，想起了前段时间被郭昭俊抵押给香港一家英国银行的《中秋帖》和《伯远帖》。思考再三，他抱着试试看的心理，给中央写了一个报告，并马上呈了上去。

没过几天马衡便接到批示，同意回购《中秋帖》和《伯远帖》，但须认真鉴定真伪，并要通过我方在香港的可靠银行，查明卖者有无讹骗或高抬押价之事。

晋代王献之《中秋帖》

接到批示后，马衡立即决定与王冶秋、徐森玉、王立文一同前往香港回购"二希"。

香港维多利亚港，细雨蒙蒙，一艘轮船刚刚泊岸。

马衡、王冶秋、徐森玉、王立文相继走出船舱。徐伯郊早已在码头上等候。见面后，徐伯郊把事先准备好的纸雨伞给了每人一把，没有多少寒暄，众人坐上一辆白色面包车，离开码头，向繁华的市区急驶。

汇丰银行前,王立文穿着长袍马褂,手拿报纸准时到了那里。一个西装革履的人,手里也拿了张报纸,早等在那里。

这个人符合约定的接头人特征。王立文看看四周,迎上去压低声音对他说:"找工作吗?"

那人点了点头:"今天休息一天,明天可以开工。"

接头暗号对上后,他俩走进汇丰银行,找到经办人,秘密将"二希"从金库中取出,一同来到酒店。

马衡他们早已商定了分工,由王冶秋、王立文与汇丰银行的经办人和郭昭俊洽谈价格和支付事宜,马衡和徐森玉对这两幅字做鉴定。

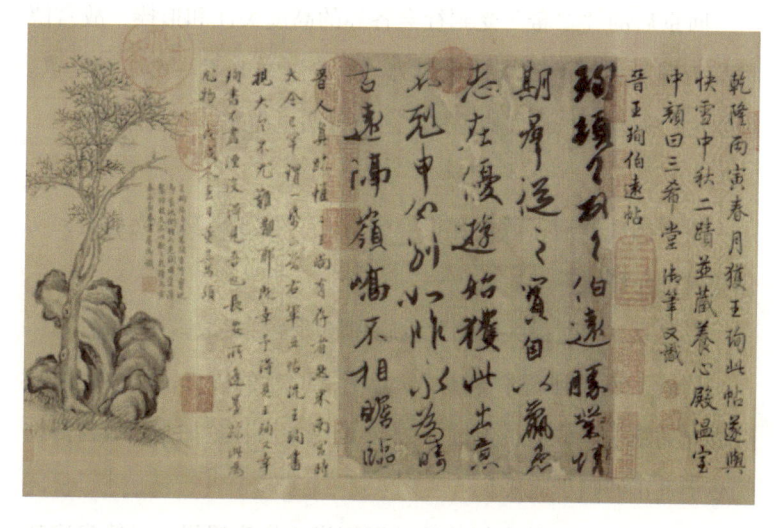

晋代王珣《伯远帖》(故宫博物院藏)

在一间不大的客房里,一边王冶秋和郭昭俊他们在小声谈价格,一边马衡和徐森玉在凝神鉴定"二希"真伪。

很快,马衡和徐森玉确定"二希"都是真品。同时,王冶秋那边也谈妥了,本息共折合港币488376.62元,将款项秘密汇到香港中国银行户头,即可拿到"二希"。

因马衡他们还要向北京请示,就让来人将"二希"带回继续存放在汇丰银行。临行前,徐森玉在两幅作品的右下角作了一个极其微小的标记,以防交货时被人调包。

两天后,马衡接到了北京的消息:中央已批准了将近50万元港币的回购款!

12月3日,离宫之后四易其主的《中秋帖》和《伯远帖》终于回到新中国,回到北京,回到故宫。

回京后的"二希"受到社会各界的高度关注和追捧,故宫博物院为满足大家的需求,专门为"二希"举办了一次小型展览。马叙伦、陈叔通、章伯钧等文化名流都闻讯而来,欣赏流连。

新中国成立后,政治建设有破有立,经济建设如火如荼,文化建设也在悄悄推进。

在北京,当时最大的文化设施和场所无疑是故宫博物院。

从故宫建成到新中国成立,已有530年的历史,从故宫博物院成立到新中国成立,走过了25年的风雨历程。如今,故宫博物院终于真正回归于人民。

然而,此时的故宫博物院破旧不堪,伤痕累累。尽管皇宫建筑物依旧巍然屹立，但数百年的风雨沧桑与十多年的战乱，在它身上刻下了累累伤痕。在紫禁城72万平方米的范围内，一些偏僻场所，尤其是西部内务府一带与东部上驷院空旷地带，残垣断壁，满目疮痍，杂草丛生，垃圾成堆，一片狼藉苍凉景象。

整治脏乱、改善环境，成为故宫博物院的当务之急。

马衡院长几次召集院务会议，专题研究内部整治清理工作。他说："我既是老院长，又是新院长。俗话说，新官上任三把火。我这第一把火就是整治好环境，建设新故宫。"会上，马衡提议成立整治清理小组，由高茂宽具体负责。

说干就干。高茂宽带领故宫博物院全体职工，开始了一场环境整治的战斗。

整治清理工作先从内金水河开始。

金水河分为内金水河和外金水河。流经天安门前的为外金水河，流经故宫内太和门前的为内金水河。内外金水河的作用是供宫廷用水、消防、排水和防护城垣，所谓"金城汤池，深沟高垒"。

金水河两岸均由巨型石条砌成，岸上筑有矮墙。河水依稀映照着紫禁城的亭台楼阁。

内金水河是紫禁城内唯一的一条水道，河水从紫禁城西北角流入，经紫禁城内西侧、午门以内，从文华殿东南流出紫禁城，总长2100多米。

由于长年没有清理，内金水河的水质污浊不清，"金水变臭水"，沿河泊岸及河墙颓坏，淤积现象十分严重。

故宫角楼和北海白塔

　　整治清理工作侧重疏浚壅塞的河段，工作量与难度都很大。高茂宽组织院内职工，又请了社会上的工程队，主要靠人工作业，先后挖掘淤泥5000多立方米。淤泥除掉后，接着又陆续修缮局部破损的泊岸，并进行加固。经过清理和维修，内金水河终于水流无阻、清澈见底了，久违的鱼群又回来了。

　　在河道清理的同时，还对西金水河岸、神武门内两侧红墙以北地段进行了绿化。由于采用大树移植，不出一年，这里便垂柳依依，青松挺立，给古老的故宫带来了些许生机。

　　看着大有改观的故宫外部环境，马衡院长颇为满意，但他感到，整治环境固然必要，而故宫内部的整治更为迫切。博物院给人们提供的服务，除了参观故宫，更主要的是鉴赏文物。于是，在外部环境整治告一段落后，故宫内部的文物整理和清点工作便全面展开。

故宫是世界上文物藏品最为丰富的博物院之一。欲问故宫究竟有多少文物,真是谁也说不清楚。自故宫博物院成立以来,曾进行过多次文物清点、清查与整理工作,但由于故宫是一座巨大的文物宝库,无处不藏、无物非宝,数量庞大,品种繁多,清点、清查工作难度之大、任务之重,可想而知。故而,故宫的每次清点清查,要么冰山一角,要么断断续续,从来没有彻底过。

马衡院长下决心摸清家底,亲自指挥大规模的清查整理工作。专门成立了以专家为主体的百余人的清理工作组,详细研究制定了清查整理的具体方案,明确了清理的范围、对象、办法和步骤。

先是进行辨识工作,分清文物与非文物、珍贵文物与一般文物。然后,进行分类分级建账,按照历史价值、艺术价值、科学价值、观赏价值,将文物划分为一、二、三级。最后进行造册、编目、照相、制档,并对珍贵文物实行专门存放和特别保护。

清查整理工作不仅初步弄清了故宫文物的总量,首次建立了院内文物的总台账,而且还有许多意外的收获,首次发现了许多原先不曾清点过的珍贵文物。

如宋赵佶《听琴图》。这是一幅北宋的名画,堪称"神笔之妙,无以复加"。画面上,三人共处松阴之下,一人焚香抚琴,红袍、青袍端坐左右,一名童子站立在后。此中人物形神兼备,画中景色极具情趣,似乎可以从人物神态、松风竹韵及袅袅轻烟中听到悠扬的琴声。画面上方,有蔡京所题七言绝句一首:"吟徵调商灶下桐,松间疑有入松风,仰窥低审含情客,似听无弦一弄中。"右上角有宋徽宗赵佶所书瘦金书字体的"听琴图"三字,左下角有他"天下一人"的画押。此画淹没在众多书画之中,从未发现,更无登记,在这次清查中被发现。至于此画的作者是否为赵佶本人,尚无定论,但不管如何,此画的确是上乘之作。

又如商代三羊尊。这件宝物原来一直认为是赝品而堆放在库房角落里不被重视。在清点整理中,专家经反复察看与论证,最终为其正名,定为一级精品。此尊为大口广肩型,肩部等距离地饰有三只高浮雕卷角羊头,间以目形纹饰。尊唇外折,颈部匀称分布三道凸弦纹。腹部肥硕,纹饰华丽。

商代三羊尊(故宫博物院藏)

其间三组兽面纹,突出兽的眼睛,颇为夸张,给人以肃穆庄严的感觉。较高的圈足上有两条凸弦纹、三个等分圆形孔,圈足下饰有六组兽面纹,其图案布局匀称,众多而不觉繁缛,华丽而不失庄重。制作工艺独特,经过两次铸造而成,属商代晚期器物,在公元前十三世纪上下,是我国古代青铜器的佳作之一。

除了上述精品,在清点整理中还发现了宋徽宗赵佶的《锦鸡芙蓉图》、宋汝窑圆洗、宋哥窑葵瓣盘、宋龙泉窑青釉弦纹炉、唐卢楞伽六尊者像册、明朱瞻基山水人物大折扇、商父乙鼎、宣德青花园林仕女高足碗、清白金"监国摄政王宝"方印、象牙席等1200余件文物珍品。

这些文物如不被整理发现,极有可能明珠暗投,命运难测。

更为可喜的是,从新中国成立之日起,党与政府就对故宫博物院文物征集收藏工作予以高度重视和多方支持,通过政府划拨、文物收购、接受捐赠等多种途径,使众多文物回流或交予故宫博物院收藏和保管。

文化部曾专门发出通知,各地发现故宫文物,无论判决没收还是已由当地政府收回,均应及时送缴中央,拨还故宫博物院统一集中保管。

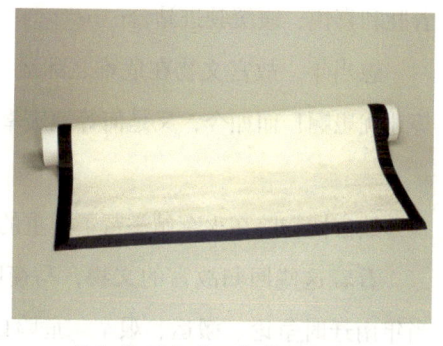

龙泉窑青釉弦纹炉(故宫博物院藏)

此后,各政府部门和各地博物馆共收集了16万件(套)珍贵文物调拨到故宫博物院。有许多是原清宫旧藏后流失出去的。其中就有与溥仪有关的两批故宫文物。

编织象牙席(故宫博物院藏)

一批是当年溥仪抵

押给盐业银行的玉器、瓷器、珐琅器、金册、金印、金编钟等，被拨交给了故宫博物院。

另一批是溥仪交出的物品。经领导批示，这批物品从抚顺运抵北京，专家组用了将近一个月的时间，进行清点鉴定，选择其中的245件划归故宫博物院保管。这些文物具有极高的文物价值和艺术价值，如金镶猫眼石坠、六朝小御璧、汉玉饰、青白玉龙纹佩、三联黄玛瑙闲章、全号饰表盒、白金镶钻石戒指、碧玺十八子手串、金钻祖母绿宝石领针等。

这些宫中宝物在失散漂流多年之后，终于物归原主，真是不幸之大幸！

与此同时，留在南京的万余箱文物也开始"北返"。

初秋时节，北京的天空湛碧云淡，清亮明洁。北京火车站彩旗招展、锣鼓喧天。

一列崭新的火车，承载着故宫文物，承载着中华文明，承载着胜利喜悦，缓缓驶进站台……

想当年，故宫文物在危难之际运出北京，是何等地悲怆、何等地忧患啊！而如今，又是何等地庆幸、何等地欣慰啊！

故宫博物院在火车站举行了隆重的欢迎仪式。

看着这些回归故宫的文物，马衡院长如见故人，感慨万分，当年南迁时争论、搬运、艰辛、危险以及许许多多的人与事，像一幕幕电影镜头在脑海里一一闪现，心里是说不出的滋味，酸甜

第十二章 故宫博物院获新生喜事连连

20世纪50年代,南迁文物"北返"

苦辣交织在一起,他对在场的人说道:"当时为了抗战,把古物南迁,这个措施是完全正确的。现在故宫南迁文物陆续回到北京,这是何等的幸事啊!遗憾的是故宫文物没有全部北返,没能实现'完璧归赵',一部分被运到台湾,一部分还留在南京,如若长此以往,故宫藏品分居多地,那真是可叹的事!"

马院长的一番话,让在场的人百感交集,欣喜中留有遗憾,遗憾中带着欣慰,但大家更多的还是喜悦。

然而,故宫文物浩如烟海,流失之多让人触目惊心。有些文物即使发现了,也不是完全可以靠国家行政命令进行收回的,只能用钱去购买。

新中国成立之初,国家财政十分窘迫,但中央财政还是勒紧裤腰带，挤出资金，不惜投资收购珍贵文物。除了用重金从香港赎回"三希堂"帖中的《伯远帖》《中秋帖》外，同时还从香港巨资收回了韩滉《五牛图》、顾闳中《韩熙载夜宴图》、宋徽宗《祥龙石图》、马远《踏歌图》、王希孟《千里江山图》、任仁发《张果老见明皇图》等。如果当时不将这些珍贵书画收归故宫，也许都将流失海外，再要收回那是难上加难，甚至永无可能。

经过多年的清查、整理和征集，北京故宫博物院的文物数量增加，种类齐全，成为世界博物馆中藏品最多最好的博物馆之一。

这一时期，在马衡院长的倡导、主持下，故宫博物院主办过"清代帝后生活史料陈列""乾隆时代装潢艺术陈列""还京文物春节特展""赴苏联中国艺术品展览会""清代革命史料陈列""抗美援朝保家卫国展"等展览。后来又在统一筹划的基础上加强了宫廷原状和宫廷文物的陈列与展览，改变了旧体制时古董式的陈列方法，引进现代展陈理念与方式，按照历史分期和文物分类，做好常设展览和主题展览，有重点地办好宫廷史迹陈列和古代艺术珍品展览。

宫廷史迹陈列展：力图再现紫禁城主要宫殿的本来面目，以明清两朝举行大典、处理政务及帝后生活居住的前三殿、后三宫、养心殿、西六宫等处作为陈展重点，尽量保持清代历朝的原貌，并体现其特色，让人们直观地体验到宫廷生活的一些方面。

古代艺术陈列展：以历代艺术品为主体，主要展出陶瓷、书

第十二章　故宫博物院获新生喜事连连　255

坤宁宫内景

文渊阁内景

画、青铜器等,展陈方式为分类、系统,有较强的专业性和观赏性,既可为专业人员提供研究服务,也可为文物爱好者提供欣赏便利,当时颇受欢迎与好评。

这两大陈列展在以后又进行了不断地充实与完善。宫廷史迹陈列方面,除了开放前三殿、后三宫、养心殿、西六宫等,又先后开辟了重华宫和养心殿后部的体顺堂、慈喜堂等进行宫廷史迹陈列,并把固定陈列与临时性专题展览相结合,增强其展览的丰富性和新鲜感。古代艺术陈展方面,在建立历代"艺术馆"和"珍宝馆"的基础上,又先后建立了"雕塑馆""织绣馆""明清工艺馆""钟表陈列室"等专题馆,极大地扩大了展陈的规模与内容,并在馆内外举办一系列主题性展览,吸引了全国大批观众前来参观,成为当时的文化盛事。

如果说,文物是故宫博物院的灵魂,那么,故宫的建筑则是文物的"家"。

这座中国古代最宏伟的建筑,成为凝固的艺术、不朽的作品。然而,如此不朽的建筑,也禁不住时间风雨的侵蚀,逐渐衰旧甚至破落,许多建筑年久失修,完全失去了当年的风貌,有的已损坏严重,无法使用。

故宫博物院开展了古建筑普查、勘测工作,摸清基本状况,并在此基础上确定了"全面规划、逐步实施、着重保护、重点修缮"的原则方针,制定了故宫古建筑修缮的近期计划和远期规划。

在资金非常紧缺的情况下,单士元和高茂宽带领大家开源节流、精打细算,把有限的钱用在建设上,先后完成了古建筑维修、保养、修缮工程近百项,从根本上改变了旧社会给故宫留下的残破荒凉景象,使故宫"旧貌换新颜",又一次展现出紫禁城的雄风,以宏伟壮丽的面貌回归社会,回归人民,成为人民群众的文化阵地和精神家园。

看到新生后的故宫面貌一新、欣欣向荣,一贯严肃、严谨的马衡,也按捺不住自己激动的心情,欣然赋诗一首:

风风雨雨紫禁城,
故宫顶上旭日升。
枯木逢春出新枝,
千年国宝获新生。

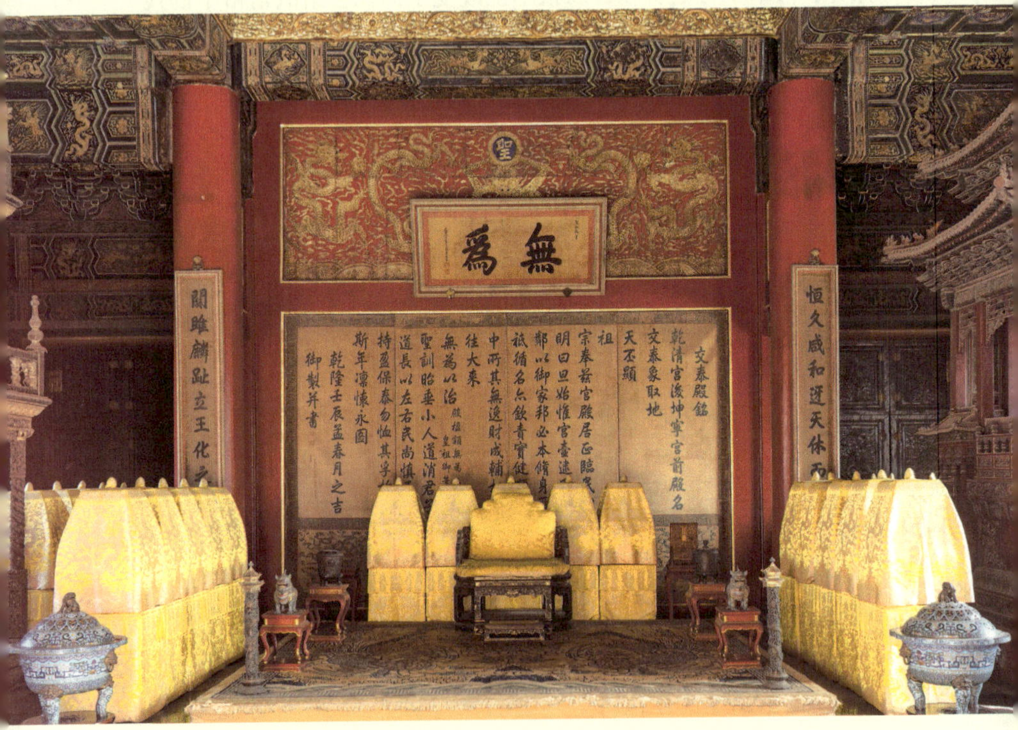
無爲

第十三章
运台文物阳明山下得以安身

在经历了抗日战争、解放战争疾风暴雨的洗礼之后，祖国的蓝天阳光灿烂，故宫的面貌焕然一新。

但历史的发展是曲折的，故宫博物院的发展也是曲折的。在各种运动中，故宫博物院也遭受了一定的影响。

后来，院长吴仲超向相关部门提出建议，要求明确故宫博物院的工作方针，以求长治久安。很快，上级开会指出，对故宫应采取谨慎的方针，原状不应该轻易改动，改了的还要恢复一部分。

有了尚方宝剑，吴仲超便请单士元牵头，在听取了专家学者和干部群众等方方面面意见的基础上，起草了一个故宫博物院保护修缮利用的方案，提出了新的方针任务，明确指出，故宫是我国现存最辉煌、最完整的古建筑群，也是重要的历史建筑文物，因此故宫博物院对这座建筑的保护维修是一项重要工作。

这是个实事求是、讲求科学的方案，既解当务之急、切实可行，又着眼长远，利于全面规划，对故宫博物院的利用保护具有重要的指导意义。

这个方案，很快得到了中央有关部门的同意，并着手按此方案，逐步实施。

历史是无情的，也是有情的。故宫文物在历史的风风雨雨中，几经磨难，频遭厄运，但总是有惊无险，走出阴霾。大陆的故宫文物是这样，运台的故宫文物也是这样。

新中国成立前夕，运往台湾的故宫文物共有三批。第一批320箱，第二批1680箱，第三批972箱，共计2972箱。

第十三章 运台文物阳明山下得以安身

这些故宫文物，无论是质量还是数量，都在南迁文物中占有重要分量。其中：书画 5760 件，占南迁书画的 63%，且大多为精品，尤以宋元书画为最多；瓷器 17934 件，占南迁瓷器的 63.4%，各种名窑出品皆备，尤以宋汝窑与清珐琅彩瓷器最精，存世宋汝窑瓷器不足百件，运台就有 21 件，清珐琅彩瓷器运往台湾的竟占十分之九；铜器 2382 件，占南迁铜器的 85.4%；玉器 3894 件，占南迁玉器的 46.5%；漆器 318 件，占南迁漆器的 42.7%；珐琅 817 件、雕刻 105 件，占南迁的 56%；文具 1261 件、杂项 19958 件。除此以外，还有大量珍贵图书和文献，其中，善本书 14348 册，善本佛经 713 册，殿本书 36967 册，满蒙文藏书 2610 册，方志 14256 册，实录库藏书 10216 册，观海堂藏书 15500 册，《四库全书》36609 册，《四库全书荟要》11169 册，《图书集成》3 部、15059 册，藏经 154 册，各类文献 204 箱。

西周人足兽鋬匜（台北故宫博物院藏）

如此浩瀚珍贵的文物，谁也不会想到，来到了陌生的孤岛台湾。

台湾，位于中国东南沿海，北临东海，东临太平洋，南临南海，西隔台湾海峡与福建省相望。总面积约3.6万平方千米，包括台湾岛及兰屿、绿岛、钓鱼岛等21个附属岛屿和澎湖列岛64个岛屿，其中台湾本岛面积35808.38平方千米，是中国第一大岛，也是东南海上屏障和重要门户。

故宫文物运台后的第一站是在台中县。该县位于台湾岛中西部，为横向狭长形，地势由东面的高山向西渐趋平缓，跨越平原地带，直达海岸线。境内山水秀丽，景色如画。所属的杨梅镇，不仅自然风光好，而且在当时就通有铁路。

运台文物通过铁路运到这里后，暂时存放在铁路仓库。

故宫文物迁台初时，由"国立故宫博物院"与"中央博物院"合而为一成立了"联合管理处"，简称"联管处"，工作人员主要是故宫随行人员庄尚严、那志良、吴玉璋、周若思、梁廷炜等。

他们的首要任务是为这些运台文物找个存放的仓库。

几经周折，得知台中一糖厂有空着的仓库，庄尚严、那志良就去找糖厂负责人商量。该厂的一位洪姓副厂长接待了他们。这位副厂长是在1946年随严家淦来台接收侵华日军归还的产业，浙江口音，非常儒雅，当弄清庄尚严他们来意后，同意将文物先存放在糖厂的仓库里，但言明不能久存，待糖厂开始制糖时，文物就得搬走。即使如此，运台文物总算有了一个暂时的安身之处。

第十三章 运台文物阳明山下得以安身

由于糖厂烟囱高大，又临近火车站，文物存放在这里极不安全。庄尚严、那志良颇为担心，就开始合计着兴建文物仓库的事，并让吴玉璋、梁廷炜、周若思一起分头去找建库的地点。找了好多地方，最后定了三处可供选择，都在台中县境内，一处是番子寮山麓，一处是雾峰乡吉峰村北沟山麓，还有一处是雾峰乡的旁山麓。

大家比较看中北沟这块地方，但也无法做主定下来，就向当时的理事会主任杭立武报告，他又会同理事会的委员蒋梦麟、傅斯年、马超俊、张道藩、罗家伦等人，亲自到三地考察，最后一致选中了北沟，认为这一地块地势好，前平后山，没有住户，便于消防和警卫，比较安全，最主要的是空地多，能够满足建库的需要。

就这样，他们拍板在北沟建文物仓库。

于是，随故宫文物来台的专家庄尚严、那志良就与这块地的主人商谈租用事宜。地主林攀龙还算爽快，答应这块地的租期为10年，每年的租金为1200元，而地上的建筑物以4万元的价格全部售予联管处。

谈定后便正式签了合约，并随即由台湾工矿公司设计建设，用了近一年的时间，建成了临时文物仓库，其中库房三栋、宿舍两栋、办公室一栋。

库房建成后，从1950年4月13日开始，用了不到10天的时间，就把存放在糖厂仓库的文物运到了北沟。

背井离乡的故宫文物在漂洋过海一年之后，总算有了自己的新家，尽管这个家十分简陋。

　　文物入库后，起初并不为人知晓，但是没有不透风的墙，久而久之，消息就传出去了，这在台湾引起了不小的反响，这些文物毕竟是难得一见的中华稀世珍宝啊！

　　于是纷纷有人要求参观，还有外国人远道而来。

　　每逢有人前来参观，工作人员只能因陋就简，在库房里用木板架起一个临时展台，从堆成七八层高的箱子中选出想要的箱子，十分费劲地抬下来，然后开箱拿出文物放在展台上让人观看，有重要客人来访，周若思就临时担任讲解员。每次看完之后再装箱放回原处。这样既麻烦，又不安全，可是他们一时也想不出其他办法。

　　杭立武实在看不下去了，就想方设法，商得美国亚洲协会同意，出钱在仓库旁边的空地上建造一间小的展览室，把一些文物陈列起来，方便来人参观。这本来是件好事，但有人表示异议，甚至竭力反对，嚷嚷道："我们堂堂的博物院，建一个小小的展览室，都要向外国人要钱，太失中国人的面子了！"有人这么一说，此事也就作罢了。

　　又过了一段时间，工作人员觉得这样下去总不是办法，早晚要弄个展览室。庄尚严找了个机会对杭立武说，"我们也不必打肿了脸充胖子，何必死要面子活受罪呢？既然人家愿意出钱，盖个陈列室是件大好事。"

　　杭立武听了觉得有道理，就召开理事会通过了一个议案，向亚洲协会请求补助60万元，把一个小型陈列室建了起来。

第十三章　运台文物阳明山下得以安身

陈列室只有 60 多平方米，小得可怜，但工作人员还是做了精心的布置，分成四个展区，共陈列了 200 余件文物，计划每三个月更换一次展品，每周展出六天。

大家既高兴又忐忑，高兴的是文物终于可以固定展出了，忐忑的是展厅太小，条件局限性太大，对展出效果心里没底。

理事会对于展览也是极为谨慎，犹如丑媳妇怕见公婆一般，尽可能低调办理，没有大张旗鼓地进行宣传，只是在报纸不显眼的位置登了一则小小的广告。

1957 年 3 月 25 日展览开幕。

那天，细雨蒙蒙，气温陡降，给人以一种冷落萧瑟之感。

没有举行开幕仪式，也没有什么领导前来参观。由于没有怎么宣传，前来参观的人也寥寥无几。

之后，一传十，十传百，前来参观的人慢慢多了起来。有时展厅内拥挤不堪，展厅外排起了长龙。但这样热闹的场面没过多时，很快又冷落下来，个中原因，无非是陈列的展品实在太少，再加上展览条件太差，展出效果不佳。

这个陈列室就这样时冷时热、半开半闭了五六年，庄尚严、那志良等故宫人觉得实在不能这样维持下去了，就想尽办法向上面反映情况，希望能够建一个真正的博物院。

由于台湾经济在 20 世纪 60 年代开始进入了快速发展时期，经济逐渐起飞，庄尚严、那志良等人的申请很快得到批准，并决定在台北建馆，地点选定了士林外双溪。

外双溪位于台湾省北部,属于淡水河系,为基隆河的支流。其上游为内双溪,发源于33脉擎天岗附近,先向南流后转向西,与右侧流入的碧溪汇合后,始为外双溪。

至于为何选址在士林外双溪,有一种说法是,台湾处于太平洋地震带上,而台北士林区外双溪一带地震机会相对较少,出于安全考量选择于此。当然,这里的自然环境优越,依山傍水,腹地开阔,交通也较为便利。

1962年6月18日,台北故宫博物院新馆在士林外双溪举行了隆重的奠基仪式。一块写着"故宫博物院"的奠基石碑,在鞭炮与掌声中被埋入土中。经过三年多的建设,到1965年上半年,台北新馆基本建成。

台北故宫博物院

第十三章 运台文物阳明山下得以安身

东汉玉辟邪（台北故宫博物院藏）

很快，新馆就难以满足日益增加的观众需求。一年之后，又开始扩建，包括正馆大楼左右侧延伸出来的建筑及东西两个阁楼，正馆左侧的行政大楼、园林式的"至善园"等。这不仅增加了许多陈列室，而且也使整个建筑更加耐看，更加宏伟。

从此，海峡两岸的故宫文物，开始了各自的展陈道路。

在台中县雾峰乡北沟村，最早兴建了迁台故宫文物的存放仓库。离仓库不到500米的地方，有一间破旧的农舍，竹架泥墙，外抹白色石灰，顶上覆盖着赭红色的薄瓦片。房屋四周林木葱郁，远处还有大片的甘蔗田。

这就是随故宫文物迁台的庄尚严初到台湾时的住所——旧屋新家。说它旧，是因为这是一处被废弃的房子，久无人居，刚搬进去的时候，屋里除了大蜘蛛和会叫的壁虎外，经常还有癞蛤蟆、蜈蚣和各种飞虫闯入，甚至偶尔还有三尺长的臭青母蛇不知从哪个墙角的破洞里突然钻出来，把全家吓得哇哇大叫。说它新，则是庄尚严一家来到台湾后几经颠簸、风餐露宿之后，终于有了一个安顿之处，成为一家六口人的真正的家。

尽管这房子如此破旧和简陋，庄尚严还是颇为满足，不，是真心喜欢。因为不仅有了落脚安身之处，而且这里处于青山环抱之中，自然景色优美，有与世隔绝之感。

住下没多久，庄尚严就请当地人帮忙，将房屋略为修理，并在外墙下方砌上单砖，既安全也好看了许多。庄尚严还给这个新家起了一个颇为文气的名字——洞天山堂。

起了好听的名字，室内也略加摆设。堂屋既是客厅也是书房。左边是一张书桌，旁边的窗帘是一块挂在铁丝上的黑布。桌后的小竹凳上摆着一个外为实木的日制火盆，上面是一把铁壶。墙上悬挂着瑞典汉学家喜龙仁和发现新疆罗布泊的地理学家斯文·赫定的小照，以及当地人的木刻。更为醒目的是，庄尚严行书自作联句：

冷照西斜正极目空寒故国渺天北
北江东去问苍波无语流恨入秦淮

无疑，这联句正是庄尚严此时心境的真实写照。

初到台湾，人地生疏，饥寒交迫，生活十分艰苦。庄尚严有

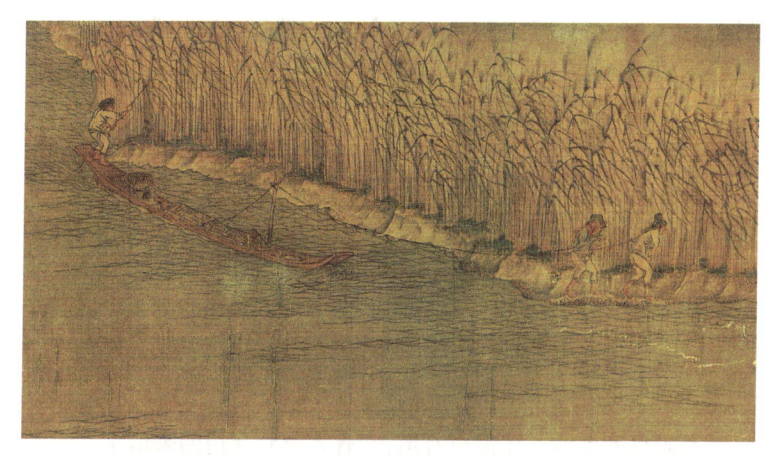

五代赵干《江行初雪图》（台北故宫博物院藏）

四个儿子，正处在长身体的时候，但家中的粮食不足，常常是吃了上顿没下顿，无奈之下，庄尚严的妻子只得在屋前屋后养鸡种菜。这位城里长大的知识分子，此时也在故宫博物院工作，经过抗战时期跟随丈夫的艰苦熬炼，养成了从容面对困难、甘于清贫、勤于持家的习惯和毅力，她几乎包下了全家人的饮食和家务，苦苦支撑着面临的困局。庄尚严则在公务之余，在生活条件十分艰难的情况下，坚持看书和写字，以及他的学术研究，苦度时光。

　　生活和工作的艰苦，对于庄尚严来说尚能承受，但他无时无刻不受到思乡之情的煎熬。

　　时间的流逝时快时慢。这一时期，庄尚严觉得时间过得特别慢，真是度日如年。今天盼明天，今年盼明年，越盼越没有尽头。

　　一天晚上，那志良神色慌张地来到洞天山堂，一进屋便把大门关上。庄尚严见状,急问:"怎么啦,神秘兮兮的?"

"没什么,没什么。"那志良与往常一样,坐到书桌旁,说,"今晚没事,过来看看你。"

庄尚严不解道:"不对呀,你每次来都没有像今天这样的神色,遇到什么事了啊?"

那志良欲言又止。

"你说呀,你这样把我也弄得紧张起来了。"庄尚严边说边沏上茶,在书桌旁坐了下来。

那志良凑上前,压低声音道:"有人收到那边的来信了。"

"信?"庄尚严惊讶地追问,"哪边来信?"

"大陆那边。"那志良补充道,"故宫有人来信了。"

庄尚严吓得一下子说不出话来,怔怔地望着那志良。

那志良说:"我也是听人说的,不过似乎确有其事。"

"这不得了啊?"庄尚严担心道,"这可是要杀头的呀!"

"说是这么说,但听讲早就有人偷偷地从香港中转与大陆那边通信了。"那志良说着,神情些许放松下来。

庄尚严却越发紧张:"真的吗?我可从来没有听说过。"

"谁敢与你说呀,怕把你吓坏了,但这已是公开的秘密啦!"那志良沉默了一会儿又说,"信不信的我们就不去管它了,可信上说了一件事,不知是真是假。"

"什么事?"庄尚严急切地问。

"本来我是不准备告诉你的。"那志良难过道,"但这事总不能不让你知道吧。"

"你今天怎么啦,吞吞吐吐的,与我还卖什么关子嘛!"庄尚严有些不高兴了。

那志良只好直说了:"信里说,马院长走了。"

庄尚严十分惊愕:"怎么会呢?老师的年龄才七十多,原来身体也是硬朗的呀!"

"说是食管癌,还扩散到了肺部,最后几乎无法进食,呼吸也十分困难,走得很快。"

"但愿这个消息不是真的。"庄尚严内疚地说道,"我一直盼望能见到老师,当面把我们当年被迫来台的情况与他说清楚,消除误会。"

那志良安慰道:"也许消息并不确切,我想马院长走得不会那么快。不过你也不要总是把这件事挂在心上。过去的事情就让它过去吧!"

庄尚严摇头道:"过不去啊!老师对我有恩,特别器重我,我却让他特别失望。想到这些,真是十分愧疚。"

那志良说:"你千万不要这样自责,当初我们都是迫不得已,又不是你一个人。我想,马院长事后也是会理解的。"

庄尚严坚持说:"无论如何,我得当面向老师说清楚,消除我心中的一块疙瘩。"

"那当然也好,可是……"那志良停顿一下道,"要是马院长能等到这一天就好了。"

两人正说着,外面传来急促的敲门声,庄尚严赶紧起身开门,进来的是吴玉璋,他一脸悲伤道:"马院长前不久去世了。"

"难道是真的吗？"庄尚严、那志良不约而同问道。

"绝对是真的！"吴玉璋下意识地看了看周边，低声道，"我是从高仁俊那里看到的信，是单士元的亲笔信，白纸黑字，千真万确啊！"

高仁俊与单士元是当年故宫博物院里较为年轻的专家，后来他俩一个来台，一个留京，私下里已通信多次，他们之间传递的信息肯定是确信无疑的。

听了吴玉璋这番话，马衡去世的消息得到了证实。庄尚严和那志良的心里十分悲痛，含着眼泪，很长时间说不出话来。

最后吴玉璋劝慰道："马院长已经走了近一个月了，现在你们也别太悲痛了。我得知消息后赶过来，一是向你们报告一下，二是征询你们一下，是否要代你们通过高仁俊，给师母去封信，表示哀悼之意。"

庄尚严和那志良连连点头。

他俩原本都是小心谨慎之人，但现在他们什么也不会顾忌了，只能以最简洁也是最危险的方式向自己的院长、老师表达远在海外的游子迟到的送别和悼念之情。他们是多么希望有朝一日能回到大陆，

西周召卣（台北故宫博物院藏）

第十三章 运台文物阳明山下得以安身

在马衡的坟头烧上一炷香啊!

在艰苦的岁月中,庄尚严一家逐步适应了这里的生活。四个孩子也相继成人,生活有所好转。

担惊受怕的生活终有过去的一日,庄尚严全身心地投入工作、学术和书画创作之中。台湾社会逐步稳定下来,北沟这里的生活相对平静。

1965年,由庄尚严、那志良等人建议建造的台北故宫博物院如期建成,存放在北沟库房的故宫文物被悉数运来,并举行了隆重的开院仪式,之后便正式对外展出。从此,庄尚严、那志良等一批故宫博物院来台人员终于完成了保护故宫文物的使命,重新开始了自己的专业和研究工作。

在台北故宫博物院,庄尚严从

晚年的庄尚严

主任、古物馆长一直升到副院长,1969年退休。在此期间,他除了工作,主要从事书画研究和书画创作,著有《浅谈书法中的碑和帖》《中国书法中的瘦金体》《六十年来之书学与帖学》等。他对书法艺术有独到的见解,他认为:"书法艺术,最浅近的看法,不外肥硬两种形态,此两种笔法如车之两轮,电之两极,互相映照互相配合,各放异彩,决非偶然。凡是成名书家,两种必要因素，是必须具备的，一是承袭前人的传统，二是发扬自己创作的精神，书法既有数千年的历史，不能承袭前人，便不能明了演变源流，无所依据，但是从事临摹古人，毫无自己，便是永远作古人奴隶无变化之可言，试看前人名家，最初无不先从临摹苦下功夫，到后来创成新的局面，拿出自己的面貌，一新耳目，骤然成家，以此衡量古人，可以百试不爽，大家都知徽宗书法，是褚薛两家变化出来，可是决无一笔一字与褚薛相同，完全有他自己的笔法，完全是新的局式，可贵可爱处正是在此。"

明代仇英《汉宫春晓图》
（台北故宫博物院藏）

庄尚严退休之后，一面忙于在大学任课，一面撰写《山堂清话》一书，内容介于学术研究和艺文掌故之间，凡三十五篇，先后在《自由谈》陆续刊出，广获赞誉。

年老后，庄尚严精力渐差，身体不佳。1979年秋，庄尚严因肠疾住进医院。他非常排斥医院治疗，认为人在医疗过程中，毫无尊严可言。因而在手术后不到一个星期,未经医生许可,便硬要在病房陪伴的周若思带他回家。

1980年春节刚过,庄尚严再度被送进医院。弥留之际,已无话语,有一天竟拉着老伴的手,断断续续地说:"我多么想回趟大陆……北平那个故宫……"在场的人无不为之动容。

几天后,他便永远地离开了人间,终年81岁。

庄尚严的一生挚友台静农先生赠送了他一副挽联,这样写道:

历劫与建业文房并存,平生自诩守藏史
置身在魏晋人物之间,垂死犹怀故国心

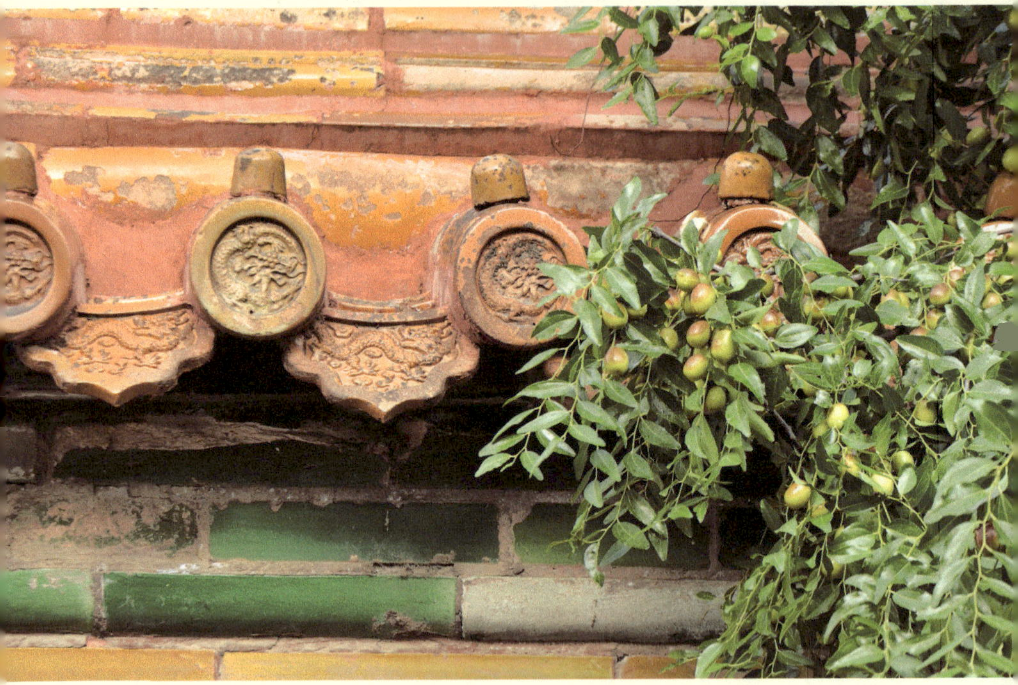

第十四章 故宫博物院重金购回出师颂

《平复帖》是传世年代最早的名家法帖，也是历史上第一件流传有序的法帖墨迹，有"法帖之祖"的美誉，更有人称之为"镇国之宝"。此帖内容是写给友人的一个信札，其中有病体"恐难平复"字样，故名"平复帖"，其释文为：

> 彦先赢瘵，恐难平复。微居得病，虑不衍计，计已为苍。年既至男事复失，甚忧之。屈子杨往得来主，吾云能惠。临西复来，威仪详跱，举动祭观，自躯体之盖如思。识黪之迈，甚执所念，意宜稍之旻伐棠。棠寇乱之际，闻问不悉。

因为《平复帖》的草法、文句都很古奥，让后世书家难以辨识，因而其释文有多种，这也平添了此帖的一种神秘感。

此帖被认为是西晋陆机的书法作品。

有专家认为，现存的《平复帖》是孤本，没有其他作品可供比对，所以无法判定其究竟是不是出自陆机之手。但这都已经不是很重要了。从武周时期王方庆临摹先人王羲之、王献之等而成的《万岁通天帖》看，东晋时楷书已经成形，再证以西晋写经，可以肯定有隶书特点的章草《平复帖》是西晋真迹，它一方面是隶书发展过程中的标本，同时更是汉字由隶书向楷书过渡的重要佐证。

《平复帖》除了晋人特有的古朴、自然、淳厚的气质外，还略带竹木简章草书的意味。以秃笔枯锋为之，笔随势转，平淡简约，

第十四章 故宫博物院重金购回出师颂

奇崛而古质,"非中古人所能下笔"。结构上随意洒脱,表现出一种轻松自如、信手拈来的自由状态。

明人陆石雍评论《平复帖》云:"吞吐深浅,欲露还藏,便觉此衷无限。"此帖通篇是章草的古意盎然,散发着古朴、淳厚、深沉、凝重的气息。造型以包含、收束为主,不使线条游荡过远,如同一个花蕾正待展开,尚未展开到位,却又收合起来了,犹人乘骐骥,以衔勒制之,显出含蓄蕴藉之美。含而不露,如盘马弯弓惜不发。

《平复帖》历代递藏情况,根据尾纸董其昌、溥伟、傅增湘、赵椿年题跋,可得知:宋代入宣和内府,明万历间归韩世能、韩逢禧父子,再归张丑。清初递经葛君常、王济、冯铨、梁清标、安岐等人之手归入乾隆内府,再赐给皇十一子成亲王永瑆。光绪年间为恭亲王奕䜣所有,并由其孙溥伟、溥儒继承。

那么,这样一幅名贵的古帖,又是怎样能够收藏到北京故宫博物院的呢?

这要归功于大收藏家张伯驹先生。

张伯驹,字丛碧,生于1898年,河南项城人,其父为清朝进士,官至直隶总督,因此,家底丰厚;他与张学良、袁寒云、溥侗曾有"四

张伯驹

公子"之称，早年仕途颇为得意。他在诗词、书法及戏剧等方面均有很高的造诣，是个不可多得的才子；同时，他也是国内外知名的大收藏家。

张伯驹进入收藏界也算是机缘凑巧。有一天，他从一家琉璃厂买了一幅康熙早年题写的大字匾额"丛碧山房"，此题字笔意纵放，难称成熟，而且底子残破，缺损"房"字，虽然还留着正中的"康熙御笔"朱文印，但价值却不高。张伯驹之所以钟情该画，只是喜欢其"丛碧"寓意之繁茂葱茏。也正因为如此，当他得到这幅画后，便以之为号，此后，他对于书画的收藏热情一发不可收，以至于后来成为远近闻名的大收藏家。

张伯驹收藏《平复帖》的经历颇具戏剧性，由此更使张伯驹名满中国，其心之诚，其行之险，其遇之巧，都为世人传诵。

《平复帖》自告别宋宫后的几百年，一直在民间和宫廷之间转手。

清朝覆灭后，恭王府的日子入不敷出，溥心畬的家境迅速衰落，无法维持生计，便想着要出售《平复帖》。

张伯驹对于《平复帖》的去向十分关注，因为溥心畬此前出卖的所藏文物，有的流落到日本人手里。七七事变后，张伯驹预感到这件稀世之珍面临厄难。于是，他密切注视着溥心畬的一举一动，并将收购《平复帖》的计划告诉给了曾任北洋政府教育部长之职的傅增湘。

傅增湘对文物也极为重视，听后非常焦急，因为他听说溥心畲的母亲刚刚去世,正等钱用,极有可能会用《平复帖》缓解燃眉之急。于是,他对张伯驹说:"你去不行,我和他有一面之交,对他晓以大义,事情还好办些。"

张伯驹连忙道谢:"价钱上不要太和他争执。一切拜托,拜托你了!"

傅增湘很快见了溥心畲,并谈妥了相关事宜。回来后,他伸出四个手指头对张伯驹说:"他肯卖给你,但是要这个数。"

张伯驹咬咬牙说:"行,四十万就四十万,我就是把房子都卖了,也得买下来。"

傅增湘笑着说:"没那么严重,四万!"

"啊?"张伯驹激动得几乎晕了过去。

就在张伯驹为得到绝世之珍而兴奋之际,突然来了个倒腾文物的商人白景甫。

此人曾向日本人倒卖过唐朝颜真卿的真迹《告身帖》,张伯驹对他恨之入骨。一番寒暄过后,白景甫愿意出三十万元购买《平复帖》。

"老弟,你的那件《告身帖》和《平复帖》算是双璧,改日拿来,我们一起赏玩,岂不是更好?"张伯驹以攻为守道。

《告身帖》
(日本东京书道博物馆藏)

白景甫脸色顿时变得非常难看，但他很快就镇定下来，露出汉奸的嘴脸："得，老兄什么都明白，我也就不绕弯儿了，这东西日本人看上了……"

"送客！"张伯驹发怒了，毫不客气地把白景甫赶出门去。

但是，白景甫是个江湖流氓，他见张伯驹软的不吃，来硬的。

清代五彩人物纹盘（台北故宫博物院藏）

一天，张伯驹走在大街上，突然，一个茶房伙计打扮的人上前拦住说："张老先生，我们老板说有件东西请您过眼，请您过去一下。"

鉴赏文物已是张伯驹的常事，所以他毫无防备，他就上了一辆人力车。

张伯驹没想到这是白景甫一手制造的一场绑架的阴谋。绑架者要价三十万元，才会放了张伯驹。

得知张伯驹被绑架的消息，夫人潘素十分焦急，万般无奈之际，白景甫居然找上门来，表示愿意帮助解救张伯驹。

潘素顿时明白了事情的来由，但她知道，如果将《平复帖》交出去的话，张伯驹无论如何也不会原谅她。于是，她推说自己根本不知道《平复帖》在哪里，将白景甫打发走了。

潘素知道情况紧急，便前往警察局寻求帮助，却无人问津。潘素从警局出来后，不料却被匪徒引到张伯驹的"监狱"。

此时的张伯驹面色蜡黄、气息微弱，但他仍对妻子说："记住，我手上的东西……一件也不能少，咱们的宝贝流失太多了。"

潘素出来时，却突然想起匪徒也是中国人。于是，她急中生智，摘下耳环手镯，对匪徒说："你们在江湖上混饭吃也不容易，张先生和你们远日无仇，近日无恨的，是不是高抬贵手。"真是有钱能使鬼推磨，匪首见钱眼开，表示愿意释放张伯驹。

张伯驹安全地回到了家中，很快，他舍命保下来《平复帖》的事情就传开了，登门贺喜的人络绎不绝。许多报纸也刊登了消息，盛赞张伯驹的善举。

同年秋天，张伯驹为免夜长梦多，再生枝节，带着宝贝举家迁往西安。潘素把《平复帖》缝在衣服里，以保万无一失……

1956年7月，张伯驹将《平复帖》、唐杜牧书《赠张好好诗》、宋范仲淹书《道服赞》、宋蔡襄书《自书诗册》、宋黄庭坚书《诸上座帖》、宋吴琚杂书《诗帖》、元赵孟頫章草《千字文》等真迹珍品统统捐给了故宫博物院。

《平复帖》几经周折，最后无偿回到故宫，可谓国之幸事。

半个世纪后，又一件国宝回到了故宫，这就是有"第二古帖"

之称的《出师颂》。当然，这次不再是无偿捐献，而是重金购得。

《出师颂》作为流传有序的章草墨迹，留存有两本，一为"宣和本"，一为"绍兴本"。

宣和本《出师颂》曾入北宋内府，有宋徽宗标题"征西司马索靖书"及"宣和"瓢印，一般定为西晋索靖书，也有认为是梁朝萧子云书，经北宋《宣和书谱》、明朝文嘉《钤山堂书画记》、清朝卞永誉《式古堂书画汇考》等书著录，后不见传世。

绍兴本《出师颂》本无名款，后人认为是西晋索靖或南朝梁萧子云作，或谓隋贤或唐人书，并无定论。从本幅中有唐太平公主、李约、王涯等人鉴藏印看，书写不会晚于初唐。据宋朝米友仁跋定为"隋贤书"当较可信。此书属较典型的早期章草书体，"蚕头凤尾"带有隶书遗痕，"银钩虿尾"具草书特征，整体书风规整而不失变化，劲健中见自然飞动之势，古朴又典雅，是六朝以来创立规范章草的传统体貌，唯稍增飘逸之势，与隋朝智永《真草千字文》中的草体大致相近。其释文为：

> 茫茫上天，降祚为汉，作基开业，人神攸赞。五曜宵映，素灵夜叹，皇运未（来）授，万宝增焕。历纪十二，天命中易，西戎不顺，东夷构逆。廻命上将，授以雄戟，桓桓上将，实天所启。允文允武，明诗阅礼，宪章百揆，为世作楷。昔在孟津，惟师尚父，素旄一麾，浑一区寓。苍生更始，移风变楚，薄伐狁狁，至于太原。诗人歌之，犹叹其艰，况（原缺一字，为"我"）

将军,穷域极边。鼓无停响,旌不暂褰,泽沾遐荒,功铭鼎鉉。我出我师,于彼西疆,天子饯我,辂车乘黄。言念伯舅,恩深渭阳,介圭既削,裂壤酬勋。今我将军,启土上郡,传子传孙,显显令闻。

《出师颂》在悠悠岁月里经历了曲折的流转过程。

自唐朝以来,《出师颂》一直流转有序。唐朝由太平公主收藏,宋朝绍兴年间入宫廷收藏,明代由著名收藏家王世懋收藏,乾隆皇帝曾将其收入《三希堂法帖》。1922年,逊位清帝溥仪以赏赐溥杰的名义,将该卷携出宫外,1945年后失散民间,从此杳无音信。

《出师颂》(故宫博物院藏)

2003年7月，《出师颂》突然在中国嘉德2003年春季拍卖会上亮相，顿时引起业界轩然大波。

按照拍卖行的说法，此幅作品是西晋大书法家索靖唯一存世的真迹。

他们认定的依据是：《出师颂》的引首部分有宋高宗篆书大字"晋墨"和乾隆御笔题跋。其中最具说服力的是宋高宗的"晋墨"二字，因为在宋朝，皇宫还藏有索靖的其他真迹，皇上对照题鉴，便是铁证。

在7月13日的拍卖会上，北京故宫博物院以2200万元的天价拍得《出师颂》，使这件千年古帖终于回到了故宫。

然而，有文物爱好者指出，《出师颂》引首部分的宋高宗篆书题"晋墨"两字，以及花押和钤印，都是后人伪造的，并非西晋索靖的手笔。

一场关于《出师颂》真伪的争论由此产生。

对此争议，故宫博物院有关人士明确表示，故宫一直就把《出师颂》视为一件隋代的作品，而且在清宫内，也是将它作为隋代作品加以保存的。在乾隆时期刻的《三希堂法帖》中，也是将其视作隋人书。

更有权威的专家指出："书法和印章一看便知不是晋代的，描金龙纹蜡笺纸和龙的形状明显属于明代，而且引首题的格式最早也出现于明朝初年，此前从未见过这种格式。所以引首部分应该是明代人为了证明此书是晋人甚至就是索靖真迹，而在重新装裱的时候拼接上去的。这种伪造的手法在古代书画作品中屡见不鲜，但明人伪造的引首并不影响《出师颂》本幅部分的价值和书写年代,也不影响隋人所作的《出师颂》的真实性。所以,根本不存在故宫重金买假货的问题。"

北京故宫博物院这次购买《出师颂》的另一个争议是收购价格。如果不是西晋索靖手笔,隋人书《出师颂》还值2200万元这样大的价钱吗?

其实,故宫在新中国建立初期就开始出钱回购文物。当年曾有香港人要将手中的《伯远帖》和《中秋帖》出售,经领导亲自批示,经过专家鉴定确为真迹后,由文化部以近50万元港币收购,现收藏在故宫。20世纪90年代,拍卖行业兴起后,故宫也买过几件作品,也曾有一些作品引起争议。不过,书画作品本身是一个永恒的争议话题,这也不伤其在艺术历史上的影响。

针对收购《出师颂》价格的质疑,故宫专家出面指出:"故宫对《出师颂》的鉴定是慎重的。不仅是这一次,每一次文物鉴定,专家们都很严肃很慎重,甚至可以说是战战兢兢,反复考证比照,决不轻易下结论。"

专家之言有其依据。由于隋代存在的历史年代非常短暂,所以,能够流传下来并确定是隋代名家的书画作品十分稀少。而《出师颂》是以明确的隋书身份出现的。而故宫收藏的隋代作品只有一部写经,而别的朝代的书画珍品都有收藏:西晋有陆机《平复帖》,东晋有王珣《伯远帖》,唐代的就更多了,隋代作品是个缺件。再者,《出师颂》本来就是故宫藏品,1922年被溥杰携带出宫,后来流失。现在重新出现,故宫当然希望尽最大努力

故宫航拍图

把它重新收回来。

有人说，故宫博物院"出了纯金的价钱，买回了镀金的作品"。对这种说法，故宫方面作了详尽的解释：故宫出价2200万元，就是把《出师颂》当作一件隋代书法作品来购买的。价格是由买卖双方商定的，不可能由买方说了算。如果是真正的西晋时期索靖的《出师颂》，价钱当远不止2200万元。北宋时期米芾的《研山铭》，成交价是3000万元。宋徽宗《写生珍禽图卷》，外国人以2500万元高价买走。而隋人《出师颂》这样一件名迹，比它们早了数百年，且已由故宫博物院延请权威书画鉴定专家作出了科学的鉴定和断代结论，花2200万元是物有所值的。

故宫的解释是有道理的。在国内文物市场上，一些号称"国宝"级的文物，动辄几百万元，但故宫都没有收购，原因就是这些文物与故宫现有藏品有重复，不是孤品，没有更高的价值。目前国内外拍卖市场上极少出现隋代的作品，何况是像《出师颂》这样流转有序、文物界都知道和了解的书法珍品。

这样的珍品，故宫当然要不遗余力地回购收藏。

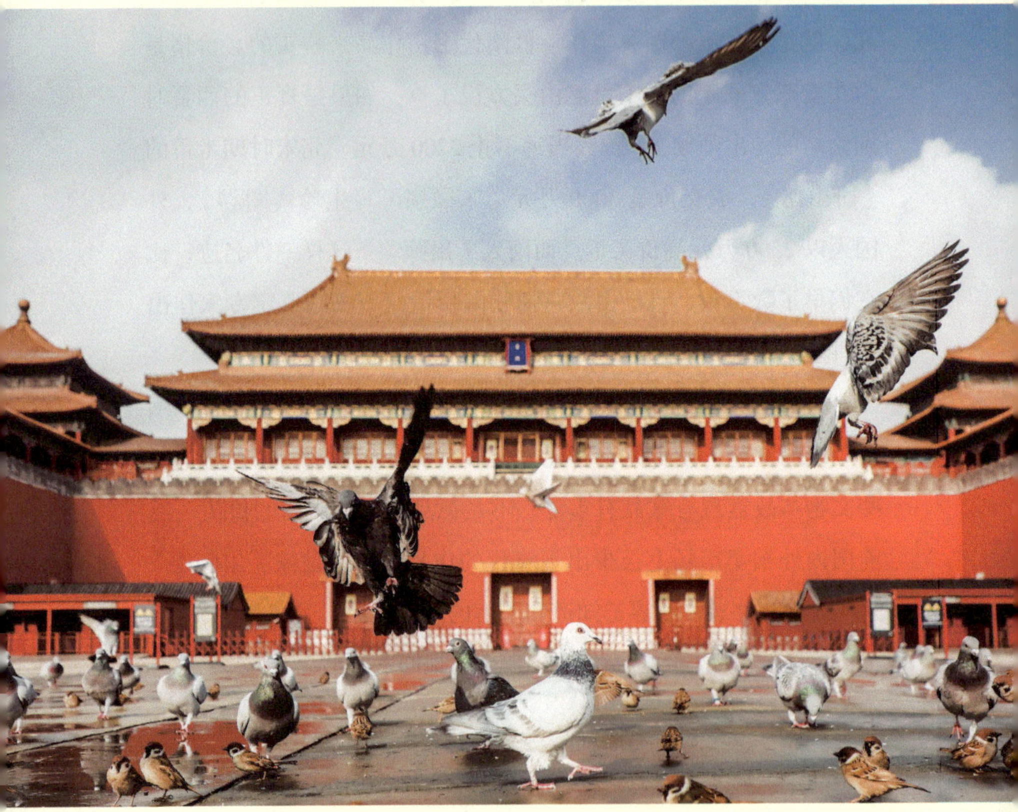

第十五章
富春山居图六十年后终合璧

辛卯夏初，阳明山下。

依山傍水的台北故宫博物院在熠熠阳光下格外清丽典雅、宏伟壮观。淡蓝色的琉璃瓦屋顶覆盖在米黄色墙壁之上，洁白的石栏杆环绕在青石基台的四周，充满了中国传统宫殿的色彩，与北京故宫博物院有异曲同工之妙。

2011年6月1日，这里贵宾云集，人文荟萃。创作于660年前、分离于300多年前的《富春山居图》之《剩山图》与《无用师卷》，在台北故宫博物院完美合璧。

《富春山居图》是元朝画家黄公望的作品。

黄公望步入画坛较晚，31岁开始作画，到50岁左右才开始专门从事山水画的创作。他酷爱自然，又有深厚的文化学养，加之早期临摹了众多的古代名作，笔法学五代宋初董

战国曾姬无恤壶（台北故宫博物院藏）

源、巨然一派，后受赵孟頫熏陶，善用湿笔披麻皴，在此基础上融合在师法造化中获取的营养，形成了自己的艺术面貌，显示出颇高的艺术格调。他的山水画，或作浅绛色，山头多岩石，笔势雄伟；或作水墨，笔意简远逸迈，浑厚华滋，笔墨效果极佳，为山水画开创了一个新天地，立起了一个新高峰，堪称大器晚成，被明清画人大力推崇，成为"元四家"（王蒙、倪瓒、吴镇）中最孚众望的大画家。

　　黄公望遍游名山大川，尤为钟情于富春江沿岸一带美丽山水风光，晚年结庐定居富春江畔的庙水坞，在这里度过了他人生最辉煌的时期，留下了一大批杰作。

　　一次，黄公望偕好友无用禅师同行，从松江归富春山，途中，无用禅师希望他以富春江沿岸风光为自己画一幅长卷，黄公望欣然应允，便在他居所山居南楼开始创作长卷《富春山居图》，此年，他已是七十九岁的高龄。为了画好这幅画，他终日奔波于富春江两岸，观察烟云变幻，领略江山胜景，并随时写生。大量的素材，细微的观察，切身的体验，长期的积累，使创作有了扎实的基础。他用那炉火纯青的笔墨技法，从容落笔，描绘富春江两岸初秋的秀丽景色，把浩渺连绵的江南秀丽山水景色表现得生动细微、淋漓尽致。四年之后，黄公望才在画作上题款，并继续增补完善，直到他谢世前不久才告完成，前后倾注了大约七年的心血，终于将这部长篇巨制展现在世人面前，被后世誉为"画中之兰亭"。

虽然黄公望对自己这幅积七年心血完成的画作十分满意，几欲留下，但还是信守诺言，于1350年将《富春山居图》题款送给无用禅师。无用禅师得画惊叹不已、感激不尽，反复欣赏并精心保存，但总是放心不下，常常"顾虑有巧取豪夺者"。不出无用所料，《富春山居图》在此之后，开始了它在人世间600多年的坎坷历程。历代书画家、收藏家、鉴赏家，乃至封建帝皇权贵都对《富春山居图》推崇备至，并以能亲睹这件真迹为荣幸，使得这卷宝图既备受赞颂，也历尽沧桑。

明成化年间，《富春山居图》流转到大画家沈周手里。得到这件稀世宝贝后，沈周爱不释手，反复欣赏，并潜心临摹。时间一长，他竟感到有所缺憾：画上没有名人题跋。于是，他就把此画交给一位朋友题跋。没有想到的是，那位朋友的儿子，见画便生歹念，把画偷偷卖掉，又怕无法交差，便推说被人偷了。

一日，沈周在一个画摊上竟见到了他日思梦想的《富春山居图》，他连忙与摊主谈妥成交价格，急急跑回家筹钱买画。当他拿着钱返回画摊时，画已经被人买走了。沈周懊恼万分，捶胸顿足，当场放声大哭，可无回天之力。无奈之下，沈周愣是凭借着自己的记忆，倾心背摹了一幅《富春山居图》。

丢失的《富春山居图》真迹，犹如石沉大海，长时间没了音讯。后来几经曲折，被明代大书画家董其昌收藏。董其昌晚年又把它转卖给了宜兴人氏吴正志。清顺治年间，吴正志又将此画传给吴洪裕。

吴洪裕乃宜兴大收藏家，他将《富春山居图》奉为至宝，视为生命，专门建"富春轩"供自己在此赏画。清顺治七年（1650年），吴洪裕卧病不起，到了弥留之际，气如游丝的他死死盯着枕头边的宝匣，家人明白老爷子的心事，便取出《富春山居图》展开在他面前，顿时，吴洪裕眼角里滚落出两行浑浊的泪，吃力地吐出一个字：烧。原来，老爷子要焚画殉葬！在场的人都惊呆了，而家人不敢违背老爷子的意愿，只得搬来火炉，将吴家老少视为传家宝的《富春山居图》丢入火中，顷刻，火苗闪烁，画很快被点燃了！说时迟那时快，在场的吴洪裕的侄子从人群里迅即冲出来，抓住火中的画用力一甩，愣是把画从火炉中抢救出来，并往火中投入了另外一幅画，用障眼法救出了《富春山居图》。

真是喜忧参半！可喜的是画被救下来了，而让人揪心的是这幅名画中间烧出几个连珠洞，断为一大一小两段，且在许多处留有火痕斑斑。从此，稀世国宝《富春山居图》一分为二。

元代黄公望《富春山居图·无用师卷》（局部，台北故宫博物院藏）

之后，伤痕累累、斑迹重重的《富春山居图》的两截传给吴家子弟吴寄谷。吴寄谷也是爱画懂画之人，便将此损卷烧焦部分细心揭下，进行重新拼接，奇迹产生了：这部分正好有一山一水一丘一壑之景，几乎看不出剪裁拼接的痕迹，实为天神相佑。接着，吴寄谷又将原画主体内容的另外一段进行重新装裱。为掩盖火烧痕迹，他特意将原本位于画尾的董其昌题跋切割下来，置于画首，形成完整的布局章法，真是天衣无缝，巧夺天工！后来，人们就把前部分称为《剩山图》，主体部分称为《无用师卷》。从此，《富春山居图》身首分离，以《剩山图》和《无用师卷》长短两部分存于世，继续着亦喜亦忧、亦真亦假的不寻常经历。

时空轮回，岁月穿梭。1745年，一幅《富春山居图》进入皇宫，乾隆皇帝见之爱不释手，经常拿出来欣赏，兴致上来，就会在长卷的留白处赋诗题词，加盖玉玺。翌年，竟然又一幅《富春山居图》来到宫中。两幅《富春山居图》，必定一幅是真一幅是假，这可把皇上难住了，这两幅画实在真假难分。不知是乾隆确无此眼力，还是皇帝金口难改，乾隆皇帝一口咬定先进宫的那一幅为真品，而把后一幅视为赝品。其实，他先得到的那一卷《富春山居图》，是明末文人临摹的《富春山居图·无用师卷》，后人将原作者题款去掉，伪造了黄公望题款和邹之麟等人的题跋。乾隆皇帝不但依旧把它视为珍宝时常带在身边，而且还特意请来大臣，在两卷《富春山居图》上题跋留念。来观画的大臣无一例外地歌颂皇帝热爱艺术、不拘泥真伪的广阔胸怀，可谁也不敢点破后进宫的这幅画才是真迹，相反一致附和认定后者是赝品，并将此画编入《石渠宝笈》次等，命梁诗正书贬语于此本上。直到1816年胡敬等奉嘉庆帝编纂《石渠宝笈》三编，《富春山居图》

始得正名被编入，但一直并无彻底"昭雪"，在乾清宫里静静地存放了近200年。

而重新装裱后的《剩山图》，在康熙八年（1669年）被王廷宾收藏，后来辗转于诸收藏家之手，长期湮没民间，杳无讯息。

元代黄公望《富春山居图·剩山图》（浙江省博物馆藏）

天有不测风云，人有旦夕祸福。文物的命运亦是如此。

九一八事变后，平津安全受到威胁。故宫博物院决定选择院藏文物精品南迁上海。1933年1月，日军进入山海关，进攻热河和长城各口。故宫博物院理事会正式决定，1月31日起，将文物分批运往上海。从1933年2月至5月，故宫内重要文物分五批先运抵上海，后又运至南京。

文物停放上海期间，书画鉴定大家徐邦达在库房里看到了这两幅真假《富春山居图》，他经过仔细考证，用大量依据进一步证明，乾隆御笔题说是假的那张实际是真的，而乾隆认定是真的那张却是假的，从而真正确定了《富春山居图》的真伪身份。

1937年，七七事变爆发，抗日战争全面展开。南迁文物又沿三路辗转迁徙至四川，分别存于四川省的巴县、峨眉和乐山。直到抗日战争胜利后，三处文物再度集中于重庆，于1947年运回南京。1948年底，解放战争胜利在即，国民党政府令故宫博物院挑选贵重文物以军舰转运台湾。原故宫博物院文物分别于1948年12月22日、1949年1月6日和1月29日，分三批由南京运往台湾2972箱，占南迁文物箱件数的22%，且多是精品。其中就有真伪两卷《富春山居图·无用师卷》。

事有凑巧，就在《无用师卷》颠沛流离之际，《剩山图》也浮出水面。1938年秋，画家吴湖帆卧病于上海家中，汲古阁老板曹友卿来探望他，并把刚刚购得的一张破旧之画请他鉴赏，吴湖帆眼前一亮，认出此画就是《剩山卷》。于是，就用古铜器商彝换得《剩山图》残卷，居然病也好了许多，从此将画珍藏起来，并把自己的居所称为"大痴富春山图一角人家"。当时在浙江博物馆供职的沙孟海得此消息，专程去上海与吴湖帆商洽转让，而吴执意不肯。沙先生并不灰心，不断往来沪杭之间，晓以大义，反复劝说，又请出钱镜塘、谢稚柳等名家从中周旋。精诚所至，金石为开。吴湖帆被沙老的至诚之心所感动，终于同意割爱。1956年，《剩山图》终于来到浙江博物馆，成为该馆的"镇馆之宝"。

就这样，《富春山居图》又历经着两岸分离之痛。

新中国成立以后，浙江曾通过各种渠道和台湾沟通，希望两岸《富春山居图》能合璧展出，但囿于当时诸种因素，始终没有得到反馈。

第十五章 富春山居图六十年后终合璧

2005年,凤凰卫视刘长乐总裁到台湾,试图促成《富春山居图》合璧展出,得到了台湾方面的反馈:浙江省博物馆《剩山图》可先去台湾展览,台北故宫博物院的《无用师卷》来大陆展览暂且不谈。2008年,周功鑫出任台北故宫博物院院长,当年7月,刘长乐拜访周院长,正式提出《富春山居图》合璧展览的请求,周院长当即表态,欢迎《剩山图》到台湾与《无用师卷》合璧展出。接着,两岸双方便开始各自的筹备工作,但由于台湾方面难以实现双向交流的意向,筹备工作一度停摆。

世上无难事。由于刘长乐总裁多次斡旋,两岸终于突破各自的困难,开始了实质性的运作。从2010年年底到2011年1月,台北故宫博物院与浙江省博物馆等方面达成共识,并于1月16日浙台双方在浙江富阳

富春山居度假村签署《富春山居图》特展备忘录，协议决定在2011年推出"山水合璧——黄公望与《富春山居图》特展"，其中就包含了海峡两岸收藏的《剩山图》和《无用师卷》，跨出了"圆合"的可喜一步。

2011年5月11日下午，浙江省博物馆"镇馆之宝"——《富春山居图·剩山图》赴台前的点交启运仪式举行。《剩山图》将由中国文物交流中心先送往北京，再由台湾广达文教基金会移交台北故宫博物院。

身首各异300多年、两岸分离60多年的《富春山居图》就将"破镜重圆"，人们翘首以盼！

2011年6月1日上午10时，人们期待已久的时刻终于到来了！

"山水合璧——黄公望与《富春山居图》特展"开幕仪式在台北故宫博物院"晶华厅"隆重举行，来自海峡两岸的各界代表和媒体记者数百人云集于此，共同见证这一艺坛佳话和文化盛事。

"乾隆皇帝既没有眼力，也没有眼福。他虽喜欢《富春山居图》，但他看走了眼，分不出真假，而且也没有那个福分看到全貌。而今天呢，在大家的努力下，我们有那么大的福气，能够看到黄公望《富春山居图》的全貌，也就是《剩山图》与《无用师卷》并列展出，这对我们来说是何等大的福气呵！"台北故宫博物院院长周功鑫女士的开场白让全场顿时热烈起来，洋溢着喜庆的氛围。

而浙江省领导在致辞中则强调这次合璧展不仅是个"福分"，

第十五章　富春山居图六十年后终合璧

而且是个"缘分"。他说,创作于660年前、身首分离于360年前、分藏两岸于60年前的《剩山图》与《无用师卷》在今天聚首,我们有幸参加并见证这一艺坛盛事,正是两岸人民相亲相爱的一种"缘分"。

国家文物局局长单霁翔欣喜地说,中国有很多名画,也有很多的故事,比如《清明上河图》《五牛图》《韩熙载夜宴图》等等,但是像《富春山居图》这样拥有如此传奇故事的名画却很少,而今天,我们又为这幅名画增添了一段盛事、一段佳话,相信这段佳话还会续写。

从头到尾一直在为《富春山居图》合璧展出奔走呼号的刘长乐总裁更是激动无比,他说他今天似乎是在梦里一般。当初闪现出"合璧"这个念头时,有人说他是白日做梦,而现在,居然是美梦成真。而这个美梦之所以能够实现,实际上克服了无数的障碍,克服了无数意想不到的困难。这源于两岸政治家和文化人的包容,源于大家的智慧。

在开幕仪式上,文化部副部长赵少华女士向周功鑫院长赠送了大陆著名书法家书写的一副对联。上联是"富春江畔,百里山居,合璧一图呈秀景",下联是"华夏文明,千秋血脉,连心

本书作者章剑华在台北故宫博物院参观《富春山居图》特展

两岸庆良辰",横批为"贺富春山居两岸合璧"。

开幕仪式结束后,与会嘉宾分组参观特展。特展设在 210 书画陈列室。参观人员分组依次进入展厅,只见几束柔和的灯光投射在恒温恒湿的长条展柜上,里面正是借自浙江省博物馆的《剩山图》与台北故宫博物院珍藏的《无用师卷》,重现了艺术史上旷世名作的完整原貌。

首先映入眼帘的是《剩山图》部分。这部分是全卷的首段,约 50 厘米,描绘野岸低丘隔水相对的景色,画面上,天地悠远,山水平阔,云树苍苍,村落、亭台、渔舟、溪泉掩映其间,一派山川浑厚、草木华滋的江南气象。

紧接着的《无用师卷》,画幅较长,有 600 多厘米,是长卷的主体部分。随着山水长卷徐徐展开,峰峦坡石奇特壮观,顶天立地的山峰巍然突起,随后群峰竞秀、波澜起伏、层层叠嶂,伸向烟波浩渺的远方。此时,画面豁然开朗,近处是松亭石坡、浅滩烟林,远处是茫茫江水,水天一色。而至画尾,出奇不意让人赞叹:

孤峰突起，远岫渺茫，山峦与水面似连非连，似断非断，消失在天际之间……

欣赏长卷，犹如品味一曲高低起伏、节奏变化的优美乐章，让人怦然心动，回味无穷，沉浸在完美的艺术享受和无限的遐想之中。

正如一位参观画展的嘉宾所言，黄公望的《富春山居图》，不仅让人充满了置身山居美景的怀旧情怀，还让人感受到超越时空的艺术魅力，更让今天的人们圆了一个美丽的梦想。

600年春秋沧桑，60年隔岸相望。《富春山居图》承载着太多的悲欢离合，折射出太多的历史变迁，寄托了太多的文化理想。

合璧已经实现，故事还将继续。

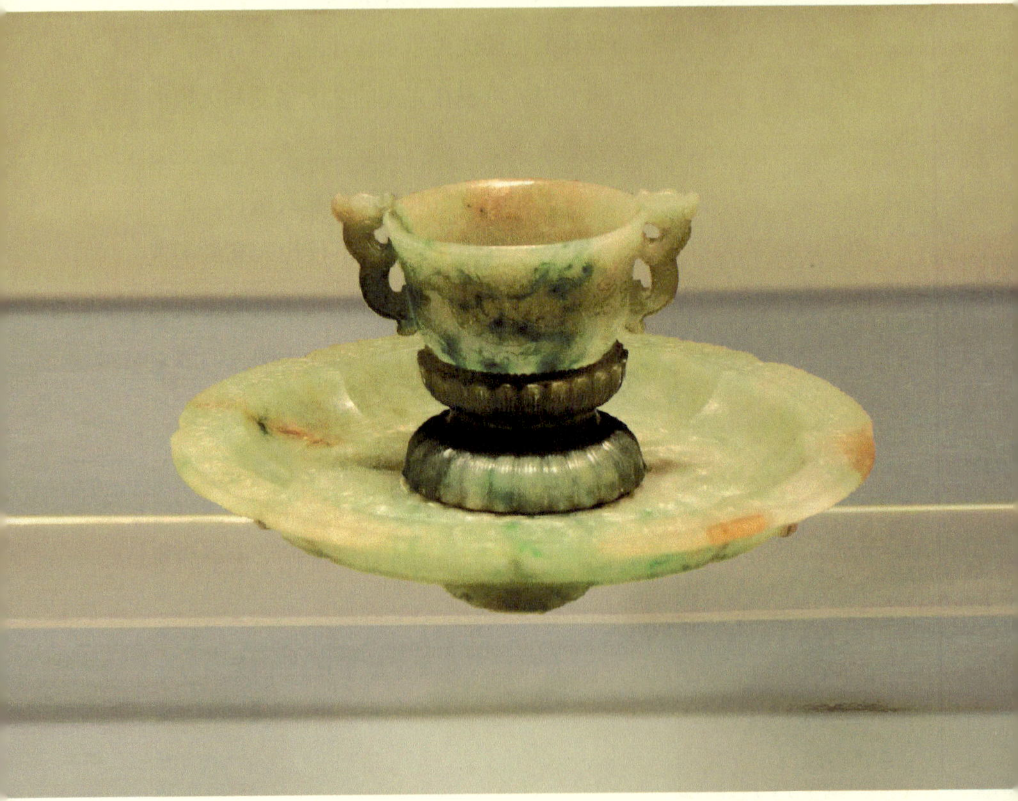

第十六章
故宫老人世纪守望悲欢离合

文物是越老越宝贝，人物亦然。到了20世纪90年代，两岸故宫博物院的元老级国宝人物就剩下那志良和单士元。他们共同见证着两岸故宫博物院的昨天与今天。

那志良与单士元，两位故宫博物院的老人，在时隔60年以后，终于在台北见面了！

单士元

那志良

单士元（1907—1998），文物专家。北京人。1924年底参加清室善后委员会，任书记员。1925年10月，故宫博物院成立后继续留院工作。1930年进入故宫博物院文献馆，不久，又参加了中国营造学社，是我国历史档案事业创建者之一和中国古建筑早期研究者之一。1933年毕业于北京大学研究所国学门。故宫文物南迁期间，因其熟悉故宫建筑，被派留下来守护故宫。新中国成立后，任故宫博物院建筑研究室主任、副院长。

那志良（1908—1998），北京宛平人，字心如。少时家贫，考入著名史学家和教育家陈垣创办的平民中学。因成绩突出，受到陈垣器重，17岁时得到推荐，进故宫当职员。先后参与了清室善后委员会点收、故宫博物院成立、伦敦艺术品展览等大事。

60年，一个甲子，在历史的长河中稍纵即逝，而对于人生来说，是何等的重要、何等的漫长。

此时，单士元早已在故宫博物院副院长的位置上退了下来，担任顾问。当年，他作为研究故宫建筑的专家，在故宫文物南迁时被派留守故宫。从此与同事、好友那志良挥泪分手，一别竟60多年。

那志良随故宫文物赴台后，便与单士元长期失去了联系。一直到两岸恢复"三通"后，两人才有了通信。八十年代，两人约定在香港谋面，那志良为此专程到香港守候，可单士元因故未能成行。九十年代初，为见面，单士元到香港守候，又因两岸关系紧张，那志良出行受阻，未能如愿以偿。

1994年，单士元终于有机会访问台湾，并获准以私人身份参观台北故宫博物院。

消息传来，那志良兴奋得几夜没有睡得着觉。60多年的历历往事，以及与单士元早年在故宫同事的日日夜夜，如同过电影一般，一幕幕地在脑海里闪现。

约定见面的那天，天还没亮，那志良一早醒来，独自一人坐在屋前花园的藤椅上，静静守候与单士元见面的时光。

八点刚过，台北故宫博物院派来的车子准时停在那志良家的大门前。在老伴的陪同下，那志良到达博物院会客厅时，单士元已在门口迎候。两人紧紧地拥抱在一起,那志良老泪纵横,连声说:"太欢喜了,太欢喜了!"

单士元也泪流满面道:"那兄啊,终于见面了!"

在场的人都为之动容,有的鼓掌,有的擦着眼泪。

那志良松开单士元,边擦眼泪边说:"真的太欢喜了,欢喜也是会流泪的。"

单士元仔细打量着那志良,喜出望外道:"那兄啊,您可没怎么变哎!"

那志良畅快淋漓道:"60年都没怎么变,我不成了妖怪中的妖精啦。"

那志良风趣幽默的话语赢得在场的人一片笑声。负责接待的故宫工作人员请大家暂时离开,让两位老人好好地叙谈一番。

那志良和单士元在台北故宫博物院见面

送走了众人,那志良拉着单士元的手,让他紧靠着自己坐到沙发上,甜滋滋地说:"盼了几十年,眼睛都盼穿了,终于盼到今天啦!老弟,谢谢您啊,赶到台湾来看我。"

那志良道:"是啊,是啊,几十年啦,我从来没有像今天这样开心过。做梦也在想着故宫那边的这帮兄弟们。"

"就是嘛。我这次来,也就是想来见见你们几位。人老了,愈益想念着过去的人与事。"单士元接着问:"他们几位还都在吗?"

那志良摇了摇头,轻轻道:"梁廷炜早走了,庄尚严前几年也患癌症去世了,临终还念叨着北平,连周若思也走了……对了,高茂宽现在还好吗?"

单士元轻轻地叹了口气,摇摇头回答道:"他也不在了,去年病逝的。一直也没有娶,可怜一个人苦苦地熬了大半辈子。他们这一对人,想想都让人心酸哪……"

两位老人黯然伤心,沉默了许久、许久……

单士元打破沉默道:"人们常说,一晃几十年就过去了。而对于我们来说,这几十年,真是长如几百年啊!"

那志良应和道:"不是吗,自从离开了京城,这60多年来,无时无刻不是度日如年啊!"

单士元心痛道:"真是难为你们了。我们留在北京,毕竟还在家里,而你们背井离乡,既受跋涉之苦,又受分离之苦,吃了双倍的苦啊!真是无法想象你们是怎么过来的。"

那志良说:"抗战那些年,苦在路上和脚上;到了台湾后,苦在家里和心里。真不是个滋味,也不知是怎么过来的。"

单士元说:"不管怎样,总算苦过来了。你们为故宫文物南迁立下了汗马功劳,使中华国宝得以保全,实在是功不可没。"

那志良试探着问:"一直以来,我们来台的几个人心里总有个疙瘩,不知大陆那边的人对我们来台的真相和目的知道否?"

单士元诚恳地说:"这个误会早就消除了。马院长在世时,我就亲耳听他说过,庄尚严他们去台湾也是不得已而为之,实在是放不下故宫那些宝贝啊！"

那志良听后十分感动，说："要是尚严兄生前能听到马院长的这句话，肯定会舒畅许多，毕竟他们师生一场，感情还是很深的。"

"是啊。有些事情还是要让时间来证明的。"单士元感慨道，"我们这些人，一生经历了太多的曲折、太多的委屈。当年我们留在故宫的人，也一直被人误会，心里憋屈得很。"

"你们也被误会？"那志良不解地问。

单士元叹气道："有段时间，一会有人说我是逃避南迁，一会又有人说我为日本人服务过，最后还把我副院长的职务给撤掉了。"

那志良愤然道："那时简直是胡搞。"

单士元说："当时与他们也说不清楚。其实，你们离开故宫后，我们留下来的人也很不容易，千方百计与那些日本人和汉奸周旋，想尽一切办法保护故宫的文物和建筑不受损毁。"

"是啊，是啊。"那志良说，"这些我们离京的人也是知道的，也一直为你们的安全担心哩！"

"可是，后来的人哪里知道啊？"单士元回忆起那段历史，苦涩地说，"日本人占领北平后，曾想让我担任日伪占领的故宫博物院副院长，我断然拒绝。1938年到1941年间，我称病很少去故宫上班，靠在大学兼课糊口，家中经济困顿，吃不起白面，只能够吃杂粮磨制的劣质混合面，经常得用镊子从面里往外拈马毛。"

那志良同情地说："真不知道你们在生活上苦成这个样子。我

第十六章 故宫老人世纪守望悲欢离合

们在南迁和西迁的路上饭倒是有的吃,就是东躲西藏,十分危险。后来到了台湾,故宫文物藏在北沟山里那段时间,生活上也发生了问题,尚严和我家人多,常常是吃了上顿愁下顿,只能靠自己开垦种地,略加补给。"

单士元说:"我们那边,新中国成立初期,我担任了副院长,精神上很高涨,工作上也很有劲,但生活上一直很苦。有段时间,我从副院长的职位上被一撸到底,还去蹲了牛棚。"

那志良说:"我们到台湾之后也曾被迫躲到山沟里,不能多说话,更不能与大陆那边有任何联系,精神上很苦啊,想家、想故宫、想你们。后来,我们现在坐的地方盖起了博物院,我们也总算安顿下来,那些国宝也有了一个理想的家。"

"这多好啊!"单士元也欣慰起来,惬意地说,"后来我也恢复了副院长职务,可以干很多很多的事情,院里的各项事业都有大发展,故宫的变化大着哩!"

那志良的眉宇顿时舒展开来,十分快慰道:"我们这代人,经历了太多太多,虽然吃了很多的苦,受了无穷的罪,但总算挺了过来,最后还都遇上了好时代,我还是那句话,文物有灵啊,保佑我们到了今天,这也是我们的幸运啊!"

那志良的话,让单士元愈益兴奋,他自得其乐道:"我这一生啊,自打工作以来,就从没离开过故宫过,看过五种旗帜在故宫飘扬:大清的龙旗,共和的五色旗,国民党的青天白日旗,日本的膏药旗,还有就是中华人民共和国的五星红旗。"

闻此言,那志良哈哈大笑起来,击掌道:"你是一生没有离开故宫，我是一生服务了两个故宫。我们与故宫有着不解之缘啊！"

"是啊，命中注定与故宫分不开了。"单士元眷恋道，"我1985年由副院长改任故宫顾问，但还是天天去故宫上班，与那里的一草一木有感情嘛，实在离不开，一天不见，心里就发毛。正式退休后，还是经常到故宫里去转，总是放不下。"

那志良感同身受，怀着同样留恋的心情说道："我退休之后，也是很不习惯，头脑里总想着故宫、想着那些文物。毕竟我们与故宫文物的关系至为密切，几乎一世的精力都消耗在上面了。当然，故宫文物也给了我们许多，丰富了我们学识，成了专家，还有就是养活了我们一辈子。我是十分感恩故宫，感恩文物的。"

单士元赞同道："我们与故宫、与文物的感情实在不一般，可以说是我们生命的一部分。所以啊，我这几年就做了一件事，汇集我毕生研究故宫的心血，写了一本《我在故宫七十年》的书。那兄啊，告诉你一件开心的事，在我来台之前，正赶上这本书正式出版了。今天我还给你带来了一本。"

说着，单士元从包里拿出一本崭新的书，像是手捧宝贝似的交给了那志良。那志良接过这本还飘着油墨香的书，端详一阵，又反复抚摸着，喜形于色道："太珍贵了，太珍贵了，真没想到你带给我这么好的礼物。"

那志良边说边翻阅着手中的书，兴冲冲地说："早年我写过一本书，叫《典守故宫国宝五十年》，看了你这本书，我要充实内容，在原来基础上再出版一本《典守故宫国宝七十年》。老兄，你看怎样？"

那志良《典守故宫国宝七十年》　　单士元《我在故宫七十年》

单士元开怀道:"太好啦,那就是写故宫的姊妹篇,我等着你的大作问世。"

那志良谦逊道:"大作不敢当,但我会用心去写的。我们这帮人,一辈子与文物打交道,家中没有一件文物,但心里都是文物。把心里的文物都写出来,就是留给后人的一笔财富。"

"你是家里不留一件文物,我是从不给人鉴定一件文物。"单士元补充道,"我要对文物负责,对历史负责。"

"也是对故宫负责。"那志良加重语气说,"我们在故宫工作的人,搞文物工作的人,一定要避嫌,一定要凭良心做事。"

两位老人越谈越投机、越兴奋,不知不觉中已过去了两三个小时。这时,负责接待的人推门进来,请两位老人前去用餐。单士元问工作人员能否推迟一点吃饭,让他们再谈一会。工作人员告诉他,院长在那里等了一会儿了。那志良说:"院长大人请客,我们就去吧,边吃边聊,下午我还要陪你参观这里的故宫哩。"

午饭后,两位老人没有休息就开始参观故宫。

是日,风和日丽,天特别高、特别蓝。

站在故宫的广场上,两位老人感古慨今,心潮起伏。

那志良对单士元说:"你是古建筑的专家,对我们这座故宫点评一下吧!"

"好风水、好建筑!"单士元遥望远处的青山绿水,再看眼前的这座建筑群,赞叹不绝,他由衷地说,"过去看过照片,今天目睹真容,出乎意料,比我想象之中的情形,要壮观得多,漂亮得多。虽然其历史、其规模不能与北京故宫同日而语,但其风格、其气势、其内涵,却有异曲同工之妙。"

"异在何处,同在何方?"那志良风趣地问道。

单士元笑道:"看来今天那兄要考考我了。"

那志良连连摇头道:"No,No,专家在此,请教而已。"

"那我就班门弄斧几句。"单士元说,"这里的建筑显然是仿照北京故宫样式设计的,同属宫殿式建筑群。而从外观上看,两组建筑截然不同,但建筑设计的理念都秉承了中国宫廷式的建筑风格,都体现了中华文化的精神和内涵。"

此时,广场上许多参观的人也围了过来,饶有兴趣地听单老点评,单士元略微提高嗓音道:"北京故宫博物院与台北故宫博物院表里相应,堪称兄弟建筑。北京故宫博物院殿宇重重,楼阁座座，黄顶黄墙，巍峨庄严，尽显皇家气派。而台北故宫博物院，碧瓦黄墙，雕栏玉砌，既与北京故宫博物院相呼应，又有自己的标识与特色，典雅而不失壮美，低调而不失宏伟，尤其是这绿色的屋顶，与阳明山的景色十分协调。我以为，成功的建筑，当与自然融为一体。这正是台北故宫博物院的妙处所在。"

"妙！妙！"那志良高声道，"点评得太好了！"在场的人都热烈地鼓起掌来。

单士元向大家道谢，然后对那志良说："我反客为主了，简直有点忘乎所以了，赶紧带我到里面参观吧！"

那志良客气道："你我没有主客之分，到了故宫，我们都是主人。"说着便引领单士元前去参观。

应单士元的要求，他们首先来到三楼的玉器展厅。讲解员迎上前来，热情地开始讲说，那志良示意讲解员停下，说："丫头，今天我替你来讲行不？"

讲解员的脸涨得通红，立即礼貌地说："那老是前辈，我们也想听您讲哩！"说着便上前搀扶那志良，那志良指着单士元对讲解员说："你去扶着他，他是大陆那边来的客人，也是故宫的前辈哦！"

三楼玉器馆展厅整洁宽敞，展柜里，展品琳琅满目，在灯光的聚焦照射下，一件件玉器玲珑剔透，光彩夺目。那志良领着单士元一件件地看，一件件地讲，仿佛又回到了遥远的时光。

他们轻轻地移动着步伐，端详着、品味着，那气息，那情景，感染着在场的游客。大家也都安静下来，跟着两位老人慢慢地、静静地欣赏着这里的展品。

走到一对翠玉瓶前,单士元停下脚步,上前仔细观摩,自言自语道:"这东西好眼熟啊!"

"不错,不错。"那志良夸赞道,"你记性真好,当年在故宫里我曾专门给你看过。后来让日本人弄去了,前两年刚归还来。"

这对翠玉瓶,盖纽各高高地雕琢出一只回首直立绶带鸟,云芝双耳带活环,器身浮雕云、梅树与绶带。

那志良向单士元介绍道:"这对翠玉瓶原名为'碧玉瓶',它们的纹饰主题虽然不同,但是细部安排并不完全一样,而是各具姿态。"

单士元边听,不时地点着头,视线不由自主地移到玉瓶旁边的一只玉壶上。但见这玉壶白玉无瑕,雕琢工艺更为精美。那志良指着玉壶说:"上面雕刻的牡丹、鹌鹑鸟与绶带鸟,寓意富贵、平安与长寿。"

单士元盯着玉壶看了半晌说:"富贵我们是谈不上了,但求平安与长寿。"

那志良附和道:"平安就乐,长寿是福,我们别无他求了。"

说着说着,他俩来到了翠玉白菜和东坡肉形石前,单士元兴致更高,兴奋地说:"我们都老了,而这两位老朋友与当年别无二致。"

那志良也兴奋起来,说:"这两件东西,现在成了大宝贝了。这里的东西,过几个月就要轮换一回,就是翠玉白菜、东坡肉形石和毛公鼎从不撤展,大家百看不厌,成为明星了。"

第十六章 故宫老人世纪守望悲欢离合

"这多亏了你的功劳。"单士元回过头来对在场的人说,"当年在北京故宫的时候,我们并没有把这棵菜和这块肉当成特别的宝贝,南迁装运时,开始并没有选上,是那兄说,'以后路上万一没吃的,可以用来充饥哩。'就这样,也被包装一起运了出来。没有当初,哪有今日?"

西周毛公鼎(台北故宫博物院藏)

顿时,寂静的展厅里爆发出一阵阵笑声和掌声。

最后,他俩来到了一面玉屏风前。那志良介绍说:"有人称它为翡翠屏风,其实并不恰当,上面镶嵌的是角闪玉中的碧玉,从上到下,共有四十八块,每块碧玉上都雕琢了花卉纹饰,显得富丽堂皇。"

单士元上下仔细打量着这座楠木制成的玉屏风,疑惑地问那志良:"这屏风应当有个座子吧?"

没等那志良回答,单士元接着说:"我好像在南京博物院看到过一个屏风座子,木质和大小都差不多。"

"不是差不多,是分毫不差。"那志良肯定地说,"南博的那个座子就是这座屏风的座子。当时运台时，我让搬运工人把座子一起搬走，他们不愿意，我也没有强求。"

单士元遗憾地说："当初坚持一下就好了。"

那志良不以为然道："坚持也没用，这样的例子太多太多了。现在两处的文物，许多是手足相离、首身相分，太多的遗憾啊！"

单士元反过来安慰那志良说："遗憾终归是可以弥补的。现在我人可以过来了，以后文物也是可以复合的。"

那志良眉舒目展道："我相信你的这句话。故宫文物是历史的结晶，属于全中国人，海峡两岸的文物总有一天会破镜重圆的。"

整整一个下午，两位故宫老人就泡在玉器展厅里，说着看着忘记了时间。闭馆时，那志良对单士元说："今天只让你看了一个展厅，明天再来吧！"

单士元告诉那志良，明天就要启程返回大陆去了，留点遗憾下次再来。

分别时，那志良紧紧地握着单士元的手说："这次是你过来看我，还带来了你写的故宫的书。下次应当是我过去看你，到时候，我也带上我写故宫的书。"

"好啊好啊！"单士元又一次止不住掉着眼泪说，"我在北京等着你，陪你回故宫这个老家看看。"

两位故宫老人依依惜别。

他们的约定却没有实现。1998年5月，单士元在北京去世。4个月后，那志良在台北故去。

从此，一段活生生的故宫文物史随他们远去了。

第十六章　故宫老人世纪守望悲欢离合

故宫角楼雪景

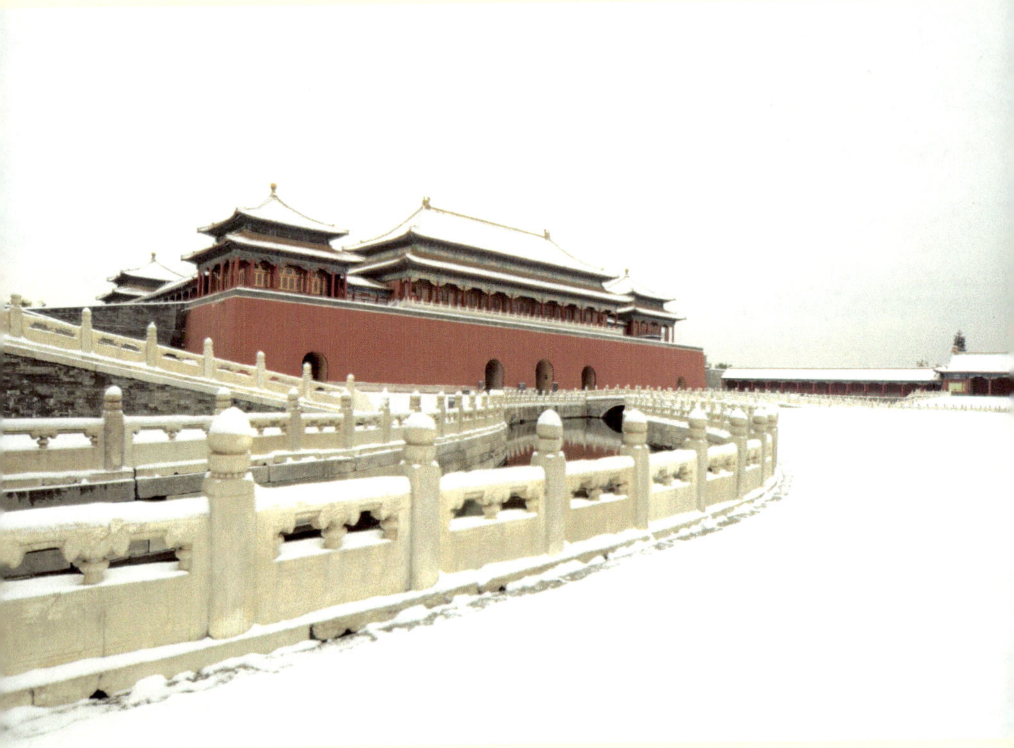

第十七章
两岸同仁忆往昔重走南迁路

1992年11月，大陆的海峡两岸关系协会与台湾的海峡交流基金会，就解决两会事务性商谈中如何表明坚持一个中国原则的态度问题达成共识：海峡两岸均坚持一个中国原则。

"九二共识"达成后，大陆与台湾的人员来往和经济文化交流进一步扩大与活跃。北京和台北两地故宫博物院文物保护人员往来日益频繁，但实质性的交流合作项目没有实质性启动。

这种情况一直延续到2009年。

这年2月14日，台北故宫博物院院长周功鑫率团访问北京。

这是1949年以来，台北故宫博物院院长首次正式访问大陆，堪称"破冰之旅"。

周功鑫

周功鑫（1947— ），籍贯浙江省。辅仁大学法国语文系学士，中国文化大学艺术史研究所硕士，法国巴黎第四大学艺术史与考古学博士。历任台北故宫博物院秘书、编辑、展览组长、研究员兼组长等。曾任教于辅仁大学、政治大学。2002年在辅仁大学成立博物馆学研究所并担任所长。2008—2012年任台北故宫博物院院长。

周功鑫对这次大陆访问极为重视，做了精心的准备，并率领了副院长冯明珠、书画处处长何传馨、文化营销处处长徐孝德、公共事务室主任苏庆丰、参事金士先等庞大团队。

周功鑫院长的到访，受到故宫博物院的热烈欢迎和热情接待。

15日上午，周功鑫院长在北京故宫博物院院长郑欣淼的陪同下，参观了故宫，随后双方进行了友好会谈。

郑欣淼院长在会谈结束时的讲话中感谢周院长率团来访，肯定这次来访开启了两岸故宫博物院合作交流之先河，并愉快地接受周院长之邀，尽快实现回访。他最后表示："长期以来，由于种种原因，两岸故宫博物院一直没有正式的交往，但是因为两岸故宫博物院的文物藏品来源一样，而且互补性很强，有的东西，譬如一套书，他们有一部分，我们也有一部分，藏品有这么一个历史渊源，事实上来往是割不断的。我们一直期待两岸故宫博物院合作办展览，台北的能过来，我们的能过去。一些法律问题和具体问题可以通过协商解决。"

如果说，周功鑫院长的来访是两岸故宫博物院的"破冰之旅"，那么，郑欣淼院长的回访则是"升温之旅"。

半个月后，郑欣淼院长率团访问台北故宫博物院。

郑欣淼（1947— ），陕西澄城县人。中国当代著名学者，"故宫学"专家。历任中共陕西省委研究室副处长、处长、副主任、主任，中共陕西省委副秘书长，中共中央政策研究室文化组

组长，青海省人民政府副省长，国家文物局党组副书记、副局长，文化部副部长、党组成员等职务，2002—2012年任故宫博物院院长。

台湾媒体对两岸故宫博物院院长互访给予高度评价。有媒体载文称：

郑欣淼

周功鑫与郑欣淼，一人占有"三金"，一人占有"三水"。金与水本不相容，而两位院长在"金木水火土"五行占其二，各为其重，各为其和，必将带来两岸故宫博物院文化交流合作之丰硕成果。

媒体的预言很快成为现实。

郑欣淼在台访问期间，北京故宫博物院与台北故宫博物院在周功鑫院长访问大陆时达成的合作协议基础上，进一步达成务实合作八点共识，包括人员互访、图书交换、影像授权、展览交流机制、资讯与教育交流机制、学术研讨机制、网站互联等。

坚冰已破，未来可期。

2010年，正值故宫博物院建院85周年、紫禁城肇建590周年，又是世界反法西斯战争胜利65周年。在这个大事之年，故宫博物院院长郑欣淼率先提出重走南迁路的想法，以此纪念故宫先人，继承南迁精神。"我们一起走吧！"故宫博物院把这个提议通报给了台北故宫博物院，迅速得到热烈回响。

两岸故宫博物院有关人士一致认为，当年参与故宫文物南迁、捍卫国宝的人多已作古，他们走过的"路"和停留过的"地"，正因开发而处于快速变化之中，若再不记录，必将荡然无存。更重要的是这些不畏艰难誓死保卫国家文物与文化遗产的精神，是值得传承与弘扬的。因此，重走南迁路，记录先辈们留下的足迹，迫在眉睫。

有了这样的共识，双方沟通十分顺畅，很快形成了活动方案。

初夏的南京，气温已经达到一定的高度。

6月4日，"重走南迁路"的各路人马汇集南京，他们的热情明显高于初夏的温度。

考察活动主要由两岸故宫博物院及南京博物院的人员组成。

北京故宫博物院由副院长李文儒任领队，率科研处、展览部、文物管理处、图书馆、出版社与资料资讯中心等19人组成，郑欣淼院长与李季常务副院长分别参加南京至贵阳、西安至成都段的考察活动；南京博物院院长龚良也参与其中。

台北故宫博物院报名参加者有，教育展资处处长朱惠良、登录保存处处长嵇若昕、助理研究员郑邦彦、书画处科长刘芳如、器物处助理研究员张志光等。

当年组织文物南迁的故宫后人，包括庄尚严的儿子庄灵、欧阳道达的儿子欧阳定武、梁廷炜的孙子梁金生等纷纷参加了这次活动。

重庆是"重走文物南迁路"行程的重要一站。一天早晨，天气酷热难耐。白发苍苍的当地博物馆管理人员胡长建，在一条泥泞的小道上步履蹒跚地带路，身后跟着一队来自大陆和台湾考察团人员，他们朝着重庆郊区的一片竹林走去。摄像师和纪录片制作人也跟着进行实时记录。

胡长建说，当年故宫的大量珍宝，曾经储藏在那片竹林所在的位置。当年这里搭建了几个大木棚，用来安放珍宝。他还告诉大家，当年故宫人在我们身后的山上挖了些洞，然后储藏了这些珍宝。

听他这么一说，大家都直奔山上，寻找这些藏宝洞穴。

很快，大家便在山上发现了3个洞穴。而胡长建说，在这个地点应该有4个储藏室。几分钟后，北京故宫博物院副院长李文儒，沿着一条铁轨爬上一座山，发现了第4个储藏洞穴。

考察团走访了重庆当年的一个银行金库，现已锈迹斑斑，当时有些文物就藏在这里，现在已改为缝纫机储藏室。他们还走访了古老的"国立中央图书馆"，这里战时曾举办过文物展览。

现年72岁的庄灵说，父亲当时曾负责这些展品的转运工作，也是负责保护这些珍宝的人员之一。庄灵回忆说，当他还是孩童的时候，他和父亲及其他故宫工作人员生活在重庆市外，当天气好时，他们会把绘画、书法艺术品以及书籍拿出去晾晒，因为里面太潮湿。

6月15日，考察团来到四川乐山市安谷镇存放点遗址，寻访当年故宫文物南迁乐山的遗存物和当事人，回忆乐山市民众守护故宫国宝近8年的珍贵历史。

走进故宫国宝南迁史料陈列馆，两岸故宫博物院人都为"功

侔鲁壁"牌匾残片所吸引，听闻当地人王德才花了20多年时间来收集牌匾的残片，考察团一行高度赞赏这一举动。

史料馆内，当年守宝人所用的实物、文物南迁过程中的资料图片、运送文物的工具以及当年的拨款票据等等，一一向前来考察的人员诉说着故宫文物南迁乐山的那段岁月。

考察团人员一边听着解说，一边不停地拍照留念，将这些历史的细节永久定格。

"历时十余年，辗转上万里，百万余件文物无一损毁遗失，故宫文物大迁徙，创造了世界上保护人类文化遗产的奇迹。而乐山和峨眉是南迁路上数量最多、时间最长的线路。"在辗转贵阳、西安、成都等地后，作为护宝人的后代，庄灵感触颇深。他和哥哥都出生在文物南迁路上，而他就出生在贵州。这次在贵州他们曾住过的山洞里，他还找到了父亲庄尚严留下的题诗。欧阳定武、梁金生等人也详细查看了史料馆里有关文物南迁的史料，不时向旁人说起父辈、祖辈当年讲述的故事。

听着文物"安家"乐山八年的点滴故事，看着乐山安谷人为留住文物南迁记忆而做的努力，考察团一行非常感动。为此，考察团不仅赠送给史料馆一些珍贵的文物南迁史料，北京故宫博物院副院长李文儒还为史料馆题词——"战时故宫宝地安谷"，台湾书画艺术史学者傅申也题词"温故知新"，再次表达对安谷人在保护文物南迁中做出的贡献得认可。

随后，考察团一行又追寻着当年故宫文物南迁的足迹，前往当地的古佛寺旧址、顺河场码头遗址、"朱潘刘"三氏宗祠遗址、

第十七章　两岸同仁忆往昔重走南迁路

梁廷炜住房旧址、河湾儿码头遗址、宋祠遗址等文物南迁乐山时的存放点，重温当年文物南迁时的那段岁月。

直到今天，很多地方仍为南迁文物曾在本地有长时间的停留而自豪。在贵州，省市领导与考察团进行了长达几小时的座谈，各地的文化部门、地方史专家纷纷陪同考察团寻找遗址、遗迹。

由于文物南迁是秘密的军事行动，并不是所有途经地的百姓和地方政府对这段历史都很了解。一些地方得知故宫考察团要来，才临时竖起了文物南迁遗迹的标志牌。有人感叹道："如果不是重走南迁路，很多历史，故宫博物院自己也不清楚。"

6月18日，"重走南迁路"考察活动在成都圆满结束。在总结会上，领队李文儒感叹地说："任何人不走这条路都想不到有多难。有一段从重庆到宜宾的路，需要运送的文物有9000多箱。由于岷江上游水浅大船过不去，只能用小船和竹筏，有的还要用纤夫拉着船走。从重庆到宜宾再到乐山安谷镇，这一路需要多少人力、大小船只和竹筏？前有山高水险，后有日军飞机轰炸，上百万件文物基本完好无损，不能不说是个奇迹。大家都说文物有灵性，炸不到它。其实我们发现，整个南迁行动是一场准军事行动。"接着他指出，"故宫文物南迁的过程经过当事人的著述，线索是清晰的，此次考察则从档案学的角度补充强化史料的搜集、整理，重走南迁之路更多偏重的是精神层面的探寻，特别是用今天的文化视野和学术视野看待南迁的过程，有着特别的收获，特别的意义。"

最后，李文儒表示："重走南迁路旨在记住历史，而不是重复历史。这是我们第一次重走南迁路，但决不是最后一次，重走的方式还有很多。两岸故宫博物院的目光和脚步,都在朝着未来之路。"

"南迁之路"已成过去,"未来之路"已经开启。

无独有偶。2012年,北京故宫博物院和台北故宫博物院先后任命了两位新的掌门人,单霁翔与冯明珠。他俩成为两岸故宫博物院未来道路的引领者。

单霁翔

冯明珠

单霁翔(1954—),出生于北京,2002年起任文化部党组成员、国家文物局局长、党组书记。2003年入清华大学建筑学院城市规划专业读研究生,并获工学博士,高级建筑师,注册规划师。西北大学文化遗产学院兼职教授、博士生导师,中国艺术研究院研究员、博士生导师。2012—2019年任故宫博物院院长。

冯明珠(1950—),出生于香港,毕业于台湾大学历史研究所,主修中国近代史,师从台湾近代史名家李守孔先生。也从事清史研究,曾参与《清史稿校注》,著作以藏学、清史、清代档案为主。2012—2016年任台北故宫博物院院长。

第十七章　两岸同仁忆往昔重走南迁路

深化两岸故宫博物院的交流合作，成为故宫新领导优先考虑的问题之一。

冯明珠上任不到半年，就于2013年率团访问大陆。

1月21日，台北故宫博物院院长冯明珠一行到达北京。

在踏进紫禁城之前，冯明珠等人在单霁翔的陪同下登上了故宫对面的景山。

冬日午后的北京城，一扫连日的雾霾，晴空万里。站在景山远眺，阳光下的紫禁城，壮美的中轴线，红墙黄瓦，玉带般的筒子河，呈现出一派安宁祥和的景象。

1月22日，冯明珠一行参观了北京故宫博物院，然后，单霁翔和冯明珠进行了2个小时的友好会谈。

会谈后，他们共同参加了2013年两岸故宫博物院交流记者会。单霁翔介绍说："今天两岸故宫博物院一起会谈，谈着彼此的前世今生，对未来发展都有很多设想，我觉得这也是一种天地人和的境界，我们相信一定会有更加美好的未来。"

冯明珠以"善意、体贴"来形容单霁翔。她说："今天的情境让她想到四个字：'快雪时晴'。这么好的天气，老朋友应该见见面，这本来就是王羲之书写这个帖子的初衷。"她表示，通过会谈，双方就2013年在图像互惠、展览交流、人员互动、出版互赠、学术研讨以及资讯、图书、文创方面的交流达成具体共识，并对今后几年的做法有所规划。她坦言，希望媒体能用平常心来看待两岸故宫博物院的交流，我们只是针对双方的需求和未来进行交流，何况双方是如此的相似和同源，这样的交流是一定也是必须的。我希望下次来北京，没有一个记者追访。若能让两岸故宫博物院用平常心来交流，成果会更多。

在会上，有记者提出，如何切实改变台北故宫博物院文物无法来大陆展出的现状。单霁翔表示，由于众所周知的原因，台北故宫博物院的文物确实无法赴大陆展出，这对双方交流无疑是一种遗憾，希望通过努力来化解；但这种努力不止于两馆，更需要社会各方面的关注。

冯明珠则表示，台北故宫博物院近年来观众人数直线上升，去年达到436万人次，其中大陆游客占40%多；而台北故宫博物院网站上文物的数字化展览也能弥补相关缺憾。

当有记者问到单霁翔何时有回访计划，他笑称"得有冯院长的邀请"。

冯明珠当即表示，台北故宫博物院南分院按计划将于2015年12月开幕，最起码届时一定会邀请单霁翔院长。

这时，单霁翔旁白道"太晚了"，引得全场大笑。

冯明珠也笑着解释"我说的是最起码"，接着她马上送上回访邀请函，"本来刚才会谈结束就应该给单院长，但是听说媒体这边催了很久，我们只好赶紧过来"。她又补充说，"邀请函是在台北就做好的哟"，她的一席话再次引得全场笑声一片。

热情的邀请，热忱的回应。仅隔三个月，单霁翔就率团访问台湾。

4月18日，北京故宫博物院院长单霁翔率团抵台，展开为期

5天的参访行程。

是日中午,单霁翔一行抵达桃园机场,台北故宫博物院院长冯明珠亲往机场迎接。

这是两位新任故宫博物院院长2013年1月在北京会面后再度相见,也是单霁翔接掌北京故宫博物院院长一职后首次访台。

当日下午,单霁翔来到台北故宫博物院,在报告厅作题为《把壮美的紫禁城完整地交给下一个600年》的演讲,向逾百位台北故宫博物院工作人员介绍紫禁城的过去与未来。风趣幽默的介绍,激情深刻的阐述,加上几百幅精美的图片,赢得多次掌声和笑声,原定一小时的演讲,延长至一个半小时。

单霁翔在演讲中感性回顾,他在担任文物局官员时曾3次到访台北,那时没有记者采访,今天一下飞机就被记者围堵,"感到责任重大";但对他来说,这

次参访就像"走亲戚、看朋友"。

演讲中,单霁翔精确报出北京故宫各类藏品数量。他说,过去7年,北京故宫把文物重新盘点一次,得出总数为180万7558件,并向社会公布,是目前大陆唯一完整公布藏品总目的博物馆。

在讲到北京故宫博物院未来的发展时,单霁翔满怀深情地说:"从1420年建成算起,历经岁月长河的故宫将在2020年迎来600岁生日,而2015年,故宫博物院也将迎来90岁华诞。这一中国历史文化瑰宝散发着迷人的魅力,在人们心目中具有重要地位。近年来,在故宫人的努力下,'平安故宫''无烟故宫'等一项又一项新措施实行,古老的故宫不断展现新气象。故宫既是过去的,也是今天的,还是未来的。她从历史中走来,还要健康地走向未来，一代一代传承下去。"

听着这慷慨激昂、富有感染力的演讲，全场爆发出热烈掌声。

"让我们继续努力，把壮美的紫禁城完整地交给下一个600年！"

单霁翔院长的结束语再次引发经久不息的掌声。

这掌声，表达了两岸故宫博物院文保人的共同理想。

这掌声，预示着两岸故宫博物院发展的新希望。

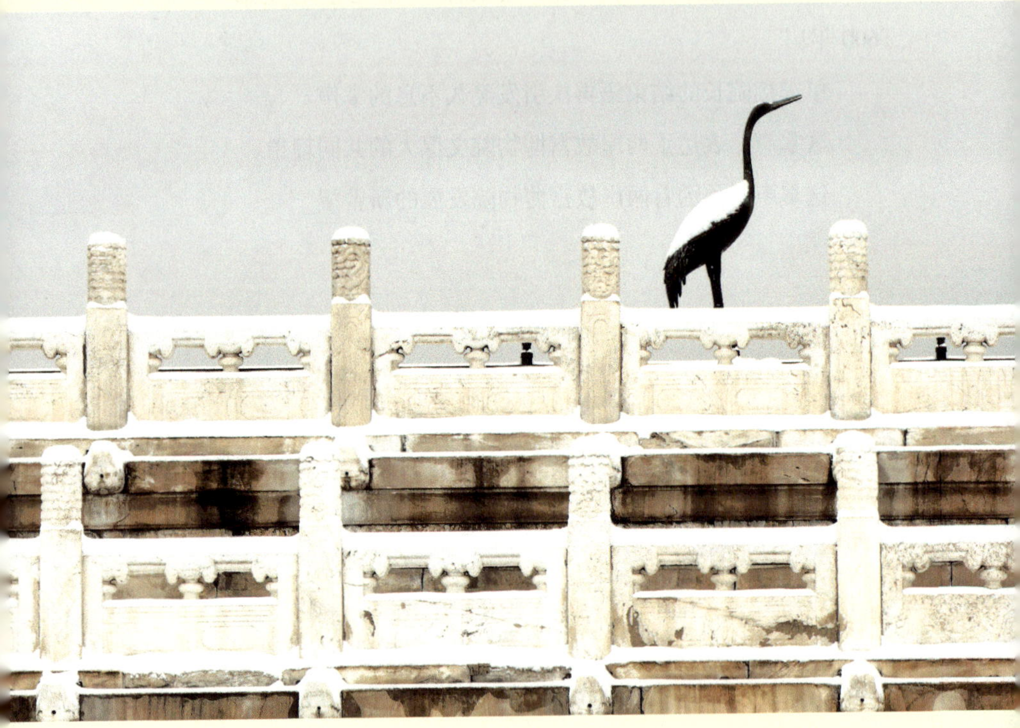

第十八章
故宫博物院新时代再展新貌

把壮美的紫禁城完整地交给下一个 600 年。

这是单霁翔就任院长之初许下的庄严承诺。这一承诺有两个关键词：壮美与完整。那么如何才能实现这一承诺呢？

2010 年，故宫开放面积只有 30%，不足三分之一。也就是说，人们在参观中看到的故宫，不要说是完整，就连半个故宫也看不到，大量宫苑深处的文物与建筑深藏闺中。而且，游客在拥挤的中轴线上摩肩接踵，观光感受很不好。鉴于此，扩大故宫开放面积成为单院长的重要考量。

故宫博物院藏品总目			
绘画 53150 件/套	法书 75602 件/套	碑帖 29719 件/套	
漆器 18907 件/套	珐琅器 6617 件/套	玉石器 31795 件/套	
织绣 18109 件/套	雕刻工艺 11423 件/套	其他工艺 13594 件/套	
钟表仪器 2837 件/套	珍宝 1134 件/套	宗教文物 48626 件/套	
铭刻 49816 件/套	外国文物 1808 件/套	其他文物 3319 件/套	

第十八章　故宫博物院新时代再展新貌

其实，早在单院长尚未上任时，在国家文物局局长任上，就与当时的故宫博物院院长郑欣淼一起合作，将租用故宫的文物局下属单位，逐步搬迁出故宫。

当时他并不知道以后要当故宫的"掌门人"，来自下属单位的压力可想而知，但他硬是在执掌故宫的前一年，全部搬迁完毕，节约了故宫大量的空间。

单霁翔到故宫上任伊始，就与秘书走遍了故宫每一个房间。据说他是紫禁城自 1420 年建立以来，唯一走过故宫所有房间的人。

故宫博物院藏品总目（故宫博物院官网截图）

159728 件/套　金银器　11649 件/套
10205 件/套　陶瓷　377440 件/套
85641 件/套　生活用具　39764 件/套
32628 件/套　帝后玺册　5070 件/套
602124 件/套　古建藏品　5766 件/套

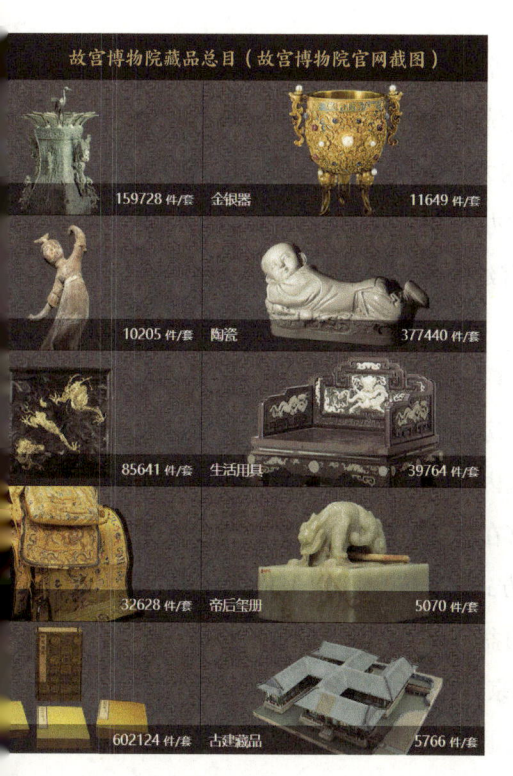

故宫有大量的文物并没有登记在册，而是堆放在各个房间内。单院长发动工作人员将堆放在每个房间的文物重新登记、修复清理，并转移到地下库房，予以保存。但装文物的箱子也就空置在各个房间，一共占了 200 多个房间。单霁翔认为箱子也是文物，也带着历史信息，应该好好保存，便设立了专门的箱子库房，又把这 200 多个房间腾了出来。

在故宫，到处都是文物。许多房间的炕上、地上都堆着明清时期的被褥、毛毯等，这些是古人使用过的东西，也是文物，具有极高的价值，但不能带菌收藏。所以，单霁翔又要求专门建造了地下织绣库房，对上述物件进行熏蒸。此举又腾出了许多房间。

当然，故宫里也有废物。有些房间里堆放着员工使用过的凳子、椅子、桌子、沙发、运动器材等。有些已经毁损严重，失去了使用价值。于是，单霁翔又让人把这些物品集中在英华殿北侧的庭院里，办起了免费的"跳蚤市场"，哪个部门需要就直接登记领走，没有用处的就办理手续统一处理。这样，原来堆放办公用品的房间也被腾了出来。

令人难以想象的是，故宫里居然还有很多"违建"的彩钢房，用于故宫各单位的办公、吃饭、洗澡等。这些房屋大煞风景。为了能恢复紫禁城的辉煌，单霁翔力排众议，开始对彩钢房下手。先是清掉了资料信息部的彩钢房办公室，接着是行政处600人吃饭的彩钢房大食堂，古建部、宫廷部的彩钢房库房区，审计室、基建办、预算处的彩钢房办公区。直到2016年院庆当天，终于把南三所内最后一幢彩钢房也拆掉了。

光拆是不行的，因为有些用房是必需的。比如花房，之前每到冬天，很多盆栽都堆在故宫室内，没有人打理不说，还非常占地方。在单院长的努力下，故宫在京郊申请了一块地，建立了规模庞大的花房，并用现代化的方式去养花，既专业又节约空间。每到春暖花开之时，把花房里的盆栽布置在故宫的角角落落。等到了秋风萧瑟时，再把盆栽送到京郊花房进行养护。

十年磨一剑。故宫人通过腾退办公区、修缮古建筑、优化参观路线，不仅腾出了许多地方，而且整修一新，具备了扩大对外开放的条件。到2021年，故宫开放的面积从33%提升至85%。这不仅拓展了参观空间，更是重构了博物馆与公众的关系——故宫不再是"高冷"的皇家符号，而是全民共享的文化家园。

这是何等的幸事啊！如今人们到故宫参观，看到的是较为完整的故宫了，可以玩上一天、两天、三天，也值得来一次、两次、三次，让游客看个够，玩个够。

不仅如此，单院长受到西安城墙的启示，还开放了故宫城墙。游客站在城墙的垛口俯瞰，整个故宫尽收眼底。琉璃瓦的海洋在阳光下泛着暖金，飞檐上的神兽们昂首向天，仿佛将踏云而去。中轴线上的太和殿端坐在三层汉白玉台基上，檐角铜铃在风中轻响。城墙下的游人们化作移动的色块，在红墙与古柏间穿梭，仿佛是画卷里永不褪色的点缀。

游客不禁赞叹：多么壮美的故宫！

单院长没有食言，他与新一代故宫人，把壮美的紫禁城完整地呈现在人们的眼前。

而在这"完整""壮美"的背后，故宫博物院开展了一系列更深层次、更高要求的工作。特别是2013年以来，以"平安故宫""学术故宫""数字故宫""活力故宫"为战略支点，推动这座古老宫殿完成了从"皇家禁地"到"文化殿堂"的历史性跨越。

"平安故宫"是故宫博物院最为基础和首要的任务。故宫博物院通过开展地库改造、基础设施改造、安全防范新系统建设、院藏文物防震、院藏文物抢救性科技修复保护等项目，进一步消除火灾隐患、盗窃隐患、震灾隐患及文物库房、基础设施、观众安全等方面存在的隐患。同时，通过建立健全安全保卫责任落实体系和制度，充分利用文物保护科技创新和管理手段；通过文物清理、故宫整体保护工程、安防提升、消防提升等项目，逐步提炼和打造有故宫特色、引领博物馆发展方向的安防管理体系、可移动与不可移动文物保护体系，确保故宫古建筑及文物的绝对安全，同时保护故宫观众安全。

"学术故宫"是支撑故宫博物院事业不断前行的核心。早在2003年，时任故宫博物院院长郑欣淼首次提出了"故宫学"的学术概念，专门成立了"故宫学研究所"，将故宫的学术工作进一步体系化。一任接着一任干。在单霁翔院长倡导下，故宫博物院又成立了"故宫研究院"和"故宫学院"两个非建制学术平台，创办"故宫讲坛"，成立故宫博士后科研工作站。2021年，故宫博物院推出"英才计划"，并向全社会公开征集开放课题。目前，故宫博物院已与北京大学、清华大学、浙江大学和中国社科院等多所高校和研究机构建立了合作机制，取得了丰富的学术成果。近几年来，故宫博物院根据社会发展需要，积极参与国家重点科研项目申报和研究工作。陆续完成国家重点研发计划项目、国家科技支撑计划项目，稳步推进国家社科基金重大项目、国家社科基金冷门"绝学"和国别史研究课题、国家社科基金艺术学项目、教育部甲骨文专项、文化和旅游部科技创新工程等多项国家和省部级各类课题，并密切结合故宫博物院自身特点和业务需求，逐年开展院内科研课题研究。

"数字故宫"是故宫博物院跟随时代发展的重要标志。在数字技术的浪潮中，故宫博物院紧紧抓住数字技术的发展机遇，建立以信息网络为底层支撑，数字资源为基础，数据利用为中枢，应用研究贯穿全程的信息化建设体系，完成10万件文物的高清影像采集，构建起全球最大的宫殿建筑三维数据库，初步建成"数字故宫社区"，为不同观众群体提供各具特色的优质服务。其中包括中文网、英文网、青少年网在内的官方网站群，"一站式"触达故宫的"数字故宫"小程序，多达10款App，以及由学习强国、微博、微信等多个新媒体官方账号构成的互联网数字服务矩阵，并通过数字展馆、数字展览等方式让故宫"走出去"，为观众带来沉浸式、交互式的故宫文化体验。

"活力故宫"是故宫博物院生生不息的内生动力。其中故宫文创的崛起，是传统文化创造性转化的典范。2025年，"千里江山AR茶器"单日销量突破30万套，创下单日文创销售纪录。这款

寓教于乐的故宫APP（故宫博物院官网截图）

融合 AI 算法的茶器，通过手机扫描即可呈现动态山水，用户还能生成专属茶席设计，将《千里江山图》的美学价值转化为日常生活的诗意。故宫文创的成功，还源于对文化内涵的深度挖掘。从"故宫日历"到"雀绕花枝随身镜"，每一件产品都承载着历史的温度。2025 年春节期间，故宫淘宝推出的"百喜毯"新婚礼物，以宫廷织绣纹样为灵感，成为年轻人追捧的"国潮"爆款。数据显示，故宫文创产品年销售额突破 15 亿元，带动相关产业链产值超 10 亿元，真正实现了"让文物活起来"。

"士不可以不弘毅，任重而道远。"让文物活起来，是故宫人不变的初心。从文物南迁的颠沛流离到新时代的全球对话，从我在故宫修文物的匠心独运到数字技术的创新突破，故宫博物院始终以敬畏之心守护文明根脉，以开放之姿拥抱未来。

这座承载着中华民族精神密码的文化殿堂，正在书写属于新时代的新传奇。

全景故宫（故宫博物院官网截图）

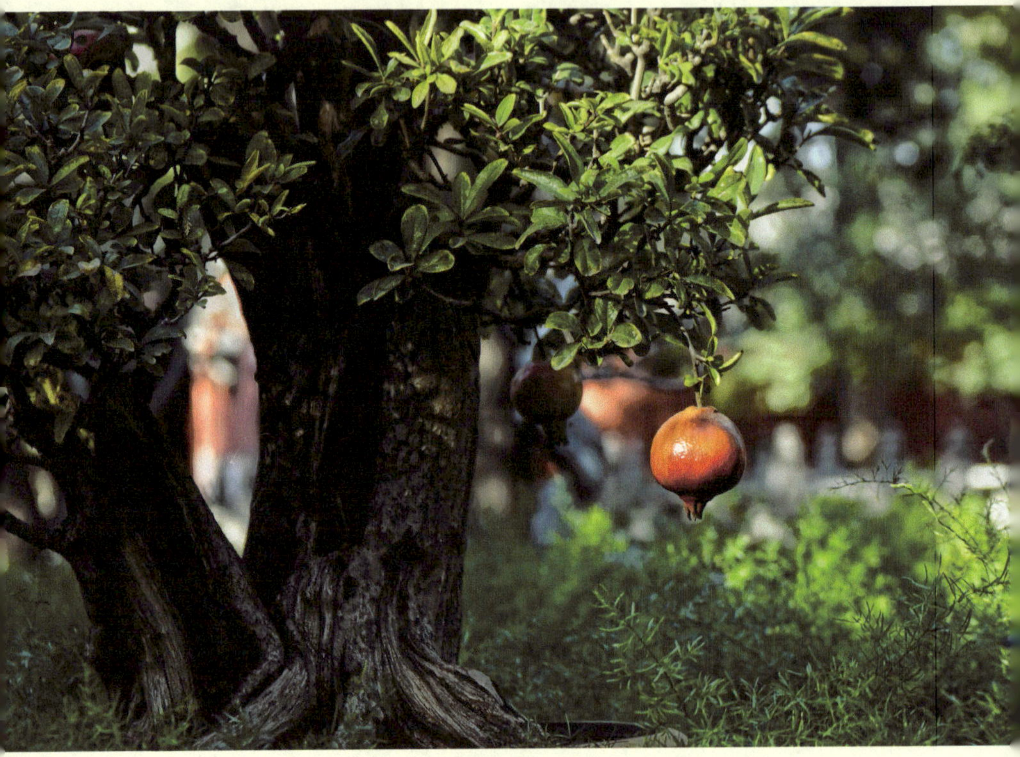

尾声

永远的故宫

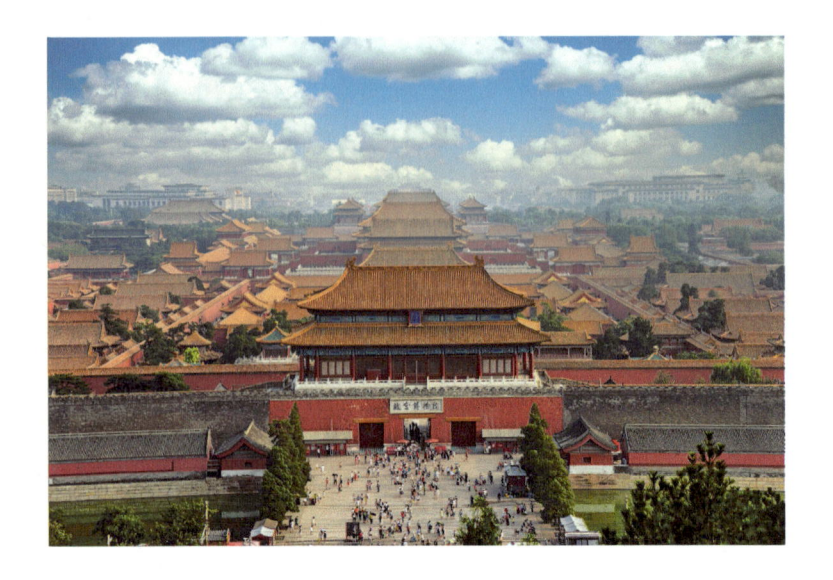

虽然是本书的尾声，但正是百年故宫的序章。

站在百年故宫的时间节点展望，未来的故宫是永远的故宫。

永远的故宫，是一座"没有宫墙"的博物馆。它将为更多人敞开：推着婴儿车的年轻父母会在御花园的长椅上读绘本，书中的宫廷故事与身边的古柏新芽相映成趣；执笔的青葱少年会借助AR光影在《千里江山图》中临摹山河，笔尖的墨色与千年的青绿辉映成诗；游学海外的学子会通过云端课堂，看见文物医生用纳米技术唤醒沉睡的青铜器……这里永远是所有人的精神家园，每一块砖都能讲述，每一片瓦都在倾听，每一件文物都是故事。

永远的故宫，是一座"元宇宙"的博物馆。那些曾深藏库房的文物，会借着数字技术的翅膀飞进手机屏幕，让千里之外的孩子也能触摸到乾隆年间的珐琅彩光泽，让异国的观众在VR里走过积雪的金水桥，听见历史的回声在时空里轻轻震荡。

永远的故宫，是一座连接过去与未来的"桥梁"。当传统节庆遇上现代创意，元宵节的宫灯会上会亮起 LED 灯；当文物元素融入日常用品，印有《千里江山图》的布袋会让千年丹青与今日的脚步同行；当故宫的故事被写成动画、编成游戏，孩子们会在虚拟的紫禁城中懂得，历史不单单是课本里的铅字，还可以是流淌在我们血脉里的温热……

时间的流逝会带走许多东西，但带不走故宫对文明的守护，带不走人们对故宫的守望。只要人们愿意倾听砖墙上的故事，愿意守护梁柱间的智慧，愿意让中华优秀传统文化发扬光大，故宫就会永远年轻——它是历史文化的创造者，更是时代发展的见证人。

历史在继续，故宫在继续，故事在继续。